André Storm

Vorhang zu!

André Storm (Pseudonym), geb. 1974, ist Profizauberkünstler aus Hamm in Westfalen. Seinen »ordentlichen« Beruf hat er schnell abgelegt, und er freut sich noch heute jeden Tag, dass er das Studium zum Elektroingenieur rechtzeitig abgebrochen hat. Sein Schreibtalent nutzte er in den letzten Jahren dafür, in seinen Shows »Helden« auf die Bühne zu bringen, denen man ihre Heldenhaftigkeit auf den ersten Blick nicht unbedingt ansehen kann. Die aber jedes Mal über sich hinauswachsen und so das Publikum auf ihre Seite ziehen. André Storm ist verheiratet und hat zwei Kinder.

André Storm

VORHANG ZU!

Kriminalroman

KBV

MIX
Papier aus verantwortungsvollen Quellen
FSC® C083411
FSC
www.fsc.org

Originalausgabe

www.kbv-verlag.de
E-Mail: info@kbv-verlag.de
Telefon: 0 65 93 - 998 96-0
Umschlaggestaltung: Ralf Kramp
unter Verwendung von © etienn280 - stock.adobe.com
Lektorat: Volker Maria Neumann, Köln
Druck: CPI books, Ebner & Spiegel GmbH, Ulm
Printed in Germany
ISBN 978-3-95441-517-5

Für Kirsten.
Die Liebe meines Lebens.

Pedro Möller. Chef v. Zack-Varieté
Frank Pracht, Zauberkünstler in X
Urs Schneider → Empfehlung an P.M.
→ Frau Claudia betrügt ihn
Lily Poly → Schlangen Dresser
kokainabhängig
Guido Elmo → Jongleur
Jerold Schottner: Fotograf
Aletta Fernström: Pudeldresser
Franjo Hirsch: Einrad
Lorina Raves Pike: Trapez

PROLOG

Der Junge rannte die Straße entlang. Hastig. Obwohl er völlig außer Atem war, zog er das Tempo weiter an. Er schämte sich. Gestern hatte er seiner Mutter hoch und heilig versprochen, er werde ab jetzt pünktlich um sechs zu Hause sein.

Er bog links in die schmale, kopfsteingepflasterte Gasse ab. Noch ein Stück geradeaus, dann rechts – und er hatte es geschafft. Er schaute auf die Uhr. 18.42. Sein T-Shirt und die kurze Jeans klebten ihm am Körper.

Der Junge erreichte das graue Mehrfamilienhaus. Die Haustür stand offen. Er rannte die Treppen hoch, zweiter Stock rechts. Kramte in seiner Hosentasche, griff den Wohnungsschlüssel und öffnete die Tür. »Ich bin's«, rief er in den leeren Flur. Mit dem Unterarm wischte er sich den Schweiß von der Stirn.

Sein erster Weg führte ihn ins Wohnzimmer. Der Raum war leer. Der Fernseher nicht eingeschaltet, was merkwürdig war. Sobald Mama nach Hause kam, schaltete sie als Erstes den Fernseher an. War sie noch gar nicht zu Hause? Er spürte einen Druck im Magen. Gewöhnlich war sie um fünf Uhr zurück. Spätestens um sechs. Die Küche war ebenfalls verwaist.

»Mama?«, rief er in den leeren Flur. Keine Antwort. »Mama?«

Ein Blick in sein Zimmer, dann ins Schlafzimmer. Leer. Was sollte er tun? Abwarten? Sollte sie in einer halben Stunde nicht da sein, würde er runter zu Frau Wiesner gehen. Vielleicht wusste sie sogar, wo seine Mutter war. Er beschloss, ihr jetzt gleich einen Besuch abzustatten – nur noch im Badezimmer nachsehen.

Er drückte die Klinke und schob die Tür auf. Dort hing sie.

Ihr Gesicht blau und aufgedunsen. Ihr rechtes Auge blickte verdreht zur Decke, das linke starrte ihn an. Ihr Körper hing über der Badewanne an einem Seil. Mein Springseil, dachte er mit einer merkwürdigen Sachlichkeit.

Sie war auf den Wannenrand gestiegen, hatte das Seil über das gusseiserne Rohr unter der Decke gebunden und sich daran erhängt. Einer ihrer Pantoffeln lag in der Wanne, der andere hing noch an ihrem Fuß.

Er griff nach dem Umschlag, der auf dem Waschbecken lag. Sein Name stand darauf. Die Worte in dem Brief ergaben allerdings keinen Sinn. Später würde er den Brief noch oft lesen, sehr oft. Jeden Tag. Er faltete ihn zusammen und steckte ihn zurück in den Umschlag. Dann verließ er das Zimmer und schloss leise die Tür hinter sich. Langsam, als stapfte er durch tiefen Schnee, schlurfte er in den leeren Hausflur.

Und schrie.

KAPITEL 1

Das Kapitel, in dem wir Ben Pruss kennenlernen,
der denkt, er sei der Star der Show,
aber schon bald eines Besseren belehrt wird.

Ben war damit beschäftigt, mit einer blauen Kunststoff-Stempelmaschine seine Schreibtischunterlage zu verzieren. Über vierzig Mal hatte er bereits gestempelt: *Ben Pruss – Ihr Zauberkünstler in Dortmund – Close-Up und Bühne*. Dazu seine Telefonnummer, Web- und E-Mail-Adresse. Ihm kam der Gedanke, dass er das Blatt abreißen müsse, bevor er das nächste Mal jemanden in seinen, wie er es nannte, »Büro-Schrägstrich-Probenraum« ließ.

Das Telefon klingelte, und er zuckte schuldbewusst zusammen. Misstrauisch blickte er das Gerät an. Die letzten beiden Anrufe waren nicht eben dazu bestimmt gewesen, seine Laune zu heben. Im Gegenteil.

Beim ersten Mal war es seine Mutter gewesen, die ihn mit ihrem ständigen »Bennilein« gequält hatte, und beim zweiten Mal seine Vermieterin Frau Heimel. Diese hatte sich lautstark darüber ausgelassen, dass bereits der 18. sei und die Miete immer noch nicht überwiesen. Na, danke auch!

Und nun verlangte das Telefon zum dritten Mal, dass er dem Gerät seine Aufmerksamkeit widmete. Ben seufzte. Vielleicht war es ja diesmal ein Firmenboss, der einen Zauberer brauchte, dachte er, ohne wirklich daran zu glauben und griff nach dem Hörer. »Ben Pruss am Apparat.«

»Pedro Möller mein Name. Ich hätte gerne einen Termin bei Ihnen. Wenn möglich heute noch. Es ist dringend«, kam eine kantige, männliche Stimme am anderen Ende der Leitung sofort zum Punkt.

Ok. Will Vorgespräch. Scheinbar wirklich ein Firmenboss, dachte Ben und hatte das Gefühl, dass ihm der Name des Typen irgendwie bekannt vorkam. »Ja ... Lassen Sie mich mal sehen ...« Er raschelte geschäftig mit einigen Papieren und klimperte nutzlos, jedoch deutlich hörbar auf der Tastatur herum – schließlich hatte er seinen Terminplan komplett im Kopf – nächste Woche Freitag, 21 Uhr, Show bei Frau Piontek auf dem Sechzigsten. Ende. »Jaaaa«, sagte er gedehnt, als wägte er im Kopf den stimmigsten Termin ab und rückte virtuelle Zeitfenster zurecht. »Also. Eben hat jemand spontan für heute Nachmittag abgesagt. Passt Ihnen 16 Uhr?«

»16 Uhr ginge bei mir.«

»Worum geht es denn, wenn ich fragen darf?«

»Ich könnte kurzfristig Ihre Dienste gebrauchen«, gab der Anrufer zurück. Und nach einer kurzen Pause: »Ich hätte da einen Spezialauftrag für Sie.«

* * *

Nach diesem Telefonat war Bens Magen noch nervöser, und das ohnehin flaue Gefühl legte kräftig zu. Der Anrufer wollte ihm am Telefon keine Details geben, was genau er mit Spezialauftrag meinte, aber im Prinzip konnte es nur eines bedeuten.

Ben hatte den unüblichen Namen des Anrufers gleich nach dem Telefonat gegoogelt und war direkt fündig geworden. Pedro Möller war Chef des in Dortmund ansässigen Zack-Varietés. Soviel Ben wusste, war die aktuelle Saison voll im Gange, und das neue Programm würde erst im Herbst starten. Vielleicht bedeuteten die Schlüsselbegriffe *kurzfristig* und *Spezialauftrag* also, dass er, Ben, als Krankenersatz für einen anderen Künstler einspringen sollte.

»Ach du Scheiße«, murmelte er. Ein Angstpfeil schoss ihm eiskalt von oben nach unten durch den Körper, und er griff instinktiv nach einem Fläschchen mit Bachblüten-Tinktur, welches auf seinem Schreibtisch stand – inmitten einer Vielzahl weiterer Fläschchen, Gläschen und Töpfchen. Befüllt mit allen möglichen Mittelchen, die ihm gegen sein krankhaftes Lampenfieber helfen sollten. Er ließ sich vier Tröpfchen auf die Zunge fallen und meinte, sich gleich etwas ruhiger zu fühlen. Ob es daran lag, dass seine Bachblüten mit hochprozentigem, französischem Cognac gemischt waren, ob er dem Placebo-Effekt auf den Leim gegangen war, oder ob die Bachblüten tatsächlich ihren Dienst taten, war ihm egal. Er wusste nur, dass es das beste Mittel gegen Auftrittspanik und Mutter-induzierte miese Laune war.

»Ich glaub, das muss ich absagen«, sagte er beklommen zu sich selbst.

* * *

Die Zeit bis zu seinem Termin benutzte Ben dazu, die Rückseite seiner Schreibtischunterlage (die Vorderseite bot durch die Stempelschmierereien eindeutig zu wenig Platz) mit den unterschiedlichsten Show- und Nummernkonstellationen zu bekritzeln. Er war sich mittlerweile sicher, dass der Moderator der Show – Frank Pracht, wie Google wusste – ausgefallen war, denn der war Zauberkünstler der aktuellen Spielzeit und außerdem Conférencier der Show. Alles andere ergab keinen Sinn. Ben war sich im Klaren darüber, dass sich seine Zauberei, die eher auf runde Geburtstage und Sommerfeiern von Kegelclubs ausgelegt war, nicht mit der Theaterdarbietung eines Frank Pracht messen konnte. Aber es war ihm gelungen, das Blatt mit einigen Nummern zu füllen, die er eines Varieteabends würdig fand. Solide Handwerkskunst mit Klassikern wie der Flaschenwanderung, dem zerschnittenen und wieder hergestellten Seil und dem Ringspiel nach Dai Vernon. Der Gedanke, zumindest eine Zeitlang über ein geregeltes Einkommen zu verfügen, behagte ihm mittlerweile sogar.

Seine größte Sorge war, dass Pedro Möller von ihm verlangen könnte, bereits am Abend aufzutreten. Sollte das so sein, müsste er wahrscheinlich die ganze Pulle Bachblüten wegnuckeln und reichlich mit Cognac pur nachspülen.

Es klingelte. Ben fuhr erschrocken hoch und stieß sein Knie an der Tischplatte an. »Mist, verdammter!«, fluchte er, riss die Schreibtischunterlage vom Tisch und warf sie kurzerhand in den angrenzenden Toilettenraum.

Ebenso verfuhr er mit dem Bündel Sonntagszeitungen, welche er sich am vergangenen Wochenende in der Nachbarschaft geklaut hatte, um das Kunststück der zerrissenen und wiederhergestellten Zeitung einzustudieren. Die schwarze Lautsprecherbox samt Stativ rückte er von der Tür weg, damit sein Gast nicht drüber stolpern konnte. Den schwarzen Bühnenhintergrund schob er ein Stück weiter nach links, um die dahinter hängenden, antiken Drucke einer Show des legendären Harry Houdini und einer magischen Soirée des Zauberkünstlers Dante freizulegen.

Es klingelte erneut. Diesmal länger und drängender. Er hastete hinüber zum Bücherregal, dessen halbseitige Schiebetür er kurzerhand von links nach rechts schob. Auf diese Weise verdeckte sie das Chaos an bunt zusammengewürfelten und angestaubten Requisiten und gab den Blick auf halbwegs ordentlich sortierte Zeitschriften und Bücher aus dem Reich der Zauberkunst frei. Er widerstand dem Drang, noch einmal zu den Bachblüten zu greifen, atmete zwei Mal tief ein und aus, lief durch den kurzen Flur zur Wohnungstür und öffnete, während er gleichzeitig den Türöffner für die Haustür betätigte. Er schrak zusammen, als er unerwartet in das Gesicht seines Besuchers blickte. Offenbar war die Haustür drei Treppen tiefer nicht, wie sonst üblich, verschlossen gewesen. Schnell hatte er sich wieder gefangen. Vor ihm stand ein etwa fünfzigjähriger, gepflegter Herr mit blauem Designeranzug, locker sitzender Krawatte und goldenen Manschettenknöpfen. Eine Sonnenbrille steckte lässig in seinem grauen Haar.

»Moin! Pedro Möller mein Name, wir haben einen Termin.« Der Mann streckte Ben eine braungebrannte Hand mit einem goldenen Gliederarmband entgegen.

»Ach ja … Richtig, richtig«, antwortete Ben. »Kommen Sie rein.« Er tat einen Schritt zur Seite und wies mit der ausgestreckten Hand in den Flur.

»Vielen Dank«, sagte Pedro Möller und schob sich an Ben vorbei.

Dieser bemerkte einen markanten Tabakgeruch, gepaart mit der durchdringenden Note eines herben Aftershaves. Pedro Möller hatte seine Zigarette wohl erst unten vor der Tür weggeworfen. Im Gehen fragte Ben: »Was kann ich für Sie tun?« Ihm fiel auf, dass er die linke Hand immer noch in der »Herzlich willkommen«-Geste hochgestreckt hielt.

Pedro Möller deutete das als ein Zeichen, ins Büro zu gehen und an der Gästeseite des Schreibtischs Platz zu nehmen. Ben setzte sich an seine Seite der Tischplatte und sah sein Gegenüber mit einer etwas größeren Spur Neugierde an, als beabsichtigt.

Pedro Möller antwortete nicht, sondern sah sich interessiert im Raum um. Sein Blick blieb einige Sekunden auf dem Schriftzug *Harry Houdini's Death defying Mystery* hängen, dann fragte er: »Interessieren Sie sich für Zauberei?«

Ben zögerte mit seiner Antwort einen Moment zu lange, und als er endlich mit einem verhaltenen »Äh, ja« antwortete, blickten sich beide mit einem Funken Irritation in den Augen an.

»Hab ich was Falsches gesagt?«, fragte Pedro Möller, der als Erster die Sprache wiederfand.

»Nein«, begann Ben. »Natürlich nicht. Aber sind Sie nicht der Pedro Möller vom Zack-Varieté?«

»Doch, der bin ich. Sollte mir deshalb klar sein, dass Sie sich für Zauberei interessieren?«

»Ehrlich gesagt, hatte ich angenommen, dass Sie genau deswegen hier sind. Ich dachte, Sie wollen mich engagieren«, antwortete Ben, der sich dafür am liebsten geohrfeigt oder die Lippen zugetackert hätte. Am besten beides.

»Ähm, ehrlich gesagt, nicht«, stellte Pedro Möller klar, der jetzt ein wenig konsternierter dreinblickte. »Sie sind mir empfohlen worden.« Er räusperte sich und richtete sich in seinem Stuhl auf. »Von Urs Schneider. Er hat mir gesagt, dass Sie ein erstklassiger Privatdetektiv seien und seinen Fall in kürzester Zeit gelöst hätten. Dass Sie auch Zauberer sind, hat er mir nicht verraten. Tut mir leid.«

»Macht doch nichts, macht doch gar nichts«, sagte Ben mit einer abwinkenden Geste und einem aufgesetzten Lächeln. Er hatte das Gefühl, dass das Gespräch plötzlich an ihm vorbeilief und er nicht mehr als ein Zuschauer war. Jemand sagte absurde Dinge, und ein anderer antwortete nicht minder absurd. Und wer um Himmels willen sollte dieser Urs Schneider sein?

Mit einem Blick, der Hochachtung ausdrückte, redete Pedro Möller weiter: »Urs wollte mir nicht sagen, worum es genau ging, aber da er eine dicke Firma hat, nehme ich an, Wirtschaftsspionage oder so was, richtig?«

Und in dem Moment fiel es Ben wieder ein. Im März hatte er einen Auftritt für irgendeine Beraterfirma im Hotel *l'Arrivée* in Dortmund-Höchsten gegeben. Der

Geschäftsführer – eben der genannte Urs Schneider – hatte im Nachgespräch in der Lobby ganz mitgenommen ausgesehen. Ben dachte schon, seine Show sei der Grund dafür gewesen. Er fand eigentlich, dass er anständig abgeliefert hatte, auch wenn die knapp fünfzig Mitarbeiter sich nicht gerade zu exzessiven Begeisterungsstürmen hatten hinreißen lassen. Fahrig hatte Urs Schneider sich immer wieder ins Haar gegriffen, und seine Augenringe hatten Ben, der sich damit auskannte, gezeigt, dass er seit längerer Zeit nicht mehr gut geschlafen hatte.

»Ich glaube, meine Frau betrügt mich«, stieß er unvermittelt aus, als Ben gerade die Frage gestellt hatte, ob ihm die Show gefallen habe.

»Ich hatte das Gefühl, die Kollegen hatten Spaß«, antwortete Ben zaghaft, und hoffte, damit das drohende Konfliktgespräch abwenden zu können. Als Urs Schneider keine Anstalten machte darauf einzugehen und stattdessen unverwandt eine Stehlampe anstarrte, entschloss sich Ben dazu, die Stille zu brechen und die Flucht nach vorn anzutreten: »Äh, Entschuldigung. Was sagten Sie? Ihre Frau betrügt Sie?« Nach einer Pause hörte er sich ungeschickt sagen: »Soll ich einen Ihrer Kollegen holen? Ich müsste dann auch gleich los …«

»Was?«, sagte Urs Schneider und schien erst da aus seiner Lethargie zu erwachen. »Nein, nein. Ein Kollege hilft da nicht.« Er sah Ben durchdringend an, und dieser bekam das Gefühl, die Blicke würden direkt in seinen Körper stechen. »Ich brauche Klarheit! Ich könnte damit umgehen, wenn es so wäre, aber mit dieser Ungewissheit kann ich nicht leben!«

»Ja, haben Sie sie denn mal drauf angesprochen?«, versuchte Ben es mit einem proaktiven Vorschlag.

»Natürlich! Mehrfach! Sie streitet alles ab.« Wieder strich er durch sein wirres Haar. »Können Sie sie nicht beschatten und mir Beweise liefern?«, sagte er mit einem flehenden Lächeln und sah für Bens Geschmack eine Spur verrückt dabei aus.

»Ich?«, fragte Ben. »Wie stellen Sie sich das vor?«

»Na, Sie haben doch oft Zeit«, begann er mit einer unbewiesenen Behauptung. »Claudia verlässt das Haus fast jeden Tag um zwölf. Ich habe sie beobachtet, aber ich kann ihr nicht hinterherfahren. Früher oder später würde sie das garantiert merken.« Er seufzte angestrengt und legte Ben beide Hände auf die Schultern. Dann versuchte sein Gesicht, ein Lächeln zu imitieren, das aber eher zur Maske eines hungrigen Horrorclowns passte. »Und ich bezahle Sie selbstredend.« Er musterte Ben von oben bis unten, bevor er weiterredete: »Sie fallen doch überhaupt nicht auf. Schauen Sie sich doch mal an. Sie sind ein richtiger Allerweltstyp.« Ben war zu überrumpelt, als dass er diese Aussage als unverschämt hätte deuten können. »Gegen einen kleinen Spezialauftrag haben Sie doch nichts, oder?«

Ja, dachte Ben jetzt, das war ein Spezialauftrag gewesen. Laut hörbar atmete er aus, schob seinen Bürostuhl ein Stück nach hinten und lehnte sich weit zurück, die Handflächen in den Nacken gelegt. Er hatte den *Fall* damals angenommen. Und tatsächlich, er hatte ihn aufgeklärt. Besonders schwierig war das nicht gewesen, denn besagte Dame fuhr am ersten Abend der Observation auf direktem Wege in ein abgelegenes Restaurant in Hombruch und setzte sich in eine schummrige Nische an einen Tisch für zwei. Nach fünf Minuten war ein blonder Hüne in Lederjacke hinzugekommen und die beiden hatten ohne nennenswertes Begrüßungsritual heftig zu knutschen begonnen. Bis der Kellner irgendwann leise hüstelnd an den Tisch getreten und die Speisekarten ausgeteilt hatte. Ben hatten seinem Auftraggeber die Beweise in Form von achtundzwanzig hochauflösenden Digitalbildern geliefert. Zwei davon brauchbar, die restlichen verwackelt. Allerdings fand die Übergabe erst am dritten bezahlten Arbeitstag statt, denn Ben fand, dass sich so ein Spezialauftrag auch ein bisschen lohnen musste. Der Betrogene hatte sich tausendfach bei Ben bedankt und war in Tränen ausgebrochen.

»Hallo?«, sagte Pedro Möller. »Sind Sie noch da?«

»Äh, was?« Ben erschrak fast. So waren seine Gedanken abgeschweift. Er blinzelte ein paar Mal und sagte: »Nein … Ich meine *ja*. Ich bin noch da. Hatte nur kurz nachgedacht.« Er tippte sich mehrfach mit Zeige- und Mittelfinger an die Stirn.

»Worum ging's denn jetzt bei dem Urs? War es Wirtschaftsspionage?«, wollte Pedro Möller wissen.

»Tut mir leid, dazu kann ich leider nichts sagen. Schweigepflicht.« Doch um seinen Gesprächspartner nicht ganz von seinem Ursprungsgedanken abzubringen, fügte er geheimnisvoll hinzu: »So was in der Art.«

»Na, ist nicht so wichtig. Ich habe jedenfalls Probleme mit meiner eigenen Firma, und deshalb bin ich hier.« Sein Blick schweifte durch den Raum und blieb kurz auf den Fläschchen mit den Tröpfchen und Globuli hängen, bevor er wieder zu Ben aufsah.

»Was für ein Problem haben Sie?«, fragte Ben, der spürte, wie ihm schwindelig wurde, und der sich nichts sehnlicher wünschte als vier weitere Tröpfchen seiner Bachblütenmischung.

»Es ist so«, begann Pedro Möller, als er von einem sechsfachen Sturmklingeln an der Tür unterbrochen wurde.

»Entschuldigen Sie mich.« Ben passte die Unterbrechung gar nicht, und er hatte keinen Schimmer, wer da so dringend etwas von ihm wollte. Hoffentlich nicht Frau Heimel, dachte er mit einem Anflug von Panik, schritt mit größtmöglicher Dynamik an Pedro Möller vorbei durch den Flur und öffnete die Tür.

»Kai? Was machst du denn hier?« Ben schaute seinen alten Schulfreund Kai Siebert irritiert an. Dann drehte er sich kurz in Richtung seines Büro/Probenraums und bemerkte, dass er die Tür offengelassen hatte und Pedro Möller die beiden mit Interesse beobachtete. »Warte.« Er schritt zurück durch den Flur und sagte lächelnd an Pedro Möller gewandt: »Mein Assistent. Etwas früher von einem Außeneinsatz zurück. Ich bin sofort wieder bei Ihnen.« Dann schloss er die Tür und war allein mit Kai.

»Wie jetzt, Assistent?«, fragte Kai.

»Erkläre ich dir später. Was machst du hier? Und wie siehst du überhaupt aus?« Ben musterte Kai von oben bis unten. Der ansonsten sportliche, gepflegte und dynamisch wirkende, junge Mann sah aus wie durch eine Mühle gedreht. Wirre Haare, müde Augen, ungebügeltes Commodore64-T-Shirt, Jeans mit mindestens drei verschiedenen Fleckenarten.

»Kann ich bei dir pennen? Steffi hat mich rausgeschmissen.«

»Was? Oh Mann. Na klar, warte.« Ben holte den Schlüsselbund aus der vorderen Tasche seiner Jeans und machte sich umständlich daran, den Schlüssel für seine Wohnung, die einen Stock höher lag, vom Schlüsselring zu trennen. »Warte oben auf mich. Ich habe nur noch diesen einen Klienten, dann komme ich.« Er übergab den Schlüssel und Kai sagte: »Klient? Bist du jetzt Anwalt oder was?«

»Erkläre ich dir später«, antwortete Ben mit einem Lächeln, das gleichzeitig Hoffnung, Irritation und Überforderung ausdrückte, und schloss die Tür.

»Wo waren wir stehen geblieben?« Ben nahm erneut Platz und bemühte sich, professionell, investigativ und engagiert zu wirken. Bei aller Nervosität und Aufregung schmeichelte es ihm, dass Pedro Möller ihn für einen echten Detektiv hielt.

»Das Zack-Varieté in der Innenstadt kennen Sie ja?« Pedro Möller formulierte den Satz als Frage.

»Selbstverständlich kenne ich das!« Ben war zehn, fünfzehn Jahre zuvor oft dort gewesen, um sich Zaubererkollegen anzusehen, die bereits das geschafft hatten, was er anstrebte. Als irgendwann abzusehen gewesen war, dass er diese Höhen mit seiner Kunst eher nicht erklimmen würde, waren die Besuche weniger geworden, bis sie schließlich ganz eingeschlafen waren. Heute kannte er das Varieté hauptsächlich wegen seines Parkplatzes, auf dem er unberechtigterweise, dafür kostenlos, parkte, wenn er etwas in der Innenstadt zu erledigen hatte.

»Gut! Wir sind das einzige noch inhabergeführte Varieté in einem Umkreis von knapp 150 Kilometern, und das, obwohl wir hier mitten im Ruhrgebiet sitzen. Seit einigen Wochen haben wir immer wieder mit Sabotageakten zu kämpfen, die uns das Leben schwer machen. Vor einer Woche musste die Show komplett ausfallen. Jemand hat die Toilettenanlage derart unter Wasser gesetzt, dass nichts mehr ging. Eine Sauerei war das! Sicher haben Sie davon in der Zeitung gelesen?«

»Natürlich!« Ben hatte außer den geklauten Sonntagsblättern seit Ewigkeiten keine Zeitung mehr in der Hand gehabt, aber sollte mehr Fachwissen aus dem Tagesblättchen von ihm verlangt werden, konnte er ja behaupten, die Details nicht mehr präsent zu haben.

»Ich hab natürlich versucht, das so wenig hochkochen zu lassen wie möglich. In der Zeitung stand nur, dass wegen eines technischen Defektes die Show ausfallen musste.« Pedro Möller wirkte aufgebracht und kratze fortwährend mit dem Daumen seine Nase. »Schaden von knapp 15.000 Euro. Der Teppich in der Eingangshalle musste komplett erneuert werden. Und die Versicherung stellt sich quer, weil klar ist, dass da einer was manipuliert hat.«

»Haben Sie die Polizei verständigt?«

»Klar, die kamen sofort und haben alle Mitarbeiter befragt. Weiter gemacht haben die aber nichts. Keine Spuren genommen oder so was. Unglaublich!« Er schaute Ben empört an, der sein Verständnis zeigte, indem er einfach denselben Gesichtsausdruck annahm.

»Was wurde denn an der Wasserversorgung manipuliert? Technische Ermüdungserscheinungen scheiden definitiv aus?« Ben freute sich, dass ihm dieses tolle Wort eingefallen war. Das machte was her.

»Ganz ohne Zweifel. Jemand muss irgendwann in der Nacht eingedrungen sein und hat jeden Wasserhahn in den Gästetoiletten aufgedreht und die Abflüsse verstopft. Damen- und Herrentoilette zusammengenommen sind das zehn Wasserhähne, die stundenlang aufgedreht waren.«

»Wer hat alles einen Schlüssel für das Varieté? Ich denke, es gab keine Einbruchspuren, richtig?«

»Stimmt. Der Täter muss einen Schlüssel gehabt haben. Davon gibt es natürlich einige. Ich, meine Sekretärin, zwei der Techniker, das ganze Ensemble, der Choreograf, der Regisseur, die drei Putzfrauen, und wer weiß, wer sonst noch alles.«

»Könnten Sie mir eine Liste davon zukommen lassen?« Wow, Ben fühlte, wie er in Fahrt kam. Zumindest hier, gemütlich im gepolsterten Bürostuhl, fing die Sache an, ihm Spaß zu machen.

»Natürlich. Ich lasse das meine Sekretärin gleich morgen früh erledigen.« Er deutete zuerst auf Ben, dann auf sich. »Wenn wir uns einig werden. Ich hätte ja zumindest gedacht, dass die Polizei so eine Liste auch fordert, aber nichts. Als ich nachfragte, sagte der Kripotyp, dass es da zu viele Möglichkeiten gäbe, und sie sich deshalb nicht drum kümmern könnten.«

»Wie hieß der denn?«

»Das war ein Herr Schnieders. Kriminalinspektion 4.«

»Ach klar, der Schnieders …« Ben zog die Stirn kraus und lächelte wissend. Er fand, es könne nicht schaden, Pedro Möller das Gefühl zu vermitteln, er würde den

Herrn Schnieders von der Polizei kennen, was selbstverständlich nicht der Fall war.

»Ach, Sie kennen den? ... Ja, klar ... Flitzpiepe!« Pedro Möller stieß ein krächzendes, kurzes Lachen aus. Er wirkte beeindruckt.

Volltreffer!

»Sie haben erwähnt, Herr Möller, dass es vorher schon Fälle von Sabotage gab. Was war das?« Ben verspürte den ungeheuren Drang, seine Beine auf die Tischplatte zu legen und sich eine Zigarre anzuzünden, doch er beherrschte sich – außerdem hatte er keine Zigarre im Haus.

»Genau. Zwei weitere Vorfälle gab es, die aber weitaus weniger ins Gewicht fielen. Die haben wir mehr oder weniger abgehakt. Einmal waren alle Kabel aus unseren drei Kassencomputern verschwunden. Monitorkabel, Netzkabel alle weg. Da konnten wir uns relativ schnell helfen, weil wir die Praktikantin nach nebenan in den Elektroladen zum Einkaufen geschickt haben. Eine Woche später waren dann die Schlösser der Eingangstüren mit Sekundenkleber verklebt. Das hat unser Techniker auch schnell wieder im Griff gehabt.«

»Mmmmh, mmmmh«, murmelte Ben nachdenklich, nickte und stellte fest, dass er die Augen zu schmalen Schlitzen geschlossen hatte. »Können Sie sich vorstellen, was für ein Motiv hinter der ganzen Sache steckt?«

Pedro Möller runzelte die Stirn und dachte nach: »Tja, da will wohl ein Mitarbeiter dem Varieté was Schlechtes.«

»Haben Sie da jemand bestimmtes im Blick?«

»Absolut nicht. Ich bin mir nur sicher, dass es keiner von den Künstlern und aus der Technik ist. Wir kennen uns seit Jahren.«

»Also eher jemand aus dem Service?«

»Kommt mir eher schlüssig vor. In dem Bereich gibt es auch eine höhere Fluktuation«, antwortete Pedro Möller mit einem Schulterzucken.

»Vielleicht wurde der von einem Mitbewerber angeheuert?«

»Unwahrscheinlich. Hier in der Stadt gibt es noch ein Varieté, das einer Kette angeschlossen ist und nicht privat betrieben wird. Bei denen fallen die Kosten viel geringer aus, weil die ihre Künstler für zwei Jahre buchen und in die verschiedenen Städte schicken. Außerdem sitzen wir in einer so großen Stadt, die problemlos zwei Varietés verträgt.«

»Dann eher was gegen Sie als Arbeitgeber?«

»Das habe ich mir auch schon überlegt. Klar, man macht sich nicht immer nur Freunde bei den Mitarbeitern. Allerdings kenne ich niemanden, der mir da feindlich gesinnt sein würde und dem ich so dermaßen auf die Füße getreten hätte, dass er so weit geht.«

»Okay.« Das gute alte, flaue Gefühl kehrte in Bens Magen zurück, und er überlegte, ob er die Sache nicht doch an dieser Stelle abbrechen sollte. Sein Blick fiel auf den Kalender, auf dem der 18. August rot eingerahmt war, und er erinnerte sich an seine Mietschulden. Dann sagte er: »Wie stellen Sie sich meinen Einsatz vor? Wenn jemand aus Ihrem Umfeld dahintersteckt, dann wird er vorsichtig werden, sobald ein Detektiv die Bühne betritt.« Er musste selbst über sein kleines Wortspiel lachen, doch Pedro Möller, der keine Miene verzog, schien den Witz nicht zu bemerken. Ben räusperte sich und fuhr fort: »Sie könnten mich als Zauberkünstler engagieren, der vor der Show die Gäste im Foyer unterhält.«

Pedro Möller wiegte den Kopf hin und her und verzog skeptisch den Mund. »Halte ich mitten in der Spielzeit für keine gute Idee. Mit welcher Begründung sollte ich das den Kollegen erklären? Wir sind jeden Tag ausverkauft, trotzdem bleibt von den Einnahmen nicht sonderlich viel übrig. Außerdem müssten Sie ja immer nur kurz vor den Shows vor Ort sein.« Dann setzte er ein breites Lächeln auf. »Aber ich hab da schon eine andere Idee für Sie.«

* * *

»Als Masseur?«, fragte Ben entgeistert und hoffte inständig, sich verhört zu haben. Vielleicht hatte Pedro Möller ja doch *Regisseur* gesagt, oder wenigstens *Chauffeur*? Hautsache irgendein anderes Wort mit *eur* am Ende.

»Genau! Dann wären Sie immer mittendrin im Spektakel. Wir hatten vor zwei, drei Jahren einen Choreographen im Team, der gleichzeitig Physiotherapeut war. Der hat sich gut um die Wehwehchen der Künstler gekümmert. Irgendwas haben die ja immer, bei zwei Shows am Tag.«

»Sie sagen es, Herr Möller. Um die Wehwehchen der Künstler. Mein Hauptaugenmerk soll aber doch auf den Mitarbeitern rundherum liegen?«

»Sehen Sie«, sagte Pedro Möller beifallheischend. »Und genau darin liegt die Stärke meines Plans. Sie bieten Ihre Dienste natürlich allen Mitarbeitern an. Gehen schön Klinkenputzen bei den Kollegen und stellen sich überall vor. So kommen Sie richtig schön mit jedem ins Gespräch. Da wird garantiert keiner misstrauisch.«

Ben spürte, wie *er* misstrauisch wurde. »Und was wäre, wenn Sie mich einfach auch im Service einsetzen? Kasse oder so? Oder an der Bar«, versuchte er einen Kompromissvorschlag.

»Schlecht. Ganz schlecht.« Pedro Möller schüttelte den Kopf. »Da müssen Sie ja richtig arbeiten. Und ins Gespräch kommen Sie mit den Leuten auch nicht. Das würde viel zu lange dauern … Lange Rede. Ich mache die Stelle einfach wieder frei für Sie. Sie bekommen einen Raum im Garderobenbereich und können von da aus schalten und walten, wie Sie wollen. Die alte Massageliege habe ich auch noch irgendwo in den Katakomben rumstehen. So machen wir's und nicht anders.«

Ben nickte und zog in einer Was-soll-man-machen-Geste die Schultern nach oben. Pedro Möllers Argumente waren schlüssig. Als Masseur hatte er wirklich einen guten Grund, jeden Mitarbeiter einzeln anzusprechen, und es würde auch kein Misstrauen erregen, wenn er zu allen möglichen Tageszeiten vor Ort war. Merkwürdigerweise fühlte er sich gleichzeitig erleichtert und aufgeregt. Erleichtert über die Tatsache, dass er nicht vor 400 Zuschauern auf einer großen Bühne zaubern musste. Und aufgeregt darüber, dass er kurz davor war, einen Job anzunehmen, von dem er überhaupt (aber *überhaupt!*) keinen blassen Schimmer hatte. Und das auch noch als verdeckter Ermittler, der seines Zeichens wiederum einen Job hatte, von dem er überhaupt (aber *überhaupt!*) keinen blassen Schimmer hatte.

»Kennen Sie den?«, wollte Pedro Möller wissen.

»Was? Wen?« Ben schwirrte der Kopf, und er meinte, ein leises Piepsen im Ohr zu vernehmen.

»Frank Pracht. Unseren Zauberer.«

Ach richtig, um den ging es. Er nickte. »Ja, den kenne ich. Ist ein netter Kerl.« Er hatte ihn zwei, drei Mal bei Zauberkongressen getroffen und ein paar Worte mit ihm gewechselt. Er war einer von den Zauberern, die auf Anhieb sympathisch wirken und vor Zauberkollegen unproblematisch offen mit ihren Geheimnissen umgehen.

»Das ist er«, bestätigte Pedro Möller und ergänzte: »Was sagen Sie zu meinem Plan?«

»Also ehrlich … Der Gedanke behagt mir nicht besonders.« Die Antwort kam zurückhaltender, als ihm zu Mute war. Er hatte sich wieder so weit gefangen, dass sich ein schrill ausgestoßenes »*What the fuck?*« angemessener in seinen Ohren angehört hätte. Trotzdem fuhr er in gemessenem Ton fort: »Ich hab doch gar keine Ahnung davon.« In seinem Kopf ploppte ein erschreckendes Bild auf, auf dem er die Hände durch fremdes, rotpockiges Rückenfett knetete und der schwabbelige Kerl auf der Liege dabei genussvoll ächzte und stöhnte.

»Ach, papperlapapp«, Pedro Möller winkte ab. »Brauchen Sie doch gar nicht. Ehrlich. Wenn einer kommt, dann walken Sie den ein bisschen durch und fertig. Latexhandschuhe und alles Mögliche an Ölzeugs besorge ich. Sie haben doch bestimmt schon ab und zu einem hübschen Mädchen die Schultern massiert, oder?« Er schnalzte anzüglich mit der Zunge und kniff dabei ein Auge zu. Zum Glück war die Frage nur rhetorisch gemeint, denn Bens ehrliche Antwort darauf hätte »Äh, nein« lauten müssen. Pedro Möller fuhr fort: »Ist doch egal, wenn die denken, dass Sie eine Niete dabei sind. Aber das glaube ich nicht mal. Das kriegen Sie hin. Improvisieren Sie eben.« Er nickte und klatschte einmal in die Hände, als wollte er signalisieren, dass die Sache damit unwiderruflich beschlossen sei. »Und noch eins.« Jetzt hob er wichtig einen Zeigefinger und setzte erneut den anzüglichen Blick auf. Dann beugte er sich über die Tischplatte, so nah wie möglich an Ben heran und flüsterte: »Wir haben bei uns Frauenüberschuss. Und das sind nicht die Schäbigsten. Das kann ich Ihnen sagen!«

Ben atmete schnaubend aus und ließ sich zurück in seinen Stuhl fallen. Pedro Möller tat es ihm gleich und gab ihm Gelegenheit, die Sache zu überdenken. Als Masseur würde er unweigerlich dicht am Geschehen sein. Und auch das Bild in Bens Kopf hatte nach Pedro Möllers enthusiastischem Plädoyer den größten Schrecken verloren. Und er erinnerte sich an die wenigen Male, als *er* massiert wurde. Einmal war es eine Sechsersitzung bei der Krankengymnastik gewesen, und einmal hatte er sich nach einem Auftritt im Saunapark Wischlingen eine Lomi-Lomi-Massage gegönnt. Das Rumkneten sollte er wohl hinbekommen, auch wenn es danach aller Voraussicht nach niemandem besser gehen würde.

»Machen wir«, sagte er schließlich und streckte Pedro Möller die Hand entgegen, der augenblicklich einschlug und mit seinem übertrieben festen Händedruck beinahe dafür sorgte, dass Ben gleich an Ort und Stelle einen Physiotherapeuten nötig hatte.

»Den ersten Termin bei Ihnen, nehme ich«, sagte Pedro Möller bestimmt, und Ben blickte ihn entgeistert an.

»Spaaaaaaß«, schickte er prustend hinterher, nachdem er Bens Schrecken eine Sekunde ausgekostet hatte. Dann sagte er in gesetztem Ton: »Heute haben wir einen unserer Ensembleabende. Das ist sowas wie ein Betriebsfest. Das machen wir einmal in der Mitte jeder Saison und am Ende. Da kommen alle Mitarbeiter, nicht nur die Künstler. Da könnte ich Sie mit den Kollegen bekannt machen, und jeder hat Sie mal gesehen. Wie ist das überhaupt? Haben Sie denn gerade noch andere Fälle?«

»Gerade den letzten mit Außeneinsatz abgeschlossen.« Ben wies mit der Hand in Richtung Flur, um an seinen *Assistenten* Kai Siebert zu erinnern. »Ansonsten gibt es momentan nur eine Menge Recherchearbeit, und die kann ich vom Laptop und Handy erledigen. Kein Problem.« Die Lügen gingen ihm leicht über die Lippen, wie er feststellte. Erstens hatte er gar keinen Laptop, und sein Handy war ein uralter Knochen aus den Pionierzeiten der Mobiltelefonie. Er tröstete sich mit dem Gedanken, dass es zu den wichtigsten Leistungen eines guten Zauberers und sicher auch eines Möchtegern-Detektivs gehörte, die Wahrheit hier und da etwas zu dehnen. Und er tat das ja für einen guten Zweck.

»Bleibt nur noch die Frage nach der Bezahlung. Ich hoffe, wir werden uns einig. Ich dachte mir, ich engagiere Sie erst mal für maximal zwei Wochen«, sagte Pedro Möller.

»Ja. Ja, richtig.« Ben überlegte und spürte den Herzschlag unter seinem karierten Hemd. Es behagte ihm nie, einen Preis zu nennen, selbst bei seinen Engagements. Und meistens ärgerte er sich im Nachhinein, wenn er seine Arbeit wieder mal zu billig verkauft hatte. Bei der Zauberei merkte man das daran, dass die Kunden am Telefon entspannt ausatmeten und postwendend zusagten. Man *hörte* ihr gewinnendes Lächeln förmlich durch den Hörer. Manchmal hatten sie dann sogar noch den Schneid zu fragen, ob das »wirklich so in Ordnung« sei. »Mein Tagessatz liegt bei 150 Euro«, sagte er entschlossener, als er sich fühlte.

Pedro Möllers Augen leuchteten auf. Er lächelte übers ganze Gesicht und streckte begeistert seine Hand aus. »Ist das auch wirklich so in Ordnung?«

»Plus Spesen!«, setzte Ben mit eingefrorenem Lächeln hinterher, als er Pedro Möllers Hand griff und sich Mühe gab, diese möglichst zu Brei zu quetschen.

Dass dieser Preis viel, viel, viel zu günstig war, sollte sich schon wenige Stunden später im *Zack*-Varieté herausstellen.

* * *

»150 Euro? Alter, Magnum hat schon 200 Dollar als Tageshonorar genommen – und das war 1980.« Kai Siebert saß auf Bens Couch im Wohnzimmer und lachte seinen Freund aus. Eine Flasche Bier in der Hand. Die Reisetasche und die erste bereits geleerte Flasche standen neben ihm auf dem Boden. »Du hättest locker 400 oder 500 nehmen können. Ich meine, schließlich denkt der, du wüsstest, wovon du redest.« Wieder lachte er los. »Und zur Tarnung als Masseur?« Sein Kichern wurde schriller, und er schlug sich mit der flachen Hand mehrfach auf den Oberschenkel, dass es laut klatschte. »Wo hast du dich da wieder reinquatschen lassen?«

»Also bei den Künstlern gibt es weit mehr Frauen«, rechtfertigte Ben sich. »Und das sind nicht die schäbigsten, glaub mal. Alles Artistinnen und so und junges Gemüse bei den Servicekräften.« Er saß Kai gegenüber auf dem Sessel. Die Beine gemütlich auf einem gepolsterten Hocker abgelegt. Couch, Sessel und Hocker waren wild durcheinander gewürfelt. Die Couch, bezogen mit grauem, mittlerweile glänzend geriebenem Velours, gehörte vormals seinen Eltern, er hatte sie auf dem Dach seines Ford Fiesta vom Sperrmüll gerettet. Sessel und Hocker hatte er in der Schnäppchenabteilung bei Ikea entdeckt. Sessel weiß, Hocker blau – im Laden war ihm das wie ein ausgeklügeltes Wohnkonzept vorgekommen. In seinem Wohnzimmer stellte es dann eher eine Beleidigung für die Augen dar. Doch davon gab es ohnehin eine ganze Menge in seiner Wohnung. Die meisten Möbel hatte er irgendwo gebraucht erstanden. Es war ihm nicht wichtig, eine perfekt durchgestylte Wohnung zu haben. Besuch gesellte sich so gut wie nie zu ihm, und wenn sich seine Eltern mal, was selten genug vorkam, zum Kaffee bei ihm einluden, um sich über seinen Lebensstil aufzuregen, beglückte ihn das Chaos in seiner Wohnung umso mehr.

Kai hatte nach Bens schlagfertigem Argument nachdenklich die Stirn krausgezogen und schien die Angelegenheit vor diesem bedeutungsvollen Hintergrund noch einmal abzuwägen. »Mehr Frauen als Männer?«, murmelte er.

»Viel mehr.«

»Artistinnen und so, oder? Und junges Gemüse bei den Servicekräften.«

»Alle perfekt durchtrainiert und fast keine über dreißig.«

Kai verschraubte die Augen, dann sagte er: »Und ich bin doch dein Assistent, oder? Hast du selbst gesagt.«

»Ha, vergiss es«, sagte Ben lachend. »Wenn ich da jemanden durchkneten muss, dann mach ich das schön alleine!«

»Ja, mach du mal«, sagte Kai und machte eine wegwerfende Handbewegung. »Aber mal was anderes. Du hast doch überhaupt gar keinen Schimmer von Detektivarbeit. Höchstens vielleicht von deinen TKKG-Kassetten.«

»Drei Fragezeichen«, gab Ben schnippisch zurück. »Als Zauberer hab ich doch sowieso ein detektivisches Gespür ... Und außerdem kann jeder Depp sich Detektiv nennen. Meinst du, *die* haben immer Ahnung. Man muss ja mal was Neues ausprobieren. Und wenn nichts dabei rumkommt, dann schreibe ich eben einen Bericht, dass ich nichts rausfinden konnte und ein bisschen Bla Bla – und die Kohle kassiere ich trotzdem. So!« Er atmete zischend ein und fuhr dann fort: »Sorry, hab bis jetzt nur von mir erzählt. Steffi hat dich rausgeschmissen?«

»Ist schon okay«, entgegnete Kai merklich stiller. »Ja. Sie sagt, sie will sich von mir trennen.« Die kurze Ablenkung durch das Detektiv-Thema schien mit einem Schlag vorbei zu sein.

»Oh Mann, wie scheiße. Warum denn?«

»Na, es war ja schon 'ne ganze Zeit nicht mehr so toll zwischen uns. Hab das nur keinem erzählt. Wahrscheinlich, weil ich das selbst nicht so richtig geglaubt hab.« Er trank den letzten Schluck aus der Flasche und stellte sie zur ersten auf den Boden. Es gab ein leises Klimpern, als die Flaschen aneinanderstießen. Ansonsten herrschte Stille. »Sie hat sich nur noch beklagt, dass ich angeblich nichts auf die Reihe kriege. Ist ja auch irgendwie so. Die kapiert nicht, dass ich keinen Bock habe, in irgend so einer Firma vor mich hinzuvegetieren und Arbeit zu erledigen, die mir vorgesetzt wird.« Er faltete die Hände vor dem Bauch, strich sich dann durchs Haar, um sie danach erneut zu falten. So als wüsste er nicht, weil keine Bierflasche mehr zum Festhalten da war, wohin mit seinen Händen. Er blickte auf den Boden.

Wow, dachte Ben. Das waren Töne von seinem Freund, die man so gar nicht von ihm kannte. Gewöhnlich hielt er sich nämlich, wie er gerne und oft betonte, für den »geilsten Typen unter der Sonne«. Heute offensichtlich nicht. Ben sagte: »Du machst doch viel selbstständig, oder läuft das nicht?«

»Mal so, mal so. Kennst das ja. Hier und da als freier Mitarbeiter in der Programmierung und ab und zu direkt für 'nen Kunden. Das Problem ist, dass manche Monate ganz gut aussehen, und in anderen gar nichts reinkommt.«

»Ja, das kenn ich.«

»Und sie will ja unbedingt ein Kind haben, oder noch besser – Kinder! Und das ist momentan einfach nicht möglich. Die Kohle kann ich dafür nicht ranbringen. Jedenfalls gab es deswegen ständig Ärger, und dann hab ich heute Morgen noch ein Jobangebot von ihrem Vater ausgeschlagen. Da ist sie ausgerastet. Aber bin ich bescheuert? Ich arbeite doch nicht bei ihrem Alten in der Firma. Papas Schoßhündchen oder was? … Nee!« Kai wurde immer lauter, doch das »Nee!« hauchte er mehr, als dass er es sprach. Er stand auf und ging in Richtung Küche. Im Vorbeigehen klopfte er Ben auf die Schulter. »Danke, Alter, dass ich bei dir wohnen kann!«

Wohnen? Ben fand, dass es einen gewissen Unterschied zwischen »Kann ich bei dir pennen?« und »Danke, dass ich bei dir wohnen kann« gab, doch das Thema wollte er erst mal nicht anschneiden. »Ist doch klar, Kollege«, sagte er stattdessen und versuchte, aufmunternd zu lächeln.

An der Küchentür drehte Kai sich noch einmal um. »Wirklich kein Bier?«

»Nein, danke. Ich muss heute Abend einen klaren Kopf haben … Ach ja, und du solltest auch nichts mehr trinken, ich wollte dich mitnehmen.«

»Mich?« Ein Klappern aus der Küche, ein Zischen, dann trat er zurück ins Wohnzimmer. In der Hand eine geöffnete Flasche Bier, in seiner anderen ein Glas Bockwürstchen.

»Ja. Der Typ, dieser Pedro Möller, hat gesagt, ich kann gerne eine Begleitung mitbringen«, sagte Ben mit einem motivierenden Lächeln.

»Der meint bestimmt ein Mädel, Alter.« Kai wirkte weder überzeugt noch sonderlich begeistert.

»Ach, ist doch vollkommen egal. Und wen sollte ich mitnehmen? Der hat dich außerdem schon mal gesehen. Der wird denken, dass ich gleich meinen Assistenten mitbringe und wir gemeinsam die Lage checken. Kann doch nicht schaden. Und 'ne gute Show und was

Leckeres zu Essen gibt's noch dazu. Na?« Ben lächelte noch fetter und hielt einen Daumen hoch.

Es knackte, und ein penetranter Wurstwasserduft machte sich im Raum breit.

»Ja, äh, dann komm ich mit. Klar doch! Nur behandle mich bloß nicht wie deinen Assi!« Kai schien Bens Begeisterung nicht zu teilen.

»Top«, sagte Ben. »Zieh dir was anderes an, dann können wir los!«

KAPITEL 2

Das Kapitel, in dem die Show beginnt und endet, und danach erst die richtige Show abgeht.

Die Bersonstraße in der nördlichen Dortmunder Innenstadt konnte nicht als Aushängeschild bezeichnet werden. Fünf- und sechsstöckige Häuser säumten die Seiten der Straße und wirkten, bis auf wenige Ausnahmen, grau und schäbig. In den Erdgeschossen reihten sich die verschiedensten Geschäfte aneinander. Ein gewissenhafter Beobachter konnte auf den 380 Metern drei Dönerbuden, zwei Italiener, zwei Chinaimbisse und eine Pommesbude ausmachen. Des Weiteren residierten hier noch ein Friseur, ein Elektrofachmarkt, mehrere Billigmodeläden und ein Geschäft für Druckerpatronen. Menschen, die in der Bersonstraße wohnten, brauchten praktisch nie die Straße zu verlassen. Selbst Kultur war hier vertreten. Neben einem Programmkino gab es ein Striplokal und das *Zack*-Varieté. Dieser Bau war deutlich flacher als die anderen und dehnte sich über die doppelte Grundstücksbreite nach hinten aus. Er hatte den Eingang für die Künstler in der parallel gelegenen Jakobistraße. Dort lag auch der unbewachte Parkplatz, den Ben verbotenerweise benutzte, wenn er die Innenstadt besuchte. Es gab zwar ein Schild *Parkplatz nur für Mitarbeiter des Zack-Varietés – unberechtigt parkende Fahrzeuge werden kostenpflichtig abgeschleppt*, aber diese Warnung wurde niemals wahrgemacht. Es gab einfach mehr Parkplätze als benötigt für die Mitarbeiter, und das Geheimnis um die widerrechtliche Parkmöglichkeit wurde von den Eingeweihten als Geheimtipp behandelt. Ben wusste es von seinem Kumpel Dennis und hatte es noch keinem anderen verraten. Heute wollte er eine Ausnahme machen. Er hatte das Gefühl, sein Freund Kai könne eine Aufmunterung gebrauchen.

Langsam fuhr er seinen klapprigen, rostroten 1995er Ford Fiesta Magic die Auffahrt zum Parkplatz hoch und sagte mit unverkennbarer Freude in der Stimme: »Das hier ist ein Parkplatz, auf dem du immer parken kannst! Den überwacht keiner. Ich parke hier jedes Mal, wenn ich einkaufen gehe.« Er streckte in einer präsentierenden Geste die Hand aus und blickte seinen Freund verschwörerisch an.

»Weiß ich. Weiß jeder!«, sagte Kai, der seit seinem vierten Bier recht kurz angebunden war und grimmig aus der Frontscheibe schaute. Er hatte seine fünfte Flasche Bier einsatzbereit zwischen die Beine geklemmt.

Ben wollte protestieren und holte tief Luft für einen verbalen Gegenschlag, besann sich aber eines Besseren und hielt den Mund. Er stellte sein Auto neben die C-Klasse von Pedro Möller. Ben wusste, dass es dessen Auto war, denn er hatte den Varietéchef durch die Vorhänge hindurch beobachtet, als dieser sein Büro/Probenraum verlassen hatte. Sorgen bereitete Ben, dass Kai immer besoffener wurde. Im Moment war er damit beschäftigt, aus dem Fußraum des Fiesta sein sechstes Bier zu fischen und es mit den Worten »Für später. Blöde Weiber!« in seine hintere Hosentasche zu stopfen.

Sie umrundeten das Gebäude über einen schmalen Kiespfad, vorbei an einer verrosteten Tür, die mit *Künstlereingang* beschriftet war, und einer fensterlosen, langen Wand, hinter der der Vorführsaal lag.

Bei Tage war das *Zack* keine Augenweide und reihte sich ebenso trostlos wie die übrigen Gebäude in die Straße ein. Es wirkte, als wäre es schon vor langer Zeit »in die Jahre« gekommen. Die Schrift auf dem roten Vordach verkündete in goldenen Lettern *Zack Varieté-Theater*. Hinter einer Glasfront, in der sich mittig der Eingang befand, prangten Bilder und Plakate der aktuellen Produktion mit dem Namen *Back to the Roots* neben Schwarz-Weiß-Fotografien von Künstlern aus Produktionen vergangener Tage. Auf einem Flachbildschirm in Augenhöhe lief in Endlosschleife ein Film mit den Highlights der Show. Seinen Glanz versprühte das Gebäude erst in der Dunkelheit, sobald die indirekte Beleuchtung die roten Wände in ein zauberhaftes Licht tauchte. Dann leuchteten die anthrazitfarbenen Steinstufen, die unter das Vordach führten, zart golden. Aus versteckten Lautsprechern ertönte gedämpfte Musik, und zwei Mitarbeiter in roter Uniform erwarteten die Gäste an beiden Seiten der geöffneten Eingangstür.

Ben sah auf die Uhr. Zehn vor sieben. Sie hatten noch über eine Stunde Zeit, bis die Show begann, und Ben hoffte, sich vorher ein wenig umsehen zu können. Vielleicht ergab sich auch die Möglichkeit, noch einmal mit Pedro Möller zu sprechen und seine Schlüssel zu erhalten. Kai parkte er am besten so lange an der Bar.

Bis jetzt hatten sich nur wenige Leute im Foyer eingefunden, doch in einer halben Stunde würde es hier nur so von Menschen wimmeln. Ben marschierte auf direktem Weg zum Ticketschalter, Kai schlurfte brav hinterher, die Hände hinter dem Rücken verschränkt, um sein geheimes Mitbringsel in der Hosentasche vor den Blicken der Mitarbeiter zu schützen. Durch eine verkratzte Plexiglasscheibe strahlte eine junge Frau der Marke »Ich bin Germanistikstudentin, und das ist nur mein Nebenjob« Ben warmherzig lächelnd an.

»Guten Abend«, sagte Ben. »Für mich sollen zwei Karten hinterlegt sein. Ben Pruss.« Die Dame nickte, ohne ihren Gesichtsausdruck zu variieren, tippte klackernd in die Tastatur und blickte in den Monitor. Sekunden später setzte sich ein Drucker neben dem Bildschirm sirrend in Bewegung. Routiniert riss sie die Karten an der Perforation ab und überreichte sie Ben. »Tisch 12. Mit den besten Grüßen von Herrn Möller. Sie möchten bitte in sein Büro kommen. Die Tür hier links, dann den Gang durch und die vorletzte Tür rechts.«

»Vielen Dank«, sagte Ben und drehte sich zu Kai um. »Und du setzt dich so lange an die Bar. Übertreib es nicht. Der Abend ist noch lang, und ich will hier keinen schlechten Eindruck hinterlassen!« Er bemühte sich, streng auszusehen und eindringlich zu klingen.

»Geht klar, Chef!« Kai hob zwei Finger an die Stirn zu einem unbeholfenen militärischen Gruß, drehte sich um und schlurfte in Richtung Bar. Ben bemerkte seinen betont vorsichtigen und achtsamen Gang, doch noch schwankte er nicht.

Pedro Möllers Büro war ein dunkler Raum mit wenigen Büromöbeln, die in den siebziger Jahren als schick durchgegangen wären, heutzutage aber an eine muffige Amtsstube erinnerten. Kalter Zigarettenrauch hing in der Luft, und Ben hätte liebend gern ein Fenster geöffnet, um frische Luft hereinzulassen. Leider gab es in diesem Raum nur eines, das in den Saal zeigte. Von hier aus konnte Pedro Möller jederzeit die Show verfolgen.

Er begrüßte ihn mit den Worten: »Ah, Herr Pruss. Sehr gut! Sie hätten Ihre Begleiterin gerne mit reinbringen dürfen.«

»Äh, Begleiter«, antwortete Ben. »Ich habe meinen Assistenten mitgebracht. Herrn Siebert. Den kennen Sie ja. Der von heute Nachmittag.«

»Richtig, klar!« Er zwinkerte Ben wissend zu. »Übrigens, wir duzen uns hier alle. Sie haben doch nichts dagegen?« Strahlend hielt er Ben seine ausgestreckte Hand entgegen.

»Nein, gerne. Ich heiße Ben«, sagte Ben, der Duzen in Ordnung fand, sich in diesem Augenblick jedoch unbehaglich fühlte.

»Pedro. Auf den Kuss verzichten wir aber!« Er kicherte heiser, dann schlugen sie quer über die Tischplatte hinweg ein. Er nahm einen Schlüssel vom Schreibtisch und warf ihn Ben zu, der ihn aus purer Überraschung auf den Boden fallen ließ, ohne auch nur im Ansatz seine Hände gehoben zu haben. »Na, tolle Reaktionen hast du ja nicht gerade«, sagte Pedro Möller mit einem gehässigen Lachen.

Ben wunderte sich. Durch das Du schien er für Pedro Möller gleich zu einer Art Kumpel geworden zu sein. So ging es eben zu im Ruhrgebiet. Pedro setzte sich auf seinen ledernen Chefsessel und erklärte Ben, welche Türen der Schlüssel öffnen konnte. Der Künstlereingang hinterm Haus, alle Gemeinschaftsräume inklusive Saal und Keller gehörten dazu. Ausschließlich die Künstlergarderoben und Pedro Möllers Büro besaßen separate Schließvorrichtungen. »Der Schlüssel passt auch zu dem Raum, in dem du dich einrichten kannst, der ist im Gang auf der anderen Seite. Die Künstler bekommen immer zwei Schlüssel für ihre Garderobe. Dafür gibt es natürlich auch Universalschlüssel. Einen hat der Techniker, einer liegt hier bei mir im Safe. Mir wäre es lieb, wenn wir die Garderoben erst mal außen vor lassen könnten?«

Ben nickte. Er hatte nicht vor, in einem Privatraum rumzuschnüffeln. Sein Mund wurde trocken, als ihm einfiel, dass dies durchaus zum Tätigkeitsprofil eines privaten Ermittlers gehörte.

»Ach ja«, erklärte Pedro weiter: »Die Künstlerwohnungen haben natürlich auch eigene Schlüssel. Die sind auf jeden Fall tabu, es sei denn, es gibt einen ganz konkreten Verdacht gegen jemanden aus dem Ensemble, was ich allerdings bezweifle.«

»Künstlerwohnungen?« Davon hatte Ben noch nie gehört.

»Ja. Hinten in der Jakobistraße, vier Wohnungen in der Hausnummer 32. Das ist billiger, als die Künstler immer in ein Hotel einzubuchen. Es wohnen nicht alle da. Unser Moderator wohnt hier in der Nähe mit seiner Familie, und Elmar Neuenburg, der Jongleur, wohnt bei Freunden.«

»Elmar? Hört sich nicht sehr nach Showbusiness an.«

»Er nennt sich Giulio Elmo. Hat ein bisschen was von 'nem Italiener, kommt aber eigentlich aus dem Osten … Erzgebirge glaube ich. Ach, und noch was.« Er rollte in seinem Bürostuhl zum Drucker, der etwas abseits auf einem Sideboard stand, holte einige Blätter aus dem Papierschacht und hielt sie Ben hin. »Eine Liste aller Mitarbeiter. Künstler, Techniker, Küchenpersonal, Servicekräfte, Platzanweiser und Putzfrauen. Ach ja, einen Mann fürs Klo haben wir auch noch. Insgesamt fast dreißig Leute.«

Dreißig Leute, dachte Ben mit Schrecken. Das Gefühl, einen dummen Fehler begangen zu haben, stieg erneut in ihm hoch. Er hatte keinen blassen Schimmer, *was* er machen sollte. Suchte man erst das Motiv oder erst einen Verdächtigen? Und welche der Varianten stellte man wie an?

Pedro Möller bemerkte Bens nachdenkliche Miene und deutete sie prompt falsch. »Na? Schon voll drin im Fall, was?«, sagte er mit einem grunzenden Lacher.

»Ja … immer. Voll drin!«

»Ey, Kai, jetzt reicht's aber!« Mit einer wütenden Geste nahm Ben seinem Freund, der an einem Barhocker in einer Ecke der Bar saß, ein halbvolles Glas aus der Hand. Er roch dran. Wodka Energy in einer Ich-will-schnell-besoffen-werden-Mischung. »Mann! Du kannst dich hier doch nicht volllaufen lassen.« Er stellte das Glas außer Reichweite von Kai auf die Theke.

»Alter, bleib locker. Ich hab alles im Griff!« Die Worte kamen nicht mehr ganz flüssig über Kais Lippen. Er sah Ben milde lächelnd an. Ben kannte diesen Gesichtsausdruck. Er war in der Lage, ihn ebenso leicht zu deuten wie einen Stempelabdruck auf Kais Stirn mit dem Wort *besoffen*.

»Schluss mit der Sauferei! Ich gehe eben zum Auto und bringe die Sachen weg.« Er hob die zusammengerollten Papiere in seiner Hand kurz an. »Und du wartest hier auf mich, gleich ist Einlass.«

»Warte, ich komm mit. Wenn ich hier alleine bleibe, bestelle ich mir noch einen.« Kai rappelte sich hoch, sortierte mit ausgedehnten Gesten seine Kleidung und kontrollierte den Sitz der Bierflasche in der hinteren Hosentasche. »Hast'n Schlüssel gekriegt?«

»Ja, hab ich hier.«

»Dann lass doch durch die Hintertür gehen. Is kürzer.«

Ben hielt diesen Vorschlag für gut, schließlich gehörte er ab sofort offiziell zum Team, selbst wenn er noch nicht mit seinen Kollegen bekannt gemacht worden war. Im Foyer überlegte er, welcher der richtige Weg sein mochte. Eine breite Treppe neben dem Ticketstand führte durch einen düsteren Gang mit roten Samtwänden zu den seitlichen Zugängen des Saals. Ben entschied, es dort zu versuchen. Obwohl sich das Foyer bereits mit Menschen in feinster Abendgarderobe füllte, war der Gang menschenleer. Die letzte Tür trug die Aufschrift *Privat*. Sie war nicht verschlossen und führte in einen weiteren langen und unbeleuchteten Gang. Nur das spärliche Licht, das durch die halbgeöffnete Tür fiel, ließ Ben erkennen, dass mehrere Türen nach rechts abzweigten und nur eine nach links. Ohne hinzusehen, patschte Kai mit der Hand an der Wand neben dem Türrahmen herum und fand den Lichtschalter. Acht Türen zählte Ben. Das mussten die Garderoben sein, dachte er und bemerkte ein etwa fünfzig Zentimeter hohes, knapp drei Meter langes Fenster in der linken Wand, welche hier nicht, wie in den öffentlichen Räumen, mit rotem Samt beklebt, sondern lediglich rot getüncht und mit zahlreichen Macken und Kratzern übersät war. Ben und Kai gingen einige Schritte in den Gang hinein und schauten durch das Fenster. Die Tür fiel hinter ihnen mit einem leisen Klacken ins Schloss. Genau wie durch das Fenster in Pedro Möllers Büro, konnte man von hier ins Innere des Vorführsaals sehen. Im kalten Licht der Arbeitsbeleuchtung, die noch kein bisschen Theaterstimmung aufkommen ließ, erkannte Ben einen Mann in schwarzem T-Shirt und schwarzer Hose, der auf einer Leiter balancierte und an einem Scheinwerfer werkelte. Kai lehnte sich mit der Stirn ans Fenster und hinterließ einen schmierigen Fleck.

»Lass das! Du kannst hier doch nicht alles vollsauen.« Ben zog ihn unsanft zur Seite.

»Der Typ hat mich angeguckt und voll nich gesehen. Das ist bestimmt so 'n Fenster, wo man von der anderen Seite nich durchgucken kann.« Kai gluckste und versuchte im Zurückweichen den Schweißfleck mit dem Ärmel abzuwischen, was diesen nur noch deutlicher auf der Scheibe verteilte.

Vor der vierten Tür hielt Ben inne. Er vernahm gedämpfte klassische Musik aus dem Raum dahinter. Das Schild neben der Tür verkündete, dass diese Garderobe einem *Frank* gehörte. Sprach da nicht auch jemand? Ben legte den Kopf schief und trat näher an die Tür. Mit kribbelnder Aufregung stellte er fest, dass er beabsichtigte, an der Tür zu lauschen. Oh Mann, dachte er. Er war ein echter Schnüffler. Damit hatte er zumindest Punkt 2 auf seiner privaten Liste *Anforderungen an Detektive* erfüllt.

Nr. 1: Heimlich Zimmer durchsuchen.

Nr. 2: Andere Leute belauschen.

Kai wandte sich wieder dem Fenster zu. »Ey, guck mal, da kommt noch einer.«

»Pssst! Sei leise!«, unterbrach ihn Ben in einem schroffen Tonfall. Er beugte seinen Oberkörper noch weiter in Richtung der Tür. Eindeutig vernahm er die gedämpfte Stimme eines Mannes. »Mietzekatze, Mietzekatze, Mietzekatze, Bla, Blaaaa, Blaaaaaa«. Irritiert, ohne den Kopf von der Tür zu nehmen, drehte Ben sich zu Kai um, der ihm keine Beachtung schenkte, sondern weiterhin fasziniert durch das Fenster in den Saal starrte. Die Stimme, die soeben begann »Oooooooola, Oooooooola« zu skandieren, wurde mit einem Mal lauter, dann öffnete sich schlagartig die Tür. Erschrocken sprang Ben zurück und prallte hart an die Mauer hinter ihm.

»Haben Sie sich verlaufen?«, fragte der Mann, der im Türrahmen erschien. Er überragte Ben um nahezu eine Kopflänge. Sein schulterlanges Haar hing in einem lockeren Seitenscheitel herab, und sein Gesicht zierte ein gepflegt wirkender Drei-Tage-Bart. Ein glänzender Anzug und silberne Stiefeletten rundeten das Bild ab. Er schaute Ben mit einem freundlichen und unaufgeregten Lächeln an.

Dieser hatte ihn gleich erkannt. Das war Frank Pracht, Zauberer und Moderator der Show. Der allerdings kein Zeichen des Erkennens in Bens Richtung sandte, obwohl die beiden sich mehrfach auf Zauberkongressen gesehen und auch schon das ein oder andere Wort miteinander getauscht hatten.

»Nein. Äh. Ich habe nur … Ich wollte nicht.«

»Stimmübungen«, antwortete der Mann. »Sehr wichtig vor der Show. Hört sich wohl nicht so intelligent an, was?«

»Tschuldigung.« Ben sah sich in Gedanken durch das verschlossene Fenster springen und durch den Saal davonhechten. Er grinste verlegen. »Ben Pruss ist mein Name, ich bin der neue … der neue Masseur.« Er hielt dem Mann die Hand hin, und sein Gegenüber schüttelte sie kraftvoll. »Masseur? Meine Güte! Man sollte meinen, der Pedro würde es gut mit uns meinen!« Er lächelte halbherzig, und Ben war sich nicht sicher, ob er es scherzhaft meinte. Wahrscheinlich war er einfach schon etwas angespannt vor seinem Auftritt. Ben kannte das von sich. Kai grüßte kurz mit zwei Fingern an der Stirn und einem angetrunkenen Lächeln. »Das ist Kai Siebert. Wir sehen uns gleich die Show an und müssen schnell noch mal zum Auto.« Ben deutete den Gang entlang in die Richtung, in der seiner Meinung nach die Hintertür sein musste.

»Hallo!«, sagte der Mann zu Kai, und dann, an Ben gewandt: »Ich heiße Frank Pracht. Ich bin der Conférencier und Zauberer der Show. Na, dann sehen wir uns sicher später noch.«

»Conf... Confronz und Zauberer?«, meldete sich ausgerechnet jetzt Kai zu Wort, und die Aussprache wankte dabei so stark wie sein Oberkörper. »Cool. Kannst du mal 'nen Trick machen? Mein Kumpel hier ...«, er deutete ungelenk mit dem Zeigefinger auf Ben, »kann auch Tricks.«

»Nicht jetzt, Kai«, brummte Ben streng und zog seinen Freund mit sanfter Gewalt zur Seite. Dabei warf er ein versöhnliches Lächeln in Richtung Frank Pracht.

Der lächelte verständnisvoll zurück und ging zu Bens Erleichterung nicht näher auf Kais Einlassung ein. Dann nickte er kurz, drehte sich auf dem Absatz um und verschwand durch die einzelne Tür auf der linken Seite. Ben atmete hörbar aus. Froh, halbwegs unkompliziert aus dieser Nummer herausgekommen zu sein, machte er sich eine gedankliche Notiz: Stimmübungen vor der Show sind wichtig!

Ein Großteil der Zuschauer saß bereits auf seinen Plätzen, als Ben und Kai den Saal betraten. Es herrschte reges Treiben in allen Reihen, und in die leise Musik, die aus den Boxen drang, mischte sich ein unverständliches Stimmengewirr. Sie standen auf einer Empore, die der Bühne gegenüberlag. Vor einem Geländer gab es hier zwei Tischreihen. Da die Empore ein Stück höher lag als die Bühne, boten alle Plätze hier einen unverstellten Blick auf die Spielfläche. Zwei Treppen an den Seiten führten in den unteren Teil des Saals. »Da hinten müssen wir hin.« Er deutete auf einen Tisch in ungefähr fünf Metern Entfernung zur Bühne, genau in der Mitte.

Eine Minute später sanken sie in die weichen, rot gepolsterten Sessel, die im Boden verankert waren und sich leicht in alle Richtungen drehen ließen. Kai grunzte unverständlich und suchte nach einem Kellner. Am Parkplatz hatte ihm Ben seine Notration Bier abgenommen, und er schien wieder nüchtern genug zu sein, um dieser Situation entgegenzutreten.

Ben genoss es, das eigene Gewicht im Sessel zu spüren, und er nahm den Raum in sich auf. Rote Polstersessel, rote Wände, roter Samtvorhang vor der Bühne. Alles warm, indirekt beleuchtet. Seitlich an den Wänden verlief eine golden glänzende Borte durch den Saal, die vorne an den Stufen am Bühnenrand endete. Auf den Tischen aus dunklem Holz standen kleine, fest verschraubte Stehleuchten. Der Raum wirkte von innen höher als von außen. Ben gefiel es hier, und einmal mehr kam ihm der Gedanke, dass ein Auftritt in so einem Etablissement doch ein ganz besonders tolles Erlebnis sein müsse. Er wusste, wenn man bei Tageslicht genauer hinsah, würde man Flecken auf den Teppichen, Kratzer auf den Tischen und Macken an den Wänden erkennen. In diesem Licht wirkte der Saal jedoch zeitlos und edel – und für dieses Licht war er schließlich gebaut worden.

Ein Kellner mit schwarzer Stoffhose, rotem *Zack*-Hemd und Tablett kam an den Tisch, und sie gaben ihre Bestellung auf. Ein großes Bier und eine Apfelschorle.

»Voll peinlich wie du eben beim Lauschen erwischt worden bist«, setzte Kai unvermittelt mit einem gehässigen Grinsen an und versetzte Ben damit einen Stich in die Magengegend. Die Sache war ihm äußerst unangenehm, und er hätte gerne für immer darüber geschwiegen.

»Ach ja, und du hast die ganze Scheibe mit deiner fettigen Stirn verschmiert«, konterte er mittelmäßig. »Und hör bloß auf, irgendwem zu erzählen, dass ich auch Zauberer bin. Das bin ich nämlich im Moment nicht!« Zu seinem Glück verdunkelte sich just in diesem Moment der Saal und ein dramatischer Jingle setzte ein, um den Beginn der Show anzukündigen.

Ben und Kai gefiel die Show. Sie hatte Speed, sie hatte ruhige Momente und sie hatte in Frank Pracht einen Conférencier, der sein Handwerk außergewöhnlich gut verstand. Ben hatte Schwierigkeiten, sich alle »mentalen Notizen« zu merken, die er sich gemacht hatte, um seine eigene Show in Zukunft ein Stück weit nach Frank Prachts Vorbild aufzuwerten. Der war es, der als Erster die Bühne betrat und mit einer Stand-up-Comedy eloquent und perfekt getimt die Zuschauer anheizte. Der Act, der folgte, war Guilio Elmo, der »italienische Jongleur« aus dem Erzgebirge. Beim Höhepunkt seiner Darbietung stellte er sich in einen mit Schwarzlicht beleuchteten, quadratischen Rahmen und jonglierte dort mit sieben leuchtenden Bällen, die er an den Wänden, dem Boden und dem Dach des Rahmens abprallen ließ. Das Publikum tobte.

Die zweite Nummer, nach einer kurzen Anmoderation von Frank Pracht, bei der er das gesamte Publikum in ein magisches Kunststück einbezog, war die Schlangenfrau Lily Polley. Ben lernte hier ein Wort, welches er vorher noch nie gehört und am nächsten Tag schon wieder vergessen haben würde. Denn Frank Pracht erklärte, dass der Fachbegriff für eine Schlangenfrau »Kontorsionistin« sei. Lily Polley trieb es auf die Spitze, indem sie lebende Schlangen, eine Würgeschlange, eine Kobra und zwei Klapperschlangen in ihre Akrobatik mit einbezog. Am Ende ihrer Nummer kletterte sie zu der Würgeschlange in eine gläserne Truhe, die viel zu klein für sie beide schien. Bei dieser Nummer herrschte Totenstille im Publikum, und erst als Lily wohlbehalten aus der Kiste stieg und sich in eine Applauspose warf, brandete der Beifall los.

Act Nummer drei war die Hundedressur einer Schwedin namens Aletta Fernström. Die Dame war das Gegenteil von Lily Polley. Rundlich, mit paillettenbesetztem, rosa glitzerndem und hautengem Kleid. Passend dazu einen rosa Cowboyhut und rosa Stiefel. Vier Hunde, ein Collie und drei Pudel, rannten aufgeregt um ihre Füße und vollführten die verschiedensten Kunststückchen. Ben fand diese Nummer langweilig. Zu Hunden hatte er kein sehr gutes Verhältnis – ein Umstand, der seit jeher auf Gegenseitigkeit beruhte. Kai schon. Er konnte während der Nummer sein begeistertes Lächeln nicht unterdrücken und klatsche frenetisch am Ende der Darbietung, die die Pause einläutete.

»Hunde sind so cool! Ich gehe mal pinkeln«, sagte er mit einer leichten Klatschbewegung, die kein Geräusch mehr verursachte, sondern eher von einer alkoholgeschwängerten Selbstvergessenheit und nachdrücklicher Begeisterung herrührte. »Also bis jetzt war ja nur diese Schlangentrulla da, die ich mal gerne massieren würde.« Er gluckste. »Bestimmt steht als Erstes diese Hundefrau bei dir auf der Matte und will eine beidseitige Ganzkörpermassage.« Bens Magen zog sich unwillkürlich zusammen. Egal, wer von den gesehen Künstlern bei ihm zur Massage auftauchen würde – er wollte keinen davon durchkneteten. Er konnte sogar klipp und klar behaupten, das Letzte, was er jemals tun wollte, wäre, einen davon durchzukneten. Er war definitiv kein Masseur und wollte absolut auch nicht so tun, einer zu sein. Was hatte er sich nur dabei gedacht? Lächerlich!

Kai seinerseits hatte insgesamt drei Biere während des ersten Teils der Show geschafft und jetzt war er wieder vollumfänglich betrunken. Seine Haltung konnte problemlos mit »deutlich schwankend« bezeichnet werden, als er umständlich von seinem Sessel aufstand und in den sanft beleuchteten Gang trat.

»Ich komm mit.« Ben musste eigentlich nicht, aber er wollte Kai in seinem Zustand lieber nicht alleine unter die Menschheit lassen. »Mann, du bist ja komplett knülle«, sagte er, als Kai vor die noch besetzten Stühle des Nachbartisches rempelte und ihn ein junges Paar kritisch und leicht empört taxierte. »Denk dran, dass wir gleich noch diese After-Show Party haben.«

»Kein Problem, Alter, bleib locker! Und außerdem …« Er holte tief und seufzend Luft. »Außerdem … hat mich heute meine Frau verlassen. Da kann ich mir das ja wohl mal ein bisschen schönsaufen, oder.« Er schwankte ein Stück vor Ben her, hielt plötzlich inne und lallte: »Wird aber gar nicht schöner …«

Der zweite Teil der Show startete mit einer Nummer von Frank Pracht, in der er das Smartphone eines Gastes in einen durchsichtigen Haushaltsmixer steckte und es zum Vergnügen der Zuschauer »pürierte«, bis nur noch graues Pulver übrigblieb. Deutlich hörte man die Schadenfreude aus den Lachern heraus, denn der Handybesitzer schaute etwas konsterniert drein. Mit einem maliziösen Lächeln saugte Frank Pracht das Pulver mit einem Handstaubsauger auf, öffnete das Gerät und ließ den Zuschauer sein Handy aus dem Staubbeutel nehmen. Applaus!

»Mit Sicherheit eingeweiht, der Zuschauer«, mutmaßte Kai knapp. Ben, der es besser wusste, sagte nichts.

Danach folgten die Einradnummer von Franjo Hirsch und eine weitere Einlage von Frank Pracht, bei der er unzählige Bettgestelle und Matratzen aus einem einzigen Umzugskarton produzierte, bis die ganze Bühne mit Betten vollgestellt war.

Den Abschluss bildete eine atemberaubende Trapeznummer von Corina und Raves Pitu, die dem Publikum einige »Ohs« und »Ahs« entlockte.

Beim anschließenden Finale rief Frank Pracht alle Künstler unter großem Beifall auf die Bühne. Bei den letzten beiden, Corina und Raves, hielt es das Publikum nicht mehr in den Sitzen. Mit begeisterten Standing Ovations und lautem Johlen schickten sie die Künstler in den wohlverdienten Feierabend.

* * *

Lily Polley schwitzte, obwohl sie in ihrer spärlichen Auftrittskleidung eher nackt als angezogen war. Sie wartete am linken Bühnenrand hinter dem Samtvorhang, bis ihre Kollegen in den Garderoben verschwunden waren. Erst als es Backstage still war, ging sie zu dem tragbaren Terrarium und legte die Netzpython, die sie für den Schlussapplaus um den Hals getragen hatte, behutsam hinein, griff unter das weiße Tuch auf dem Boden und entnahm ihm ein kleines Blechdöschen, das dort versteckt lag. Dann schloss sie den schweren, gläsernen Deckel, der hörbar an vier Stellen einrastete. Routinemäßig kontrollierte sie ebenfalls die beiden Transportboxen mit den Klapperschlangen und der Kobra. Seitdem sie regelmäßig Kokain nahm, gab sie sich Mühe, doppelt vorsichtig zu sein. Sie wusste, dass man ihr bei dem kleinsten Vorfall die Schlangen abnehmen würde, und sie traute sich selbst nicht über den Weg, wenn sie high war. Ihren Künstlerkollegen und Pedro Möller hatte sie erzählt, dass sie sich nach der Show in der düsteren Backstage-Atmosphäre in aller Ruhe ihren Schlangen widmen wolle – und es gab eine Zeit, in der das tatsächlich der Fall gewesen war. Nunmehr benötigte sie diesen privaten Moment, um auf der gläsernen Oberfläche eines der Terrarien zwei Linien Koks zu ziehen und sie sich durch einen abgeschnittenen Strohhalm in die Nase zu pfeifen.

Schlagartig ging es ihr besser. Das Schwitzen ließ nach. Sie erlaubte es sich erst nach der Show zu schnupfen, vorher war das ein Tabu. Zu groß war ihre Sorge, dass einer ihrer Kollegen etwas mitbekommen könnte. Kokain galt in Künstlerkreisen durchaus als gesellschaftsfähig, doch wäre der Aufschrei sicher groß bei einer Frau, die drei extrem giftige Schlangen beaufsichtigte und eine weitere, die in der Lage war, ein junges Reh mit Haut, Haaren und Geweih zu verspeisen.

Sie setzte sich entspannt, mit sanft geschlossenen Augen auf das Terrarium der Klapperschlangen. Für einen Moment verharrte sie so bewegungslos wie die beiden gelangweilten Schlangen hinter der dicken Glasscheibe. Sie atmete nicht. Sanfte Lichtblitze erschienen vor ihr in der Schwärze, und kein Laut drang an ihr Ohr. Sie war im Reinen mit sich und der Welt. Ihre hübschen Lippen zeigten ein zartes Lächeln, und ihre Atmung setzte wieder ein. Flach. Gleichmäßig. Ihr war klar, dass es nicht immer so weitergehen konnte. Bald brauchte sie den Stoff schon vor der Show. Hinzu kam, dass der Scheiß verdammt teuer war und ihr Körper nicht ewig die Zeichen wegstecken würde. Verdammtes Gift. Schon war die Reinheit des Momentes wieder verflogen.

Sie schniefte als sie sich von der Kiste erhob. Die laufende Nase nach dem Kick war ihr zur Gewohnheit geworden. Die Kobra, die bis jetzt bewegungslos verharrt hatte, schien die Unruhe zu bemerken und richtete sich sanft auf. Sie wirkte interessiert, nicht angriffslustig. »Entspann dich, Leika«, sagte Lily Polley, hob das Terrarium mit einem leisen Ächzen hoch und stellte es auf einem Rollwagen ab, der an der hinteren, schwarz getünchten Mauer stand. Mit den zwei weiteren Transportboxen verfuhr sie ebenso, dann musste sie die Schlangen nur noch in das große Terrarium in den Keller hinunterbringen. Heute gab es leider keinen Feierabend. Heute stand ihr noch der Ensembleabend bevor, und dort musste sie sich blicken lassen. Das gehörte zum Spiel, das man hier spielte. Wenn sie als Letzte kam, hatten ohnehin alle schon einen intus, und keiner würde merken, dass sie high war. Verdammt, warum auch? Schließlich fühlte sie sich jetzt normaler als vorher.

Sie trug jedes einzelne Terrarium nach unten vor die Kellertür und ging dann noch einmal zurück, um ihren Schlüsselbund zu holen. Für die erste Tür, die in einen schmalen, mit drei nackten Glühbirnen beleuchteten Kellergang mündete, reichte der Hauptschlüssel. Sie stutzte. Ihre koksgeschärften Sinne zeigten ihr, dass etwas nicht stimmte. Ihr Blick fiel auf den Schlüsselbund in ihrer Hand. Der Garderobenschlüssel fehlte. Merkwürdig. Sie hatte ihn garantiert nicht entfernt. Warum auch? Vielleicht saß Frank endlich mal nackt auf ihrer Couch und wartete auf sie. Sie grinste müde und dachte nicht weiter darüber nach. So geschärft die Sinne nach dem Koks auch sein mochten, sie ließen sich verdammt leicht ablenken. Sie stand vor der Tür, hinter der sich das große Terrarium befand. Hierfür gab es nur zwei Schlüssel. Einen hatte sie, den anderen Pedro Möller. Dieser gegenüber lag noch eine weitere Tür, hinter der sie gedämpfte Musik und Stimmengewirr ausmachen konnte. Dort war der sogenannte Lichtsaal. Ein im Stile des Varietés eingerichteter Saal mit Bar, Tanzfläche und moderner Ton- und Lichttechnik. Heute fand dort der Ensembleabend statt, und wie es sich anhörte, waren dort schon einige ihrer Kollegen versammelt. Um selbst in den Saal zu kommen, musste sie gleich den längeren Weg durch das Foyer nehmen, denn die gottverdammte Tür hatte von dieser Seite keine Klinke. Sie hörte gedämpftes Lachen.

Nur eine halbe Stunde später sollte niemand mehr lachen – und die Party zu Ende sein.

* * *

»Mann Kai, steh gerade!«, motzte Ben. »Da kommt mein Klient.« Ben schaute den Bruchteil einer Sekunde mit strenger Mine in Kais Richtung, um dann wieder zur Tür zu blicken, durch die Pedro Möller gerade hereinkam und ihn anlächelte.

Kai und Ben waren neben einigen Servicekräften und einem Techniker die Ersten gewesen, die zur Party im Lichtsaal eingetroffen waren. Kais erster Weg hatte auf direktem Weg zur Bar geführt, und Ben hatte es nicht gewagt, ihn von der Leine zu lassen. Kai lehnte sich mit dem Rücken an die Theke und wirkte mit dem Wodka Lemon in der Hand so zackig wie eine Bundesdienstflagge bei Flaute. Sollten seine letzten Kräfte ihn verlassen, und Ben hatte die leise Ahnung, dass das nicht mehr lange dauerte, würde er in dieser Position sanft auf die Tanzfläche rutschen.

Unvermittelt begann er zu kichern. »Klient! Ich schrei mich weg! Jetzt bist du nicht mehr der große Mumpitz, sondern Sherlock Humbug …«

»Mann, Kai«, unterbrach ihn Ben scharf. »Sei mal ruhig, ich bin hier schließlich undercover.«

Kais Lachflash wurde noch heftiger. Er rappelte sich auf, stellte sein Getränk auf die Theke und hielt theatralisch seinen Bauch. »Undercover! Ich halt's nicht mehr aus!«

»Ich sehe, ihr habt Spaß, dann war die Show wohl nicht so schlecht, oder?« Pedro Möller war bei ihnen angelangt.

»Nein, nein, ganz im Gegenteil. Es war super.« Ben schaute peinlich berührt in Kais Richtung, der zwar nicht mehr laut lachte, doch immer noch fröhlich in sich hineinkicherte. »Sie müssen entschuldigen. Kai hat heute seinen Fall abgeschlossen, und das feiert er jetzt.«

»Ja, ich hab meinen Fall abgeschlossen! Gelöst!« Er brüllte wieder los. Ben war klar, dass sie an einem Punkt angekommen waren, an dem er sagen konnte, was er wollte. Kai würde alles witzig finden. Glücklicherweise ergriff Pedro Möller das Wort. »Na! Genauso muss das sein. Ordentlich mal einen nehmen, was?« Er klopfte Kai anerkennend auf die Schulter und sagte zum Barkeeper gewandt: »Klaus, machst du mir auch mal so einen?«

Es blitzte, und Ben bemerkte den Fotografen, der plötzlich vor ihnen stand und wie aus dem Nichts aufgetaucht war. Seine Kleidung war komplett schwarz, und er hatte einen runden Kopf mit wenig Haaren sowie eine Statur, die Ben als »kompakt« bezeichnet hätte. Recht klein, dafür etwas mehr Breite.

»Ah, Gerold! Sehr gut. Komm gleich mal her.« Pedro Möller legte den Arm um den Mann und zog ihn näher zu sich, Ben und Kai heran. »Das hier ist Gerold Schottner. Unser Fotograf. Liefert immer top Arbeit. Hat alle Bilder für die aktuelle Show gemacht.« Pflichtbewusst lächelte Gerold Schottner, senkte die stattliche Spiegelreflexkamera in seiner linken Hand und streckte Ben seine rechte entgegen. »Und das hier«, sprach Pedro Möller weiter, »ist Ben Pruss und sein Freund Kai … äh …«

»Siebert«, antworteten Ben und Kai gleichzeitig.

»Richtig. Siebert. Ben arbeitet seit heute bei uns. Masseur. Weißt ja, die Damen und Herren müssen bei Laune gehalten werden.« Er zwinkerte dem Fotografen verschwörerisch zu, der lächelnd sagte: »Der ist doch wohl nicht nur für die Bühnenheinis da, oder? Ich hab schließlich eine Fotografenschulter.« Er verzog unter gespielten Qualen das Gesicht und griff mit seiner linken Hand theatralisch an die gegenüberliegende Schulter.

Alle vier lachten. »Na, ob ich da noch was machen kann? Das sieht ziemlich aussichtslos aus«, gab Ben zur Antwort und spürte, wie sein Mund trocken wurde.

Alle lachten wieder. Der Fotograf nutzte die Gelegenheit, seine Kamera ans Auge zu heben und die Dreiergruppe zu fotografieren. Ben spürte sein Handy in der Hosentasche vibrieren, er kramte es hervor. Die Rufnummernerkennung zeigte den Namen einer Person, die Ben noch weniger sprechen wollte, als heute Nachmittag seine Mutter und seine Vermieterin.

»Hey, deine Frau ruft an.« Ben streckte Kai das Handy entgegen, der keine Anstalten machte es entgegenzunehmen.

»Nee. Lass einfach klingeln. Keine Lust«, winkte Kai ab. Er sah jetzt nicht mehr lustig aus. Dann drehte er sich zur Bar und bestellte einen weiteren Wodka Lemon. Die Kamera blitzte nach wie vor munter drauflos, nun in andere Richtungen, denn der Saal hatte sich mehr und mehr gefüllt.

»Stress mit der Frau?«, fragte Pedro Möller an Ben gewandt und nickte in Kais Richtung.

»Ein bisschen. Wird schon wieder«, gab Ben zurück, der sich schuldig fühlte, weil er den Anruf nicht angenommen hatte. Er mochte Steffi, und er wusste, dass sie, was Kai anbetraf, nicht ganz im Unrecht war. Auf der anderen Seite fand Ben es, in Anbetracht seines eigenen Lebenswandels, nicht angebracht, seinen Freund in dieser Hinsicht zu belehren. Pedro Möller schien bemerkt zu haben, dass das Stimmungsbarometer tief in den Bereich »wechselhaft« abgesunken war. Dass gerade der Jongleur Giulio Elmo und der Einradkünstler Franjo Hirsch den Saal betraten, schien für ihn die passende Gelegenheit zu sein, sich rasch zu verabschieden und zu verschwinden.

Ben hatte das Gefühl, es könne besser sein, Kai erst mal in Ruhe zu lassen. Dieser hatte sich gerade einen Barhocker gegriffen und saß nun, Ellenbogen auf der Theke abgestützt und das Kinn auf den Fäusten abgestellt, reglos vor seinen Getränken. Zu dem halbleeren Wodka-Lemon hatte sich ein Ramazotti gesellt. Ben schüttelte es innerlich beim Anblick dieser Kombination. Er ließ seinen Blick durch den Saal streifen. Was machte er eigentlich hier?, fragte er sich beklommen. Überall standen Menschen in zahlreichen kleinen oder größeren Grüppchen zusammen. Sie lachten, redeten, gestikulierten, tranken. Waren das alles Verdächtige? Wie sollte er bei so vielen Angestellten den Überblick behalten? Womit um Himmels willen, sollte er überhaupt anfangen? Er hatte nicht die leiseste Ahnung, wie ein *echter* Ermittler an die Sache herangehen würde. Gleichzeitig war ihm klar, dass er gleich jetzt anfangen sollte. Es war die perfekte Gelegenheit, heute Abend einige Leute kennenzulernen. Sein Mund war staubtrocken. Er hatte noch gar nichts zu trinken. »Das ist doch mal ein Anfang«, sagte er leise zu sich selbst und bestellte ein alkoholfreies Bier. Fast jeder hier hielt ein alkoholisches Getränk in der Hand, und Ben fand, es könne nicht schaden, wenn seine vermeintlichen Kollegen annahmen, er würde ebenfalls etwas Alkoholisches trinken. Er stellte sich, stolz auf seine Finte, lässig mit dem Rücken an die Bar. In einer Hand sein Bier, die Ellenbogen hinter dem Körper auf der Theke abgelegt. Niemand schenkte ihm Beachtung. Gleich würde er sich irgendwo einklinken und seine Ohren offenhalten. Hier und da ein bisschen Smalltalk … gleich. Jeden Moment. Erst noch einmal aufs Klo vielleicht. Er sah sich nach einer Tür um oder einem Schild. Beides fand er nicht, aber draußen im Gang hatte er ein Toilettenschild gesehen, wenn ihn nicht alles täuschte. Er stellte sein Bier auf die Theke und verließ den Saal durch den Haupteingang.

Unten fand Ben keine Toilette. Vom Gang zweigten zwar drei Türen ab, diese waren aber allesamt unbeschriftet. Er lief die verwaiste Treppe zum Foyer entlang und entdeckte ein WC-Schild an einer Tür zwischen Bar und Kassenhäuschen. Er erkannte, dass es sich um die Örtlichkeit handeln musste, in der der Wasseranschlag passiert war. Ihm fiel zum ersten Mal der neue Teppich im Foyer auf, und er erkannte im Fußbereich der Mauer feuchte Stellen im Putz. Zum Glück war die Tür geöffnet und der Sanitärbereich beleuchtet. Ben hasste Pissoirs, da er immer das Gefühl hatte, das ihm daraus die Bakterien direkt in die offene Hose sprangen. Also suchte er eine der Kabinen aus, die ihm nach einer Sichtprüfung am saubersten erschien, schloss die Tür und urinierte im Angesicht eines laminierten *Bitte im sitzen pinkeln*-Schildes im Stehen.

Wieder auf der Treppe zum Saal, überholte ihn Frank Pracht, der Moderator der Show. Dieser wirkte nervös und abwesend, als registrierte er Bens Anwesenheit überhaupt nicht. Ben vernahm eine satte Schweißfahne und atmete flach in den Kragen seiner Lederjacke. Er registrierte, dass Franks Bühnenschminke zerlaufen war, als hätte er sich mit den Fingerknöcheln durch die Augen gerieben. Frank stieß die Tür zum Saal einen Spalt auf und glitt hinein. Mit einem Rums fiel sie, direkt vor Bens Nase, zurück ins Schloss.

Wieder im Saal, beobachtete Ben, wie Frank grußlos an allen anderen Gästen zur Bar eilte, einen Jägermeister bestellte und diesen hastig hinunterkippte. Dann ließ er sich auf einen Barhocker sinken und saß einen Moment regungslos, mit geschlossenen Augen da. Es dauerte keine halbe Minute, dann sprach ihn die Frau mit der Hundedressur-Nummer (Ben hatte ihren Namen vergessen) an, die bis dahin alleine an einem der Stehtische verweilt und an einem bunten Cocktail geschlürft hatte. Ben hörte nicht, was die beiden sprachen, doch aufgrund der Bla-bla-bla-Lächeln-Bla-bla-bla-Lächeln-Verteilung tippte er auf Smalltalk. Frank wirkte angestrengt, doch sein Gegenüber schien das nicht zu bemerken.

Ben entschied sich, für heute Schluss zu machen und nach Hause zu fahren. Er fühlte sich nicht mutig genug, zu einem der Grüppchen zu gehen und sich bei den Kollegen bekannt zu machen. Pedro Möller hatte vor einer Traube Menschen an der Bar Aufstellung genommen und machte große Gesten beim Reden. Sein Glas Wodka-Lemon immer in der Hand und häufig an der Kehle. Wenn es auch keinen Platz auf der Bühne für ihn gab – hier genoss er offensichtlich seinen Auftritt.

Ben trank einen Schluck von seinem Bier und fragte sich, ob er diesen Tag schon in Rechnung stellen sollte? Besser nicht. Der Geschmack in seinem Mund war schal und bitter. Ein paar Meter neben ihm krachte es, und Ben blickte instinktiv in die Richtung des Geräuschs. »Das ist jetzt nicht wahr!«, grummelte er, dann lief er zu Kai, der vom Barhocker gerutscht war und weiterhin selig schlafend auf dem Parkettboden lag. Das Gemurmel ringsum verstummte und scheinbar jeder gaffte auf die unbekannte Person zu ihren Füßen. Manche wirkten erschrocken, manche peinlich berührt, einige lachten und deuteten mit dem Finger auf Kai.

Ben kniete sich neben ihn, griff ihn mit der linken Hand am Kragen und gab ihm mit der anderen Hand rechts und links ein paar schallende Ohrfeigen. Das fühlte sich gut an. »Alter! Geht's noch? Wach auf!«, rief er, wohl wissend, nun das Zentrum der Aufmerksamkeit zu sein.

Kai rührte sich nicht. Sein Kopf hing nutzlos zur Seite, und seine Zunge hing schlapp aus dem Mund. Vermutlich hätte Ben Kais Kopf an dieser Stelle wieder sacht auf dem Boden abgelegt, wäre zur Bar gegangen, hätte sich ein Glas Wasser besorgt, und dieses, zum Amüsement der umstehenden Gäste, Kai ins Gesicht gekippt – doch es sollte anders kommen.

Ben bemerkte den Aufruhr an einer Seite des Saals. Hektisches Treiben, laute Stimmen. Zuerst glaubte er, dass es wegen Kai sein müsse. Immer noch neben seinem Freund kniend blickte er auf. Nein, etwas anderes war da im Gange. Eine in die Wand eingelassene und mit Samt eingefasste Tür, war für die Gäste ins Zentrum des Interesses gerückt. Der Jongleur Giulio Elmo stand zusammen mit Gerold Schottner davor. Beide hatten ein Ohr an das Türblatt gelegt und lauschten. Schottners rechte Hand lag auf der in die Tür eingelassenen Klinke, doch da er die Tür nicht öffnete, nahm Ben an, dass sie verschlossen sei. »Hallo!«, schrie er, und klopfte mit der Faust, während er mit der anderen Hand eine Geste machte, die das Publikum ringsherum zum Schweigen brachte. »Wer ist da?«

Ben wusste nicht, ob Gerold Schottner eine Antwort bekommen hatte oder nicht, denn die Musik verebbte erst in diesem Moment.

»Wir müssen diese Tür aufmachen! Wer hat einen Schlüssel?«, schrie Pedro Möller in den Saal.

»Vielleicht ist es einer von denen. Die Tür wurde schon seit Ewigkeiten nicht mehr geöffnet«, rief der Barkeeper, der eilig mit einem Schlüsselbund hinter der Theke hervorkam.

Ben war unbewusst näher zur Tür gerückt, und mit ihm die meisten weiteren Gäste im Saal. Giulio Elmo griff den Schlüsselbund, suchte den erstbesten Schlüssel aus und versuchte ihn in das Schloss zu stecken. Bis auf das Geklimper der Schlüssel war alles still. Doch nicht lange. Die Stille schaffte Platz für die Geräusche hinter der Tür. Ben, der noch näher herangerückt war, hörte ein gedämpftes, dringliches Klopfen auf der anderen Seite, untermalt von einem anderen Geräusch.

Ben konnte es nicht gleich zuordnen. War es ein Schreien? Nein, eher war es ein Keuchen.

»Der passt«, rief Giulio Elmo und riss die Tür auf. Der Kellergang wurde sichtbar – nackte Wände aus Backsteinen, diffuses, gelbes Licht. Feuchter Kellergeruch machte sich breit und jahrealter Staub rieselte von der Tür in den Saal. Graue Spinnweben. Niemand war auf der anderen Seite zu sehen. Die vier Personen, die direkt vor der Tür standen, gaben scheinbar gleichzeitig einen Ausruf des Schreckens von sich und traten einen Schritt zurück. Ben erkannte eine Gestalt, die auf dem Boden lag. Er hörte wieder dieses Keuchen. Nicht mehr durch die dicke Eisentür gedämpft, ließ es eine Gänsehaut auf seinem Kopf sprießen. Es hörte sich an, als ob jemand heftig keuchend und röchelnd bemüht wäre, Luft in seine Lungen zu saugen.

Chhhhhh … Chhhhhh …

Die Gäste im Saal schienen sich kollektiv weiter von der Tür wegzubewegen oder erstarrt zu sein. Ben spürte den Drang, sich umzudrehen und wegzulaufen, doch er zwang sich zu handeln. »Lasst mich durch! Ich bin Masseur!«, schrie er der Menschengruppe vor der Tür zu, die sich vor ihm teilte und den Blick auf die Gestalt am Boden gänzlich freigab.

»Das ist Lily!«, schrie ein Mann. Plötzlich war Bewegung im Saal. Ben erreichte die Frau, zog sie weiter in den Saal und drehte sie auf den Rücken. Giulio Elmo, oder vielleicht Gerold Schottner, half ihm dabei. Jetzt erkannte er, dass es sich um die Schlangenfrau handelte. Lily Polley starrte ihn aus hervortretenden, panischen Augen an. Ihr Mund weit aufgerissen, die milchig schimmernde Zunge nach vorne aus dem Mund gestreckt. Die Haut nass glänzend vor Schweiß. Aufgedunsen, kalkweiß. Adern traten ihr pochend aus Stirn und Schläfe. Wieder ein Röcheln. Ein verzweifelter, sinnloser Versuch, Luft in die Lungen zu bekommen. Ben würde dieses Geräusch sein Leben lang nicht mehr vergessen.

Lily Polley griff in Panik nach seinem Revers, versuchte, sich an ihm hochzuziehen. Er musste einen Luftröhrenschnitt machen, dachte Ben mit einem Grausen und ohne den blassesten Schimmer, wie das praktisch vonstattengehen sollte. Er hörte die anderen um ihn herum schreien, rufen, durcheinanderreden.

Sie würde hier und jetzt sterben, das war Ben klar. Doch *noch* starb sie nicht. Sie bäumte sich auf, drehte sich auf den Bauch und robbte auf allen vieren einige Meter weiter. Mit aufgerissenen, flehenden Augen blickte sie ihre Kollegen an, die vor ihr zurückwichen, als wollte sie sie mit einer ansteckenden, tödlichen Krankheit infizieren. Ein langer, kehliger Laut, mehr tot als lebendig, löste sich aus ihrer Lunge, dann brach sie zusammen. Der Kampf war vorüber, und Ben wusste mit vollkommener Sicherheit, dass es nichts brachte, was er als Nächstes tat. Er drehte ihren Körper auf den Rücken und begann eine Herz-Lungen Massage. Von irgendwoher flammte in seinem Kopf das Wissen auf, wie das ging. Fest, mit durchgedrückten Armen, zum Beat von Yellow Submarine. »Nimmt jemand den Notarzt in Empfang?«, schrie er in die glotzende Menge.

»Pedro ist oben«, antwortete irgendwer.

Ben sah auf Lily Polley, deren tote Augen ins Leere starrten. Ihr Körper bebte unter seinen sinnlosen Stößen. Er erkannte, woran sie gestorben war, und eine weitere Dosis Adrenalin durchfuhr seinen Körper. »Schnell! Macht sofort die Tür zu! Schnell, die Tür zu!«, schrie er panisch in den Saal.

KAPITEL 3

Das Kapitel, in dem Ben sich gerade noch rausreden kann und am Schluss ein wohliges Gefühl in der Herzgegend verspürt.

Jemand knallte die Tür mit einem Krachen ins Schloss. »Sie ist von einer Schlange gebissen worden«, schrie Ben. Seine Kräfte ließen nach. Er pumpte weiter Blut durch Lilys Herz, ohne den Glauben, sie damit zurück ins Leben holen zu können. Er ließ erst von ihr ab, als er endlich die zwei Rettungssanitäter sah, die in den Saal gestürmt kamen. Er unterrichtete die Helfer darüber, dass er eine Bissspur an Lily Polleys Unterarm gefunden habe. Pedro Möller war ebenfalls herbeigekommen und ergänzte, dass es sich entweder um den Biss einer Kobra oder den einer Klapperschlange handeln müsse. Ben bezweifelte, dass das noch irgendeine Relevanz für die Schlangenfrau hatte.

Nassgeschwitzt ging er zurück zur Theke und setzte sich schwer atmend auf einen der freien Barhocker. Er fröstelte. Die umstehenden Gäste beobachteten entsetzt die vergeblichen Versuche der Sanitäter, das Leben ihrer Kollegin zu retten.

»Was ist denn mit dem da?«, fragte einer der Rettungsassistenten an Pedro Möller gewandt, und zeigte auf den am Boden schlafenden Kai. Ben hatte ihn vollkommen vergessen.

»Der ist nur besoffen«, antwortete er stellvertretend für Schottner und ging zu Kai hinüber.

Mann, dachte Ben, das eben hätte er auch lieber verpennt. Er gab seinem Freund kraftlose drei Ohrfeigen, die Kai mit nichts als ein paar tiefen Schnarchgeräuschen quittierte, zog ihn zur nächsten Wand und lehnte ihn dort aufrecht sitzend ab. Sein Kopf fiel dabei ungesund zur rechten Seite. Bestimmt würde er morgen zusätzlich zu seinem Kater noch prächtige Nackenschmerzen haben. Wenigstens konnte er so nicht an seinem Erbrochenen ersticken, was früher oder später todsicher aus ihm herausbrechen würde.

Die Helfer gaben auf. Einer von ihnen griff zu seinem Handy und erklärte dem Notarzt, der noch unterwegs war, dass er sich nicht mehr beeilen müsse. Danach rief er bei der Polizei an und meldete den Vorfall.

Pedro Möller kam mit bedächtigen, vorsichtigen Schritten zu Ben herüber, fast so, als wollte er Kai mit seinem Getrampel nicht aufwecken. »Vielen Dank, dass du dich sofort gekümmert hast. Du konntest nichts mehr für sie tun.«

Ben wusste, dass Pedro Möller es freundlich meinte, fühlte sich aber nicht im Mindesten getröstet. »Was ist mit der Schlange?«, fragte er.

»Frank hat den Zugang über die Bühne geprüft. Die obere Tür war zum Glück geschlossen, genau wie die Tür zum Raum mit den Terrarien. Bisschen blöd von

Frank, dass er in den Kellergang gucken musste. Na ja, wenigstens wissen wir jetzt, dass Lily die Tür noch geschlossen hat, bevor ...« Er hielt einen unbehaglichen Moment inne und fuhr dann fort: »Wie es im Raum selber aussieht, weiß ich natürlich nicht, aber wenigstens ist es ziemlich sicher, dass das Viech weder im Kellergang, noch irgendwo hier rumkriecht.«

»Wie fängt man die ein?«

»Erst mal warten wir ab, was die Polizei sagt. Ich würde sonst im Zoo anrufen und einen von den Kollegen aus dem Tropenhaus kommen lassen. Wenn ich geahnt hätte, dass das nach einem Biss so schnell geht, hätte ich mich nie darauf eingelassen.«

»Gibt es denn kein Gegengift?«

»Doch, natürlich! Das liegt auch da im Raum. Sogar schon in Spritzen aufgezogen. Ist ja alles Vorschrift. Ich kann mir das nicht erklären. Anscheinend ging alles zu schnell, oder sie hat in der Panik nicht daran gedacht. Keine Ahnung, vielleicht hat es nicht gewirkt. Oh Mann, hoffentlich machen die mir nicht den Laden dicht.« Diese Möglichkeit schien ihm das erste Mal durch den Kopf zu gehen, und Ben fand, dass Pedro Möller aussah, wie er sich selbst fühlte: krank, verzweifelt und einsam. Er wünschte sich, dass Kai aufwachen würde. Auch wenn er keine große Hilfe sein würde, hätte es ihm schon geholfen, ihn einfach um sich zu haben.

Er sah zu Pedro Möller, der geistesabwesend die Sanitäter dabei beobachtete, wie sie ihre Sachen zurück in die Koffer sortierten. Einer der beiden bemerkte das und fragte mit müder Stimme in seine Richtung: »Sind Sie der Chef hier? Könnten Sie bitte mal herkommen?«

Ben wusste, dass er nicht viel Zeit für den Plan hatte, der ihm soeben in den Sinn kam. Er schaute in alle Richtungen. Die meisten hatten den Saal bereits verlassen. Einige standen in kleinen Grüppchen zusammen, redeten miteinander oder hielten sich stumm in den Armen. Ein paar waren damit beschäftigt aufzuräumen oder wirkten zumindest geschäftig.

Ben ging zu der Tür, durch die vor knapp zwanzig Minuten Lily Polley halbtot in den Saal gekrochen war. Er öffnete sie, blickte noch einmal nach links und rechts – niemand schien sich für ihn zu interessieren – und war im nächsten Moment im Kellergang verschwunden.

Ben schloss die Tür hinter sich, nachdem er sicher war, dass keine Schlange im Gang auf ihn wartete. Durch die fehlende Klinke auf der Innenseite, stellte sich das als schwierig heraus. Er musste umständlich seinen kleinen Finger in das Loch stecken, in dem irgendwann mal eine Klinke gesteckt haben mochte, und so die Tür ranziehen, bis sie im Schloss einrastete. Er verspürte den Drang, sich gegen die Tür zu lehnen und durchzuatmen, sah aber davon ab, als er die Spinnweben bemerkte, die grau und staubig an Tür und Wänden herabhingen. Ben hasste Spinnen und stellte soeben fest, dass er Schlangen noch mehr verabscheute. Eins war ihm klar, Pedro Möller würde diesen Tag auf jeden Fall bezahlen!

Ein Schrecken fuhr ihm durch die Glieder. Was, wenn Frank Pracht nach seinem Kontrollgang die obere Tür abgeschlossen hatte? Sein eigener Schlüssel lag ja dummerweise im Auto. Es sähe schön blöd aus, wenn die

Polizei ihn hier irgendwann finden würde, oder wenn er von innen klopfen musste wie vorher die Schlangenfrau in ihrem Todeskampf. Einen guten Eindruck könnte er damit jedenfalls nicht machen, und als besonders origineller Gag würde es wohl auch nicht durchgehen. Ein toller Detektiv war er – nämlich gar keiner. Er stieß ein ärgerliches Grummeln aus.

Bedächtig schritt er auf die geschlossene Tür ihm gegenüber zu. Dahinter wartete höchstwahrscheinlich eine freigelassene und äußerst tödliche Schlange auf ihn. Ohne sich etwas davon zu versprechen hielt er ein Ohr gegen die Tür und lauschte. Wie erwartet hörte er nichts. Giftschlangen waren ja nicht gerade dafür bekannt, besonders viel Krach in ihren Terrarien zu veranstalten. Eigentlich lagen ja Schlangen meistens nur rum, dachte er und drückte die Klinke.

Das Licht im Raum war noch eingeschaltet. Lily Polley hatte noch einen Rest Vernunft bewiesen, als sie die Tür hinter sich zugeschlagen hatte. Nicht auszudenken, was passiert wäre, wenn die Schlange ebenfalls den Weg nach draußen gefunden hätte. Strom sparen stand dagegen nicht mehr auf ihrer Liste. Ben linste vorsichtig durch einen schmalen Türspalt von nicht mehr als drei Zentimetern. Für mehr reichte sein Mut nicht aus. Eine trockene Wärme schlug ihm entgegen. Er vermutete, dass diese von Wärmelampen herrührte, die zur Beheizung der Terrarien verantwortlich waren. Er spürte Schweiß auf seiner Stirn, der nichts mit den Wärmelampen zu tun hatte und sich kalt anfühlte. Oh Gott, dachte er, bloß keine DNA hinterlassen.

Er zog mit der Linken seinen rechten Ärmel über die Hand und wischte die Klinke sowie die Stelle ab, an die er vorher sein Ohr gehalten hatte. War der Ohrenabdruck eines Menschen auch einmalig?. Er hatte absolut keine Ahnung von so etwas. Er schob die Tür weiter auf und konnte ein kleines Stück eines Terrariums erkennen. Eine Glaswand, Grünzeug, ein knorriger Ast, und darauf liegend eine stattliche, grüne Schlange. Ben hatte diese Schlange bei der Show gesehen und wusste, dass es irgendeine Boa Con-Dingsbums war, und er wusste ebenfalls, dass diese Art nicht giftig war. Er steckte den Kopf durch die Tür, wohlbedacht, nichts mit dem Körper zu berühren. Er fragte sich, wie lange es noch dauern würde, bis die Polizei hier auftauchte. Er rechnete sich aus, dass sie sicher nicht scharf darauf waren, hier die Ermittlungen aufzunehmen, solange der Raum noch nicht als hundertprozentig schlangenfrei galt. Wenn Kai doch nur auf der anderen Seite Schmiere gestanden hätte. Er zog seinen Kopf langsam und behutsam – ohne in der Amphibienwelt zu große Wellen zu schlagen – wieder zurück, fischte das alte Nokia aus seiner Hosentasche und drückte lange die Rautetaste, um es auf stumm zu stellen. Wenn es ausgerechnet jetzt anfing zu klingeln, würde er ohne Zweifel auf der Stelle tot umfallen – auch ohne Schlangenbiss. Da er seit Ewigkeiten keinen Anruf mehr zu so einer Uhrzeit bekommen hatte, diente die Angelegenheit eher dazu, das, was er vorhatte, noch etwas aufschieben. Aufschieben konnte er besonders gut. Aufschieberitis war seine größte Schwäche – im Moment fand er sie *äußerst* unpassend, und er zwang sich zu handeln.

Er steckte seinen Kopf zurück und lugte auf die andere Seite des Raums. Er spürte die Hitze noch intensiver, erblickte drei Terrarien, ausgestattet mit Pflanzen, Ästen, Sand und jeweils einer Wasserstelle. Davor drei kleinere Glaskisten mit seitlichen Griffen, die offensichtlich als Trageboxen dienten. Bis auf die Würgeschlange, die ihm schon beim ersten Mal aufgefallen war, konnte er keine weitere Schlange ausmachen. Vor allem nicht außerhalb eines der Terrarien, was ihn etwas entspannte aber auch misstrauisch werden ließ. Er schob die Tür noch ein Stück weiter auf, wagte es aber nicht, den Raum zu betreten. Das Terrarium mit der Boa war das größte. Es stand auf dem Boden und war etwa 1,50 Meter hoch. Die beiden anderen, davon eins wahrscheinlich für die Kobra und eins für die Klapperschlangen reserviert, waren kleiner und ruhten auf Holzpodesten. Sie sahen ein bisschen so aus wie das Aquarium mit Guppis und Clownfischen, das früher bei seinen Eltern im Wohnzimmer gestanden hatte.

Ben bemerkte, dass der Glasdeckel bei dem linken Terrarium nach oben geklappt war. Er zuckte bei der Erkenntnis heftig zusammen, so als ob jemand hinter ihm laut »Buh« gerufen hätte. Vorsichtshalber scannte er den Raum noch einmal ab. Keine Schlange. Danach durchbohrte er das geöffnete Terrarium mit seinen Blicken. Er kannte das aus dem Zoo. Zuerst fand man die Schlange nicht, die es sich gut getarnt im Grünzeug gemütlich gemacht hatte. Hatte man sie dann einmal entdeckt, wunderte man sich, wie man so blind gewesen sein konnte. Er blinzelte und traute sich ein Stück in den Raum hinein.

Die Tür fiel laut krachend ins Schloss, nachdem er sie losgelassen hatte, und Ben stieß vor Schreck einen Schrei aus. Er taumelte zwei Schritte nach hinten, stürzte, und fiel rückwärts mit dem Rücken an die Tür. Durch das Adrenalin in seinem Körper erlebte er jeden Moment deutlich und klar. Noch im Fallen sah er sie. Die Kobra fühlte sich offenbar durch den Radau, den er veranstaltet hatte, gestört und schaute ihn mit erhobenem Kopf durch die Glaswand des Terrariums an. Sie schien nicht angriffslustig, eher neugierig.

Vielleicht hatte sie gar kein Gift mehr, mutmaßte Ben in Gedanken, glaubte sich das aber selbst nicht. Keine Sekunde ließ er die Schlange aus den Augen. Links von ihm stand ein Besen, und er überlegte, ob er mit dessen Hilfe, sozusagen als verlängertem Arm, den Deckel zuklappen konnte. Ihm war bewusst, dass er auf diese Weise den Tatort verändern würde.

Beim Stichwort Tatort fiel ihm wieder ein, warum er hier war. Die Schlange schien ihm bei seinem Vorhaben keinen Strich durch die Rechnung machen zu wollen. Sie kam mit ihrem Kopf näher ans Glas, musterte Ben eindringlich, legte sich dann wieder zurück auf den Sandboden und schlängelte sich mit abgewandtem Kopf unter ihr grünes Blätterdach.

Ben entschied sich, den Deckel nicht zu schließen. Er bemerkte feuchte, verschmierte Schweißabdrücke vorne und an den Seitenscheiben des Terrariums. Der Deckel wies ebenfalls schmierige Flecken auf, allerdings großflächiger und weniger verschmiert, als ob ein ganzes Körperteil dort angedrückt gewesen wäre. Ben bemerkte, dass die Flecken von innen am Glas klebten, nicht von außen, wie er es natürlicherweise angenommen hatte. War es möglich, dass Lily Polleys Oberkörper ins Terrarium gedrückt und sie mit Hilfe des Glasdeckels festgehalten worden war, bis die Schlange zugebissen hatte? Ben hielt diese Theorie für halbwegs plausibel. Er meinte, im Fleck auf dem Glasdeckel sogar die hervortretenden Knochen einer Wirbelsäule erkennen zu können.

Ben warf einen Blick auf die Schlange, die – scheinbar beleidigt, wie er fand – nach wie vor von ihm abgewandt dalag. Er kniete sich hin. Neben dem Terrarium, in der schmalen Spalte zwischen Wand und Podest, erkannte er einen Fingerring auf dem Boden liegen. Er bestand aus einem silbernen und einem goldenen Teil, die sich ineinander zu umschlingen schienen. Er passte aufgrund seines extravaganten Designs durchaus zu Lily Polley, aber irgendwas stimmte hier nicht. Ben streifte den dunklen Hämatit-Ring ab, den er an seinem Ringfinger trug und hielt ihn in einigen Zentimetern Abstand vor den anderen. Der vor ihm auf dem Boden war noch ein Stück größer. Er bezweifelte stark, dass die zierliche Schlangenfrau solche dicken Wurstfinger hatte. Ben ärgerte sich, dass er kein Handy mit Kamerafunktion besaß, zu gerne hätte er ein Foto vom Ring geschossen. So musste er damit vorliebnehmen, sich das Aussehen des Ringes einzuprägen.

Er erhob sich behutsam und mit einem weiteren kritischen Blick zur Kobra, streifte seinen Ärmel über die Hand, drückte bedächtig und nur am äußersten Ende die Türklinke, öffnete vorsichtig die Tür und blickte in ein äußerst erstauntes Augenpaar.

»Sagen Sie es mir, wenn ich meine Dienstwaffe ziehen muss«, sagte der Mann mit strenger Miene und kühler Stimme. »Kommissar Huntrich, Kriminalpolizei.« Er musterte Ben herausfordernd. Die Tatsache, dass er seine Dienstwaffe nicht sofort gezogen hatte, deutete darauf hin, dass er Ben nicht für gefährlich hielt. Trotzdem schüchterte die Erscheinung dieses Mannes Ben ein. Er wirkte bullig. Sicher um die 1,90 Meter groß und kräftig, mit einem deutlichen Bauchansatz, der wahrscheinlich vom Alter und von regelmäßigem Feierabendbier herrührte. Sein Gesicht war kantig und von Falten durchzogen. Auf der Nase trug er eine eckige Brille in einer schmalen Metallfassung, deren Gläser gelblich schimmerten. Die kurzen, grau durchzogenen Haare trug er in einem struppigen Seitenscheitel.

»Alles klar! Nicht nötig … Ben Pruss, mein Name. Ich … ich arbeite hier.« Zur Vorsicht nahm Ben seine Hände ein Stück nach oben, ließ sie jedoch sofort wieder sinken, als er hinter Kommissar Huntrich zwei Polizisten in Uniform und seinen Auftraggeber Pedro Möller bemerkte. Er wusste, dass er sich eine gute Geschichte einfallen lassen musste, wenn

a. seine Deckung nicht auffliegen sollte, und

b. er nicht als potentiell Tatverdächtiger verhaftet werden wollte. Zufällig fiel ihm gleich eine Geschichte ein, und noch bevor er sich im Klaren darüber war, ob es eine gute war, platze er hervor: »Hab nur kurz den Raum gesichert. Alles gut, die Kobra ist in ihrem Terrarium und ruht sich aus.« Kein Klassiker, fand Ben, aber besser als die Wahrheit.

»Wer hat Sie dazu veranlasst? Und überhaupt ...« Kommissar Huntrich hielt mitten im Satz inne und schaute, mit langem Hals, skeptisch an Ben vorbei in den Raum. »Warum ist das Terrarium denn immer noch geöffnet?«

»Ja nun, äh ...«, antwortete Ben, der keine Ahnung hatte, warum. Dann fiel es ihm ein: »Von der Schlange geht momentan wenig Gefahr aus. Ein Angriff, wie er gerade eben passiert ist, ist für eine Giftschlange dieser Größe sehr kräftezehrend. Deswegen habe ich mich entschieden, die Klappe geöffnet zu lassen, nicht zuletzt, weil wir es hier ja möglicherweise mit einem Tatort zu tun haben.« Wenn Ben nicht gewusst hätte, dass er keinerlei Ahnung von Schlangen hatte, wäre er selbst auf seine Geschichte hereingefallen.

»Mit einem Tatort? Wie kommen Sie darauf?«, fragt der Kommissar mit hochgezogener Braue.

Auch diese Antwort musste Ben improvisieren: »Na ja ...«, sagte Ben und hüstelte leicht. »Ich habe gehört, wie der Sanitäter die Polizei angerufen hat, und da habe ich angenommen, dass bei einem unnatürlichen Tod diese Frage immer zuerst geklärt wird.« Er war ein bisschen stolz auf sich. »Und Ihre Anwesenheit scheint mir das zu bestätigen!« Er lachte, hörte aber gleich damit auf, als er merkte, dass alle vier Personen ihn mit unbewegter Miene ansahen.

»Das ist richtig«, sagte Kommissar Huntrich. »Mir wäre es allerdings lieber, wenn ich meine Ermittlungen in diesem Raum bei geschlossenem Terrarium fortsetzen könnte.«

»Das kann ich mir denken«, antwortete Ben lächelnd. Einige Sekunden war es still, dann registrierte er mit einigem Schrecken, dass die Worte des Kommissars ein Appell an ihn waren, das Terrarium zu schließen. Unbehaglich drehte er sich um, und versuchte, fähig, belastbar und abgeklärt zu wirken. Die Schlange drehte sich gerade um und starrte nun die kleine Gruppe an. Vier Personen hinter der Türschwelle (nur die Fußspitze des einen Polizisten hielt die Tür auf und ragte einige Zentimeter in den Raum hinein), und eine, Ben, davor. Für Ben schien es, als würde die Schlange nur ihn fixieren und ihm leise ein »Komm nur!« zuzischen. »Komm nur, wenn du dich so gut mit Schlangen auskennst … sssssssh … Wollen wir mal sehen, ob der Biss eben wirklich so kräftezehrend war … sssssssh … Komm rüber, los!«

Langsam bewegte er sich in Richtung des Glaskäfigs. Es fühlte sich an, als müsste er sich durch einen Berg Watte vorarbeiten. Nach einigen Schritten hielt er inne und drehte sich zur Tür. Pedro Möller bedeutete ihm mit einem Kopfnicken und weit aufgerissenen Augen, dass er sich beeilen solle. Er wollte soeben seinen Weg fortsetzen, als ihn der Kommissar stoppte: »Halt! Bitte streifen Sie sich Handschuhe über.« Er warf einem der Polizisten einen Blick zu, der augenblicklich in die Innentasche seiner Dienstuniform griff und zwei Einweghandschuhe hervorholte, die er Ben mit weit ausgestrecktem Arm entgegenhielt. Offensichtlich wollte er möglichst weit von den Schlangen entfernt bleiben, was Ben gut nachvollziehen konnte. Bedächtig streifte er sich die Handschuhe über und schlich vorwärts.

Vorsichtig griff er mit einer Hand die offene Glasklappe und schloss sie mit einer Bewegung, die ein Mittelding aus größtmöglicher Schnelligkeit gepaart mit maximaler Sanftheit zu sein schien. Die Schlange ließ sich davon nicht im Mindesten beeindrucken und rührte sich keinen Millimeter.

»So, jetzt habe ich es geschlossen. Einfach zugemacht«, verkündete Ben das Offensichtliche und fühlte sich ziemlich erleichtert.

»Erzählen Sie mir bitte, was arbeiten Sie hier, und warum kennen Sie sich mit Schlangen aus? Waren Sie Frau ...« Kommissar Huntrich blickte fragend zu Pedro Möller. »Polley«, antwortete dieser und Kommissar Huntrich fuhr mit einem Kopfnicken fort: »Waren sie Frau Polleys Assistent?«

»Nein, nein, ich kannte sie noch gar nicht. Ich bin komplett neu im Team, heute Abend das erste Mal da. Herr Möller hat mich eingestellt als Masseur für das Ensemble.«

»Ja, und weiter? Ihre Schlangenkenntnisse?« Kommissar Huntrich blickte Ben mit gesenktem Kopf über den Rand seiner Brille hinweg an.

»Ach so. Ja. Die!« Er räusperte sich, um ein wenig Zeit zu gewinnen. »Ich war während meiner Ausbildung in China. Die machen ganz viele Behandlungen mit Schlangengift«, log er, und ihm war selbst schleierhaft, wie er auf diese dämliche Idee gekommen war. China war er in seinem Leben niemals nähergekommen als bis zum Wok-Meister in der Gutenbergstraße. Doch als würde jemand anderes dafür sorgen, dass sich seine Lippen bewegten, fuhr er fort: »Da habe ich den Umgang mit Schlangen gelernt. Also so 'n bisschen zumindest.«

»Mmmh, mmmh. Schlangengift beim Massieren. So, so«, murmelte Kommissar Huntrich, was in Bens Ohren etwas skeptisch klang. Mit nach vorne gebeugtem Oberkörper betrat er den Raum und inspizierte die Terrarien. Er bewegte sich schnell, um dann auf einmal abrupt zu stoppen. Dann bewegten sich einige Sekunden lang nur seine Augen, bis er erneut zu einer flinken Positionsänderung ansetzte und sich einer anderen Sache widmete. Ben, die Polizisten und Pedro Möller, dessen Augen weit aufgerissen waren und dessen Stirn in tausend kleinen Falten lag, schauten dieser Prozedur schweigend zu. Nach einigen Minuten richtete sich Kommissar Huntrich kerzengerade auf, drehte sich zu der Gruppe um und sagte: »Sie hat die Schlange aus der Transportbox genommen und sie in das Terrarium gelegt.« Er unterstrich seine Worte mit Handbewegungen und Fingerzeigen. »Dabei war sie eine Sekunde unachtsam und ist gebissen worden. Ein tragischer Unfall! Der Raum wird versiegelt, bis wir die genauen Ergebnisse der Gerichtsmedizin haben, denn ...« Er wandte sich an Ben: »Mir kommt das Ganze trotzdem komisch vor. Wenn man von einer Schlange gebissen wird, hat man doch eigentlich genügend Zeit, sich das Gegengift zu spritzen, oder? Man kippt doch nicht gleich um und stirbt?«

Ben hatte keine Ahnung, ob das stimmte, war aber gerne bereit, dem Kommissar recht zu geben. Er öffnete den Mund, um zu antworten, als der Kommissar weitersprach. Mehr zu sich, als zu den anderen Personen im Raum, sagte er: »Warum hat sie sich das Gegengift nicht gespritzt?« Er schritt auf die andere Seite des Raumes zu einem dort in Augenhöhe angebrachten, weißen Kasten mit einem aufgedruckten, roten Kreuz. Ben schämte sich wieder über seine Unzulänglichkeiten. Er hatte diesen Kasten bisher überhaupt nicht wahrgenommen. Als er den Raum betreten hatte, war diese Seite des Raumes von der offengehaltenen Tür verdeckt gewesen, und er hatte nur Augen für das Terrarium gehabt. Allerdings war dem Kommissar bis jetzt der Ring neben dem Terrarium verborgen geblieben, und von den merkwürdigen Hautabdrücken im Glaskasten hatte er ebenfalls noch nichts bemerkt. Ben war sich nicht sicher, ob er ihn drauf ansprechen sollte, und entschied sich vorerst dagegen.

Um besser sehen zu können, rückten jetzt alle anderen auch in den Raum vor. Der eine Polizist hielt die Tür weiterhin geöffnet. Wahrscheinlich wollte er möglichst schnell abhauen können, falls aus dem Arzneischränkchen noch eine Schlange fallen sollte.

Kommissar Huntrich öffnete die Schranktür, indem er einen kleinen, weißen Knopf hineindrückte und an der Tür zog. Der Arzneischrank war komplett leer. Der Polizist, der die Tür aufhielt, stieß ein leises Zischen durch die geschlossenen Zähne. Ben bemerkte, dass der Teil seiner Stirn, der nicht von der Dienstmütze verdeckt war, schweißnass war. Ben erkannte, dass dieser Mann ziemlich sicher an einer Schlangenphobie litt und ihm eine ausgiebige Shiatsu-Massage guttun würde.

Kommissar Huntrich interessierte das nicht, er schien es gar nicht zu bemerken, sondern sah die vier Gestalten hinter ihm abwechselnd mit einem fragenden und gleichzeitig triumphierenden Gesichtsausdruck an.

»Sie konnte es gar nicht nehmen, denn es war nicht da!« Behände trat er einen Schritt zurück und scannte suchend den Boden vor dem Schränkchen ab. Nach kurzer Zeit hatte er etwas gefunden, und bückte sich, um es aufzuheben. Er hielt ein kleines, weißes Plastikteilchen in die Höhe.

»Hier, das muss von der Tür des Arzneischränkchens abgefallen sein, als sie gesehen hat, dass der Schrank leer war und sie die Tür zugeknallt hat. Beim Öffnen der Tür hab ich gleich gemerkt, dass sie nicht eingerastet war.« Er hielt seine freie linke Hand dem Polizisten ohne Schlangenphobie entgegen, der ihm unaufgefordert ein durchsichtiges, kleines Beutelchen reichte, in welches er das Beweisstück steckte.

»Meine Herren«, fuhr er fort. »Wir haben es hier mutmaßlich doch mit einem Tötungsdelikt zu tun. Der Raum muss sofort kriminaltechnisch untersucht werden. Thalmann, veranlassen Sie das!«

Schlangenphobie-Polizist nickte, wobei sich einige Schweißtropfen von seiner Stirn lösten und mit einem leisen, doch vernehmbaren *Plopp* auf den Boden tropften. Sofort drückte er sich an Pedro Möller vorbei in den Kellergang und überließ es seinem Kollegen, die Tür mit dem Fuß offenzuhalten.

Kommissar Huntrich wandte sich an Ben: »Die Kollegen werden hier heute Nacht noch alles auf den Kopf stellen. Leider kann ich Sie noch nicht von der Liste der Verdächtigen streichen.«

»Aber ich habe ein Alibi. Ich war die ganze Zeit über im Saal mit den anderen, das kann sicher jemand bezeugen«, entgegnete Ben mit einem Blick auf Pedro Möller der geistesabwesend und, wenn überhaupt, nur andeutungsweise nickte. Die Tatsache, dass er zwischendurch auf der Toilette war, ließ er getrost erst mal beiseite.

»Das klären wir später«, sagte Kommissar Huntrich. »Ach ja, nichts von dem, was wir hier ermittelt haben, wird von Ihnen irgendwo erwähnt. Haben wir uns verstanden?« Sein Blick ging abwechselnd zu Pedro Möller und Ben, die folgsam nickten. Dann sprach er an Ben gewandt: »Und halten Sie sich bitte bereit!«

»Ja, äh, wofür denn?« Ben hatte keine Ahnung, was der Kommissar von ihm wollte.

»Na, die Kollegen müssen jedes einzelne Terrarium unter die Lupe nehmen. Dafür brauchen wir Sie, um die Schlangen so lange in die Transportboxen zu stecken.«

Auf dem kurzen Weg zurück in den Saal überzeugte Ben Kommissar Huntrich davon, dass er nicht der Richtige für die Versorgung der Schlangen sei. Erstens, weil er keine Lizenz besitze (er hatte keine Ahnung, ob eine nötig war, aber Huntrich schluckte es mit einem Nicken) und zweitens, weil kein Gegengift mehr da sei, und damit das Risiko ohnehin zu groß. Pedro Möller, der mittlerweile eher wie ein Zombie aussah, rief daraufhin beim Bereitschaftsdienst des Zoos an, der ihn an einen ortsansässigen Veterinärmediziner verwies, der auf Reptilien spezialisiert war.

Mittlerweile war es zwanzig nach zwölf. Kai saß immer noch an die Wand gelehnt da, ein Sabberfaden tropfte von seinem Mundwinkel auf sein Hemd, doch ansonsten wirkte er, wie Ben fand, friedlich und entspannt. Um die Leiche hatten die Polizisten eine Art Paravent gebaut, um sie vor den Blicken der Umstehenden zu verbergen. Zwei Scheinwerfer rechts und links, leuchteten den Bereich hell aus. Irgendjemand hatte Stühle besorgt, und mehrere Polizeibeamte waren in einem provisorischen Büro in einer Raumecke damit beschäftigt, die Aussagen der Gäste, sowie deren Personalien aufzunehmen. Zwei Laptops und ein Drucker standen auf einem zum Schreibtisch umfunktionierten Servierwagen. Die Luft roch mittlerweile abgestanden, und Ben hatte das Gefühl, seit langer Zeit nicht mehr durchgeatmet zu haben. Er wusste, dass ihm ebenfalls noch eine offizielle Aussage bevorstand, und er spielte im Kopf ein weiteres Mal die Geschichte durch, die er eben dem Kommissar erzählt hatte. Er wollte sich nicht in Widersprüche verwickeln.

Er ging zu Kai, setzte sich neben ihn an die Wand und überlegte, ob er einen Versuch starten sollte, ihn zu wecken. Er entschied sich dagegen. Wem sollte es etwas nutzen, wenn der besoffene Kai auch noch hier rumlallte. Sollte er lieber weiterpennen.

Fünf Personen in weißen Einwegoveralls betraten den Saal, die Kapuzen hatten sie noch nicht aufgesetzt. Vier Männer und eine Frau mit langen, schwarzen Haaren. Ben richtete sich auf und sah genauer hin. Die Frau stellte einen Koffer neben sich, griff nach etwas aus der Seitentasche und band ihre Haare zu einem behelfsmäßigen Dutt. Ben musste lächeln. Jenny Grün, seine alte Klassenkameradin. Und nicht nur das.

Klar, er wusste, dass Jenny bei der Gerichtsmedizin arbeitete, aber er hätte nicht im Traum gedacht, sie hier zu treffen. Jenny war in der Oberstufe seine beste Freundin gewesen. Er war der typische Fall des verliebten Jungen, der beim Mädchen seiner Träume mit der liebestötenden Endzeit-Kategorie »Total-Super-Kumpel« eingeloggt war. Auch die Kartentricks, die er für sie einstudiert hatte und für die sie durchaus empfänglich war, hatten nur ihre Sympathie, nicht aber ihre Liebe befeuern können. Nach dem Abi hatte er zusammen mit Jenny für den Medizinertest gebüffelt. Seine einzige Möglichkeit, mit einer mittelmäßigen Note überhaupt einen Studienplatz in Medizin zu bekommen. Für Jenny war es nur das Tüpfelchen auf dem I ihres Einser-Abschlusses gewesen. Jenny war immer voll dabei gewesen, er nur halbherzig. Das Ergebnis war, dass sie es mit Bravour schaffte, er mit Pauken und Trompeten versagte. Jenny ging zum Studieren nach Heidelberg. Er hielt sich halbwegs mit Jobs als Zauberkünstler und dem Zimmer mit Mittagessen bei Mama über Wasser. Sie hatten sich nie so ganz aus den Augen verloren. Zumindest hatte Ben Jenny nie so ganz aus den Augen verloren. Er schaute noch regelmäßig auf ihre Facebookseite und schickte ihr dann und wann eine E-Mail oder SMS, worauf sie sich früher oder später zurückmeldete. Er wusste nicht mehr viel über sie und ihr Leben, er hatte aufgehört, sich mit ihr zu treffen, als sie vor vier oder fünf Jahren mit ihrem Freund zusammengezogen war. Sie hatte das Wunder fertiggebracht, denjenigen zu bekommen, auf den sie schon seit der achten Klasse ein Auge geworfen hatte. Einen Typen namens Benjamin Pankratz und Ben hatte sich immer gefragt, und fragte es sich heute noch, warum man einen Benjamin nahm, wenn man einen Ben haben konnte. Er hatte damals schnell den Unterschied kapiert. Auf Benjamin flogen die Mädchen, und Ben fanden die Mädchen *nett*. So einfach war das, und jeder hatte seinen Platz.

Wenn Jenny und Ben sich alle paar Jahre, meistens per Zufall, über den Weg liefen, war es, als wären sie nie voneinander getrennt gewesen. Nach wenigen Minuten konnten sie genauso unbeschwert und ehrlich zusammen rumalbern und lachen wie damals, wenn sie eigentlich die Funktionen der Bauchspeicheldrüse pauken sollten.

Ben bezweifelte, dass er heute mit ihr rumalbern und lachen würde, doch als er vor ihr stand, gelang ihm problemlos ein breites Lächeln.

Sie lächelte nicht, was wohl daran lag, dass es sich für eine Rechtsmedizinerin nicht schickte, an einem Tatort zu lächeln, wirkte aber ehrlich überrascht. »Mensch, Ben. Was machst du denn hier? Sag nicht, du trittst hier als Zauberer auf? Und ist das da drüben nicht Kai, der da liegt und vor sich hin sabbert?«, fragte Jenny, die mit ihrem Dutt fertig war. Er saß schief und zu weit oben auf dem Kopf. Ben schaute ein wenig zu genau auf die Stelle und lächelte noch breiter.

»Hey, ich weiß, dass das scheiße aussieht, aber ich bin hier nun mal bei der Arbeit. Und außerdem siehst du auch nicht gerade top aus.« Sie musterte ihn demonstrativ von oben bis unten.

»Ach Quatsch«, beschwichtigte er. »Du siehst toll aus! Und ja, das ist Kai. Hat sich etwas abgeschossen. Und nein, ich arbeite hier nicht als Zauberer. Das ist eine lange Geschichte …«

Sie nickte und fragte nicht weiter nach. »Warst du dabei, als das mit ihr passiert ist?« Sie deutete mit dem Daumen auf die Paravents, hinter denen der Körper von Lily Polley lag.

»Ja.« Bens Lächeln verschwand, und er blickte eine stille Sekunde lang auf die Sichtschutzwände. »Ich habe versucht, sie wiederzubeleben. Hat nicht geklappt.«

»Sag bloß, Mister«, sagte sie mit spöttisch zusammengekniffenen Augen. »Ich habe mich schon gewundert, warum ich hier bin.«

Ben ärgerte sich über sich selbst. Er hatte schon immer das Talent gehabt, sich in ihrer Anwesenheit zu idiotischen Äußerungen hinreißen zu lassen, und er wettete, dass das der Grund war, warum er nie eine echte Chance bei ihr gehabt hatte. Wahrscheinlich gab es noch mehr Gründe, aber »ständige idiotische Wortmeldungen« hatten sicher einen Platz ganz oben auf Jennys Negativliste.

Er machte eine wegwerfende Handbewegung.

Jenny sprach weiter: »Und jetzt sag schon, was machst du hier? Hast du es, wenn schon nicht mit deiner Zauberei, endlich mit deiner Eiernummer auf die große Bühne geschafft?«

Ben wusste sofort, was sie meinte. Vor langer, langer Zeit, in einem anderen Leben, wie es Ben schien, hatte er in einem Supermarkt – leicht bis mittelstark angetrunken – versucht Jenny zu beweisen, dass er mit drei Eiern jonglieren konnte. Natürlich hatte das nicht geklappt, und alle Eier fielen auf den Boden und zerbrachen. Vor Lachen brüllend, hatten sie mit vereinten Kräften das ganze Regal mit den Eiern über den Fleck geschoben und waren, immer noch kichernd, zur Abteilung mit den Spirituosen gerannt.

»Nee.« Er fühlte sich unbehaglich, denn er wollte Jenny keine Lügengeschichte auftischen. Zögerte einen kurzen Moment, und tat es doch. »Ich bin hier eingestellt als Masseur für die Künstler. Ich hab da so eine Ausbildung für gemacht.« Er verzog verlegen die Mundwinkel und fragte sich, ob die Wahrheit nicht vielleicht weniger absonderlich geklungen hätte als diese haarsträubende Story. »Allerdings fange ich erst morgen richtig an. Mal sehen, ob überhaupt noch was daraus wird.«

»Echt? Na, ist doch cool. Die Leute hier sind bestimmt gut drauf. Also, ich meine normalerweise. Kannst du denn deine Zeit frei einteilen? Ich meine wegen den Auftritten. Oder zauberst du nicht mehr?«

»Doch, doch. Aber das läuft, ehrlich gesagt, gerade nicht so doll. Ich bekomme beides problemlos unter einen Hut. Bin ganz froh, dass ich das hier aufgetan habe.« Er freute sich, dass er zumindest mit diesem Satz wieder aufrichtig ihr gegenüber sein konnte.

»Ja, kann ich verstehen.« Sie griff nach ihrem Koffer. »So, ich muss da rein …« Sie nickte leicht mit dem Kopf in Richtung der Paravents und setzte sich in Bewegung. »Vielleicht bist du ja gleich noch da, dann können wir uns noch ein bisschen unterhalten?«

»Klar. Schauen wir mal, wie lange das hier noch dauert. Ich muss bestimmt noch meine Aussage machen.«

Es dauerte nicht mehr lange, aber Ben wartete trotzdem, bis Jenny mit ihrer Arbeit fertig war.

KAPITEL 4

Das Kapitel, in dem Ben sich freut, dass er Kai hat und am Schluss ein äußerst schmerzhaftes Gefühl in der Herzgegend verspürt.

Ben fragte sich, warum ausgerechnet er sich fühlte wie derjenige, der sich tierisch einen gesoffen hatte. Rescuetropfen hin oder her. Er wusste, dass bei seinem Schädel heute nur echte Kopfschmerztabletten halfen, und eben hatte er die zweite Aspirin mit schwarzem Kaffee runtergespült. Sein Freund Kai, der in Bens Augen die Kopfschmerzen verdient hatte, saß ihm gegenüber auf der anderen Seite des Küchentisches. Er war dabei, sein drittes, reichlich mit Salami und Mayonnaise belegtes Brot zu essen. Ben hatte ihm, selbst nicht in der Lage etwas herunterzuwürgen, die Geschichte des vergangenen Abends erzählt. Kai hatte die ganze Zeit gebannt zugehört und nicht mehr als ab und zu ein »Gibt's nicht«, »Ach, hör auf!« oder »Alter, du verarschst mich!« eingestreut.

Ben setzte eine dramaturgische Erzählpause und musterte Kai mit einer ordentlichen Portion »Ich weiß was, was du nicht weißt« an und trank den letzten Schluck

Kaffee aus seiner David-Copperfield-Tasse. Mit einem angewiderten Gesichtsausdruck stellte er den Pott zurück auf den Tisch. Der Kaffee war beim Erzählen kalt geworden. Er schüttelte sich und redete weiter. »Ich hab mich ein bisschen mit Jenny unterhalten, und dann musste ich noch mal offiziell meine Aussage machen. Das ging zum Glück ganz schnell. Ich hab danach noch gewartet, bis Jenny fertig war.« Er lächelte Kai breit zu, der sofort verstand.

»Ich habe mich heute Abend mit ihr verabredet. Ich glaub, die hat mit ihrem Typen Schluss gemacht.«

»Hat sie das gesagt?«

»Nee, nur so was angedeutet. Ach, keine Ahnung, was weiß ich. Vielleicht hab ich das nur rausgehört. Aber *sie* hat gefragt, ob wir uns mal wieder treffen wollen, und das hat sie nicht gemacht seit sie mit diesem Benjamin zusammen ist.«

Ben passte Kais letzte Frage gar nicht in den Kram. Seit der letzten Nacht war er fest davon überzeugt, dass Jenny solo war. Er hatte, bei Tageslicht betrachtet, überhaupt keine Ahnung mehr, wie er darauf gekommen war.

»Egal. Jedenfalls habe ich dich danach zusammen mit einem Polizisten ins Auto gehievt. Hier hoch hab ich dich alleine gebracht. War nicht ganz leicht, aber du bist wenigstens jeden dritten Schritt selbst gegangen.« Ben lehnte sich zurück und stellte seine Beine auf die Sitzfläche eines Stuhls ihm gegenüber.

»Alter, was für eine Geschichte!« Kai lachte herzhaft und schlug sich zwei Mal mit der Hand kräftig auf den Oberschenkel. Dann wurde er ernst. »Okay, dumm gelaufen für diese Schlangenfrau. Ansonsten echt der Hammer. Oh Mann, warum musste ich unbedingt so viel saufen?« Er war wohl der Meinung, lange genug seriös mit Lily Polleys Tod umgegangen zu sein, denn er lachte wieder.

»Warum es dir so gut geht nach der Sauferei, möchte ich mal wissen.« Ben schüttelte den Kopf. »Glaub mir, du kannst froh sein, dass du das nicht mitgekriegt hast. Wie die in den Saal gelaufen kam und rumgeröchelt hat, das war echt heftig.«

»Kann ich mir denken, Alter. Und was hast du vor? Sagst du die ganze Sache ab?«

»Erst mal hast *du* was vor. Denn auch wenn du nichts mitbekommen hast, will die Polizei eine schöne Aussage von dir. Du sollst da heute Vormittag hinkommen. Sollst etwas Wartezeit mitbringen.« Er grinste gehässig.

»Oh Mann, wie lästig.« Kai verzog genervt die Stirn.

»Und was mich angeht ...« Ben machte eine kurze Pause. »Ich weiß nicht so recht. Ich stehe ja auf der Liste der Verdächtigen und ...«

»Was nicht lange anhalten dürfte, du warst ja die ganze Zeit mit den anderen im Saal«, fiel Kai ihm ins Wort.

»Mmmh. Stimmt nicht so ganz. Einmal war ich pinkeln, kurz vorher. Da hat mich nur dieser Moderator gesehen, aber der ist so an mir vorbeigehetzt, als ob der mich gar nicht bemerken würde. Der sah total fertig aus.« Er überlegte. »Also ich denke, ich bleibe erst mal vorsichtig dabei und schau mich ein bisschen um. Kann ja nicht schaden – meinem Konto zumindest nicht. Ist ja vielleicht auch so, dass Pedro Möller mich gar nicht mehr will, das wäre natürlich das Beste. Dann schicke ich ihm die Rechnung über die abgemachten zwei Wochen – und fertig.«

»Und wie sollen deine Ermittlungen aussehen?«, fragte Kai mit einem hörbar spöttischen Unterton.

»Gute Frage. Was hab ich denn bis jetzt? Nur die Gewissheit, dass jemand beim Tod der Schlangenfrau mitgeholfen hat, keine Ahnung, ob der Mord mit der Sabotage in Zusammenhang steht, und überhaupt kein Motiv.« Er stöhnte vernehmlich. »Echt, wenn ich als Kind nicht immer Derrick geguckt hätte, würde ich nicht mal wissen, dass man als Erstes das Motiv finden muss.«

»Pass auf. Wie wäre es, wenn du dir erst mal die Bilder von dem Fotografen besorgst? Ich wette, das hat die Polizei auch gemacht. Bestimmt hat der sich die Bilder vorher kopiert. Der hat ja, zumindest was ich mitbekommen habe, wie ein wilder rumgeknipst.«

Ben kratze sich am Kopf. Seine Schmerzen hatten etwas nachgelassen, doch sein Schädel brummte noch immer. Er spielte ernsthaft mit dem Gedanken, nach den zwei Aspirin noch eine Ibuprofen hinterherzujagen. »Das wäre nicht verkehrt, dann kann man an den Zeitstempeln sehen, wer wann im Saal war. Bestimmt kann man dann schon mal einige Verdächtige von der Liste streichen, und das wäre nicht schlecht, denn momentan werden ja alle irgendwie verdächtigt. Meinst du, der rückt die raus?«

»Sag doch, dass du auf der Liste der Verdächtigen stehst und versuchen willst, deine Unschuld zu beweisen.« Kai steckte sich den letzten Bissen seines Brotes in den Mund und fuhr mit vollem Mund fort: »Weißt du was, ich komme mit. Und wenn der die Bilder nicht freiwillig rausrücken will, hab ich noch eine Methode, dass wir doch drankommen!«

* * *

Ben ging eine Etage tiefer in seinen Büro/Probenraum, um in Ruhe telefonieren zu können. Die Anwesenheit Kais machte ihn nervös, und außerdem brauchte er das Internet, und einen Computer gab es, von Kais Laptop abgesehen, nur hier unten.

Heute war Samstag, und die Shows für das Wochenende waren abgesagt worden. Montag solle es weitergehen, hatte Pedro Möller ihm am Telefon erklärt, dann stehe für das Ensemble um 13 Uhr eine Besprechung an. Auch Ben solle dabei sein. Lily Polleys Leichnam würde nach der Freigabe durch die Ermittlungsbehörden nach England zu ihrer Familie überführt werden und Pedro Möller plante, sich in der nächsten Woche zusammen mit ihrer Mutter, die aus Cardiff kam, um die Formalitäten zu kümmern. Ben hatte seine Hilfe angeboten, ohne zu wissen, bei was er helfen konnte, und wie er helfen sollte. Er war erleichtert, als Pedro Möller ihm sagte, er möge sich bitte nur um den Fall kümmern. Pedro Möller war nach wie vor daran interessiert, dass Ben seine Arbeit im Varieté aufnahm. Er erklärte ihm, dass er nicht allein auf die Polizei vertrauen wolle. Gerade auch, weil ja bisher nicht klar war, ob die Sabotageakte überhaupt was mit dem Mord zu tun hatten, was beide eher unwahrscheinlich fanden. Auf die Frage, ob Ben schon in Mordfällen ermittelt habe, brachte Ben keine neue Lüge über die Lippe. Er gab zu, dass das sein erster Mord sei, relativierte das dann gleich mit der Aussage (die er selber nicht glaubte) dass dieser Fall »ob mit Tötungsdelikt oder ohne« im Prinzip ein Fall wie jeder andere sei. Er fragte sich sofort, warum er sich immer dazu herausgefordert fühlte, solche schwachköpfigen Behauptungen anzustellen. Er kannte das von sich und wurde einfach nicht schlau daraus. Hatte er es nötig, sich aufzuspielen? Musste er seine eigene Unsicherheit dadurch überspielen, dass er vor anderen so tat, als wäre alles überhaupt kein Problem? Alles immer easy! Irgendeine unsichtbare Kraft schien ihn dazu zu drängen, sich eher durchs Leben zu schummeln als zielstrebig durchs Leben zu gehen. Das ging auf Kosten seiner wenigen Kunden, seiner wenigen Freunde, und nicht zuletzt auf Kosten seines eigenen Selbstwertgefühls. Sein ganzes Dasein schien nicht mehr als ein Zaubertrick zu sein. Ein mittelmäßiger dazu. Und die Angst, dass jemand hinter sein Geheimnis kommen könnte, war sein ständiger Begleiter.

Als Ben das Telefonat beendet hatte, saß er einige Minuten einfach da und dachte nach. Was wäre, wenn der Saboteur doch der Mörder war? Und wenn dieser herausbekam, dass Ben hinter ihm herschnüffelte? Sicher gab es Mörder, die das nicht witzig fanden und bereit waren, entsprechende Gegenmaßnahmen zu ergreifen. Bisher hatte er sich gedacht, dass er hier und da ein wenig rumschnüffeln würde, um dann die Rechnung zu schicken. Jetzt wurde ihm langsam klar, dass alles ganz anders aussah. Entweder er machte es *richtig*, mit allen Konsequenzen, oder er zog den Schwanz ein und gab den Fall ab.

»Auf keinen Fall«, sagte er in den leeren Raum hinein. Er hatte nicht vor, schon aufzugeben. Er hatte den Auftrag angenommen, und nun wollte er ihn auch durchziehen. Viele Dinge hatte er auf halbem Wege abgebrochen, und viele Wege konnte er gar nicht gehen, weil er schon vorher dafür gesorgt hatte, dass ihm diese Wege verschlossen blieben. Das Studium und sein Traum auf richtig großen Bühnen zu stehen, waren nur zwei Beispiele. Diesmal würde es anders sein.

Er klatsche mit der flachen Hand auf den Tisch neben das Telefon und fühlte sich besser. Los geht's, dachte er und stellte den Monitor ein, der vor ihm auf dem Schreibtisch stand. Der alte PC unter dem Tisch lief bereits und ließ sein schräbbeliges Lüftergeräusch hören. Ben öffnete den Browser und tippte *www.google.de* ein. Die Startseite des Zauberer-Portals verschwand und die Eingabemaske der Suchmaschine erschien. Ben tippte *fotograf* ein und stockte. Wie hieß der Kerl noch mal? Er tippte sich mit Zeige- und Mittelfinger ans Kinn. Georg, nein … Gerold oder Gerald irgendwas. Er tippte *gerald* neben das Wort *fotograf* und klickte auf *Enter*. Nicht gerade eine detektivische Meisterleistung, dass wusste er, aber warum auch, wenn Google den Rest erledigte. Schon der erste Eintrag unterhalb der Werbung lautete *Fotograf Gerold Schottner*. Nun, da er den Namen in fettem Blau vor sich sah, wusste er sofort, dass er richtig lag. Die Suchmaschine zeigte ihm die Adresse ebenfalls an. Sein Atelier lag ganz in der Nähe des Varietés.

* * *

Ben hatte Kai zunächst auf das Polizeirevier begleitet, wo dieser seine unspektakuläre Aussage gemacht hatte. *Prinzipiell* unspektakulär, denn Kai hatte ja mehr oder weniger die ganze Angelegenheit verschlafen, doch die Beamten der Polizeiinspektion 1 in der Innenstadt sahen das offensichtlich anders. An der Anmeldung im Erdgeschoss lächelte ein älterer Kollege in Zivil vielsagend, als Kai seinen Namen nannte. Auch das kurze Telefonat, welches er anschließend führte, hatte für Kai einen schalen Beigeschmack. Der Beamte endete mit einem »Ja, genau der!« und einem kurzen, ungezügelten Lacher, den Kai unverschämt fand. Ben hatte seinen Spaß. Die Rache dafür, dass Kai keinen Kater hatte, dachte er.

Wie erwartet, war Kai einer der wenigen, dessen Unschuld zweifelsfrei feststand. Ausnahmslos jeder andere Zeuge aus dem Saal hatte ihn schlafend und auf dem Boden liegend gesehen – und zwar »vor, während und nach dem Vorfall mit der Schlangenbeschwörerin«. Genau diese Worte benutzte der dickbäuchige Polizist in seinem Büro, nachdem er in mühevoller Kleinarbeit mit dem Zeigefinger seiner rechten Hand (die linke steckte in einem schwarz-gelben Gips) den letzten Punkt hinter Kais Aussage in seine mechanische Schreibmaschine gehackt hatte. Sein Lachen passte zu der Kugel, die unter seinem Diensthemd rhythmisch wippte.

Das gepflegte Schaufenster mit seinem schmalen, schwarzen Rahmen und der stilvollen Dekoration diente als perfekter Kontrapunkt zur verwitterten und schmuddeligen Fassade des Altbaus. Schwarz-Weiß-Aufnahmen von bekannten Gebäuden der Stadt – Signal-Iduna-Park,

Dortmunder U, Zeche Zollern – wechselten sich mit Familien- und Hochzeitsfotos ab, die jeder Fotograf in seinem Angebot haben musste, um seine Miete bezahlen zu können.

Ben und Kai standen ein paar Minuten vor dem Schaufenster und betrachteten die ausgestellten Fotos. Es war nicht das übliche, austauschbare Geknipse eines Wald- und Wiesenfotografen, wie man sie überall fand, sondern interessant und künstlerisch, manchmal mutig in Szene gesetzte Motive.

Fotoatelier Gerold Schottner stand in langgezogenen, schmalen Buchstaben über der Glastür. Der Innenraum, den Ben und Kai jetzt betraten, war weitgehend in Schwarz gehalten und wirkte durch die ausgestellten Fotos und das durch das Schaufenster hereinfallende Licht einladend und freundlich. Ben erkannte einige Bilder wieder, die im Varieté aufgenommen worden waren – eines zeigte Lily Polley mit ihrer Königskobra.

Ein leises Klingeln über der Tür hatte ihr Eintreten angekündigt, dennoch blieben sie zunächst alleine im Raum. Sie nutzten die Gelegenheit, sich umzusehen. Kai marschierte zu einem auf einer grauen Säule abgestellten Laptop, der abwechselnd verschiedene Bilder zeigte, Ben ging in Richtung Kasse und sah sich auf dem Pult, welches danebenstand, um. Es war durch eine breite Holzleiste, die als Sichtschutz diente, vom übrigen Raum abgetrennt. Ein paar Fotos und Negative lagen hier herum, zusammen mit einigen an den Fotografen adressierten Briefen und handschriftlichen Notizen. Ein Kalender war aufgeschlagen, er zeigte die letzte Woche an. Ben hatte Schwierigkeiten, die Schrift zu entziffern, weil der Kalender von seiner Warte aus verkehrt herum lag. Nach einigen Sekunden konnte er den einzigen handschriftlichen Eintrag von Montagvormittag lesen. Er lautete: *Zack Fotos, FraP, LiP, FraH*. Aus einem Raum, dessen Durchgang mit einem schwarzen Vorhang abgetrennt war, rief jemand, offensichtlich Gerold Schottner: »Einen Moment noch. Ich komme gleich!«

Ein Blatt Papier erregte Bens Aufmerksamkeit, das in einer gekritzelten Handschrift mit *FraP – Zack* betitelt, und mit einer Büroklammer an einem dünnen Stapel Fotos befestigt war. Ben nutzte den spontan einsetzenden Adrenalinkick, um einen Blick auf die Bilder zu werfen. Es waren Fotos von Frank Pracht, dem Moderator der Show. Teilweise alleine vor einem dunklen Hintergrund, teilweise mit Requisiten oder einem Zuschauer, mit dem er ein Kunststück auf der Bühne vorführte. Beim letzten Bild stockte Ben. Irgendetwas stimmte hier nicht, doch konnte er nicht sagen, was. Und wieder wünschte er sich, ein Handy mit Fotofunktion zu besitzen, dann hätte er das Bild einfach abfotografieren können. Stattdessen drehte er sich um, warf einen kurzen Blick in Richtung des Vorhangs, der nach wie vor still und reglos blieb, und wandte sich an Kai. »Komm mal schnell rüber hier«, sagte er und winkte hektisch in seine Richtung.

»Ja, Sekunde«, antwortete Kai, drückte einige Tasten auf dem Laptop und setzte sich dann in Bewegung.

»Hier schau mal«, sagte Ben, als Kai ihn erreicht hatte und deutete auf das Foto von Frank Pracht.

»Der Zauberer von gestern, oder?«

»Ja, aber irgendwas ist doch mit dem Bild. Ich weiß nur nicht, was?«

»Mmmh, ich kann da nichts Besonderes erkennen, ehrlich gesagt.« Kai betrachtete das Bild, das immer noch auf dem Pult lag. Ben hatte es, wie die übrigen Fotos, in seine Richtung gedreht. Es zeigte eine Schwarz-Weiß-Aufnahme von Frank Prachts Gesicht. Er hatte sein Kinn auf den Fäusten abgelegt und schaute lässig, ohne ein Lächeln in die Kamera. »Keine Ahnung, was soll denn damit sein?«

»Mann, weiß nicht. Fotografier das mal schnell ab, du hast doch so ein Handy, oder nicht?«

»Nicht dabei. Hab keine Lust, dass Steffi mich anruft«, antwortete er knapp.

»Mist«, sagte Ben und fing an, die Bilder wieder in die richtige Reihenfolge zu bringen und unter dem Deckblatt zu verstauen. Er hatte gerade die Büroklammer in die halbwegs richtige Position gerückt, als hinter ihnen ein gutgelauntes »Sooo, da bin ich … Tschuldigung!« aufschallte. Mit einem schuldbewussten Zucken, drehte Ben sich um. Daran müsse er noch arbeiten, dachte er und schaute zu Kai hinüber, der ebenfalls so schuldig aussah wie Winnie Puh im Honigbaum.

»Ach, ihr beide seid's«, sagte Gerold Schottner, dem zum Glück nichts aufzufallen schien. »Was treibt euch hierher? Schlimm, was da gestern passiert ist, oder?«

»Ja, wirklich!« Ben nickte und ging, wie nebenbei, ein paar Schritte vom Kassentisch rückwärts in den Raum hinein. »Deswegen sind wir hier. Wir wollten fragen, ob wir nicht die Fotos von gestern sehen können? Die Polizei hat mich auf der Liste der Verdächtigen stehen, und da dachte ich, ich könnte mich mit den Fotos schnell entlasten.«

»Ah, okay. Leider kann ich euch da nicht helfen. Die Polizei hat alle Bilder gestern mitgenommen.« Zum Zeichen seiner Machtlosigkeit hielt er Ben seine Handflächen in einer offenen Geste entgegen. »Damit wirst du sicher schnell entlastet sein. Alle Fotos haben einen Zeitstempel, und bestimmt bist du auf ein paar entscheidenden drauf. Dein Kumpel«, er deutete auf Kai, »ist auf jeden Fall öfters drauf, der war ja gestern ein echt tolles Motiv.« Er lachte zweimal laut auf, streckte seinen rechten Daumen anerkennend in die Höhe und zwinkerte Kai zu. Dieser quittierte die Geste mit einem knappen, humorlosen Lächeln.

»Na«, antwortete Ben, ohne näher darauf einzugehen. »Dann wird sich ja alles schnell klären.«

»Na, das war wohl nichts«, sagte Ben, als sie den Laden verlassen hatten und einige Schritte über den holperigen Gehsteig zurück zum Parkplatz gegangen waren. Der leichte Sprühregen ließ das Bild vor seinen Augen verschwimmen, und er wischte sich mit seinem klammen Handrücken über sein Gesicht, was die Sache nicht besser machte.

»Denkst du!«, antwortete Kai und lächelte geheimnisvoll zu Ben hinüber.

»Was? Wieso?«

»Ja, mein lieber Ben! Es kann ja durchaus vorkommen, dass jemand Fähigkeiten hat, die an der einen oder anderen Stelle über die deinen hinausgehen.«

»Erzähl keinen. Waren die Fotos auf dem Laptop, oder was?«

»Nein, das Laptop ist nur dazu da, Bilder in Dauerschleife abzuspielen, und vielleicht, um den Kunden ein paar Beispielfotos zu zeigen. Sonst zu nichts.«

»Mann!« Ben merkte, wie Gereiztheit in ihm aufstieg. Außerdem kamen langsam aber sicher seine Kopfschmerzen zurück. Nebenbei schraubte er das kleine Fläschchen mit den Bachblüten auf und ließ sich ein paar Tropfen davon in den Mund fallen.

»Musst du den ganzen Tag Arzneien in dich reinschütten?«, fragte Kai mit einem abwertenden Tonfall.

»Das sind keine Arzneien, die heißen Rescuetropfen. Das sind Bachblüten! Die haben keine Nebenwirkungen und nichts.«

»Und auch keine Wirkungen«, sagte Kai spöttisch.

»Ach hör auf! Und nun sag doch mal. Wahrscheinlich war gar nichts, und du willst dich nur wichtigmachen!« Ben ärgerte sich jetzt auch noch über den Regen, der kontinuierlich einen dünnen Wasserfilm über sein Gesicht verteilte. Er rieb sich über die Wangen, was das nasse Gefühl nur noch verstärkte.

»Reg dich mal nicht auf, Sportsfreund!« Kai genoss es offensichtlich, Ben aufzuziehen, doch schien er endlich zu dem Schluss gekommen zu sein, dass es genug war. Er holte einen kleinen Gegenstand aus seiner Hosentasche und hielt ihn hoch. Ben erkannte, dass es sich um einen USB-Stick handelte. Genauer gesagt, um seinen eigenen Brinkhoffs-USB-Stick, den er beim Blutspendemarathon gewonnen hatte.

Kai sagte mit Ehrfurcht gebietender Stimme: »Dieses kleine Ding wird uns alle Antworten liefern, die wir brauchen!« Und mit seiner normalen Stimme fuhr er fort: »Zumindest, wenn der Typ nicht so ganz pingelige Sicherheitseinstellungen auf seinem Arbeitslaptop hat.«

Ben blieb abrupt stehen. »Du hast ihm was untergejubelt? Einen Virus, oder was?«

»Genauer gesagt, einen Trojaner. Eine Software, die es mir erlaubt, von meinem Laptop aus auf seinen zuzugreifen.«

»Ja, aber doch nur auf das Ding im Verkaufsraum. Du hast doch gesagt, da ist gar nichts drauf.«

»*Zunächst* nur auf den Rechner im Verkaufsraum, lieber Ben.« Er machte eine rhetorische Pause. »Der Rechner hat WLAN-Zugriff, und wir wollen mal davon ausgehen, dass der Arbeitsrechner Zugriff auf dasselbe WLAN hat. Wenn der Computer, der schon infiziert ist, über das Netzwerk auf den anderen zugreifen kann, muss ich den Trojaner nur in dem richtigen Verzeichnis unterbringen und schon ist er genau dort, wo wir hinwollen!« Er breitete triumphierend die Hände aus. »Und wenn kein Netzwerkzugriff besteht, dann mache ich das über den Router. Dauert nur etwas länger. Kriege ich schon hin.«

»Und was, wenn der einen Virusscanner hat? Findet der das nicht?«

»Alles gecheckt, mein Lieber. Hat er! Zumindest vorne auf dem und mit Sicherheit auch auf dem anderen. Keine Herausforderung für mich. Nur kostenloser Kram von einem drittklassigen Anbieter. Vorne schon deaktiviert, hinten in ein paar Minuten! Dann installiere ich auf dem Teil ein Rootkit, und dann kann der Virenscanner wieder laufen, ohne irgendwas zu finden. Den ersten Trojaner kann ich dann löschen.«

Ben verstand kein Wort. Er war beeindruckt, versuchte das aber vor seinem Freund nicht zu zeigen. Er war gespannt, ob es was zu finden gab in Schottners Datendschungel. Er war sich durchaus der Tatsache bewusst, dass es eine Straftat darstellte, den Computer eines Dritten mit Schadsoftware zu verseuchen, doch gehörte er, wie viele andere – und mit Sicherheit auch, oder gerade, Kai – zu den Leuten, die Verbrechen mit dem Computer als kein »richtiges« Verbrechen ansahen. Außerdem heiligte der Zweck die Mittel. Er hatte schließlich einen Auftrag!

* * *

In Bens Wohnung angekommen, setzte sich Kai auf die Couch, stellte sich seinen Laptop auf die Oberschenkel und klatschte in die Hände. Er war in seinem Element. Ben checkte sein Handy, das die ganze Zeit auf dem Wohnzimmertisch gelegen hatte. Er sah auf dem grauen Minidisplay, dass er drei Anrufe in Abwesenheit bekommen hatte. Alle drei von Steffi. Er nahm an, dass sie es ebenfalls auf dem Festnetz versucht hatte, doch dieses Geheimnis behielt sein Telefon für sich – es zeigte keine entgangenen Anrufe an, und der antiquierte Anrufbeantworter hatte keine Nachricht gespeichert.

»Willst du nicht mal Steffi anrufen? Ich denke, die sollte wissen, wo du bist. Die hat schon drei Mal bei mir auf dem Handy versucht.« Wie, um seine Aussage zu bekräftigen, hielt er Kai seinen alten Nokia-Knochen entgegen, der wie durch Zauberhand in eben dieser Sekunde seinen Standard-Klingelton verlauten ließ.

»Ich wette, das ist sie wieder«, sagte Ben. »Was soll ich machen?«

»Ja, gib mal her«, sagte Kai mit einem gequälten Gesichtsausdruck, legte sein Laptop auf die Couch und beugte sich mit ausgestrecktem Arm zu Ben hinüber.

»Hallo, Kai hier«, meldete er sich.

»Boah, zum Glück«, sagte Steffi am anderen Ende der Leitung.

Selbst Ben, der es sich auf der gegenüberliegenden Seite des Wohnzimmertisches im Sessel bequem gemacht hatte, verstand ihre Stimme problemlos. Dennoch nahm Kai das Handy vom Ohr und drückte die Freisprecheinrichtung. Bis zu diesem Augenblick hatte Ben nicht einmal gewusst, dass sein Handy über eine Freisprecheinrichtung verfügte.

Steffi fuhr fort: »Ich habe mir echt Sorgen gemacht. Warum geht denn keiner von euch ran?« Ihre Stimme klang besorgt, und Ben meinte, einen gewissen Vorwurf herauszuhören. Das schien auch Kais Eindruck gewesen zu sein, denn er zog die Stirn kraus und nickte Ben vielsagend zu.

»Also, entschuldige bitte«, antwortete Kai. »Du hast mich gestern schließlich vor die Tür gesetzt.«

»Ich weiß einfach nicht mehr, wie das weitergehen soll, Kai. Wir drehen uns doch nur noch im Kreis. Mein Vater …«

»Hör bloß mit deinem Vater auf, darauf hab ich wirklich keinen Bock mehr!«

»Ja, sorry. Wollen wir uns heute noch mal treffen und uns unterhalten?«

Ben nickte Kai deutlich zu, der wohlbedacht in eine andere Richtung schaute und sagte: »Heute nicht. Vielleicht in ein paar Tagen.«

Stille am anderen Ende, dann Steffis Stimme, deutlich leiser als vorher: »Okay … ja. Dann reden wir eben … demnächst noch mal. Wenn du noch irgendwas brauchst …«

»Alles klar, ich hab alles.«

»Dann mach's gut.«

»Mach's gut.« Er legte auf und hielt seinen Kopf einige Zeit gesenkt.

»Mann«, sagte Ben. »War das nicht ein bisschen zu heftig?«

»Ach, was weiß ich denn?«, antwortete Kai nach einigen Sekunden. »Ich bin es nur echt leid, immer denselben Kram zu hören. Mein Vater hier, mein Vater da.« Er schlug sich wütend mit beiden Händen auf die Oberschenkel, sodass es laut klatschte. »Lass uns lieber diesen scheiß Computer hacken, das macht wenigstens Spaß.« Er stellte den Laptop zurück auf seine Oberschenkel und klappte den Deckel auf.

»Das funktioniert natürlich nur, wenn der seinen Computer gerade eingeschaltet hat.« Kais Stimme war jetzt wieder geschäftsmäßig und abgeklärt. So als wäre er mitten in einer gewagten Hackaktion – eingeloggt in einem millionenschweren Bankkonto auf den Caymans. Seine Beziehungsprobleme schienen keine Rolle mehr zu spielen. Dabei war eben erst der Linux Startbildschirm erschienen, und er tippte sein Passwort ein. Ben hatte seinen Sessel so danebengerückt, dass er mit auf das Display schauen konnte. Mindestens zwanzig Zeichen schien das Passwort zu haben und, soweit Ben das erkennen konnte, bestand es aus Zahlen, Buchstaben (großen und kleinen), und Sonderzeichen, was ihm reichlich übertrieben anmutete. Sein eigenes Passwort, welches er überall verwendete, war davidcopperfield, alles kleingeschrieben. Er nahm sich vor, sich später ein neues auszudenken – ein kompliziertes. *dAv1dcOppERf-137dBVB09* oder so etwas in der Art.

Kai wartete einige Sekunden, bis die Startoberfläche des Linux-Systems geladen war. Ben wusste, dass ein Windows-Betriebssystem, wie jeder normale Mensch es hatte, weit unter Kais Niveau lag; schon damals in der Schule hatte er Ben und andere Klassenkameraden damit aufgezogen. Allerdings wurde Kai selbst von einer weitaus größeren Masse wegen seiner Affinität zu Linux, Unix und Co aufgezogen. Er wählte ein Programmicon auf dem Bildschirm, welches mit *TrOHjan-SPsY* untertitelt war. In Sekundenschnelle war das Programm geladen – zunächst ein schwarzer Bildschirm auf dem in der linken oberen Ecke ein gezeichneter Totenkopf auf einer Flagge prangte. In einem seiner Augen steckte ein Dolch, in das andere Auge kletterten über eine kleine, angelehnte Leiter pixelige Strichmännchen hinein. Der Schriftzug *TrOHjan-SPsY* umrundete das Ganze – in einer Schriftart, die offenbar triefendes Blut andeuten sollte. Nach wenigen Sekunden erschienen eine Menge hellgrüner Codezeilen, deren Anzahl sich stetig nach unten hin verlängerte. Ben mutmaßte, dass das Programm sich irgendwo eingeloggt hatte und irgendwas aus dem Internet lud.

Dabei hatte er ihm doch gar nicht sein Passwort für das WLAN gegeben, wunderte sich Ben, sparte sich den Kommentar aber, den er auf den Lippen hatte.

Kai schien die Codezeilen zu überfliegen und klickte auf einen Punkt auf einer Liste, die am rechten Bildschirmrand erschien. »So! Da ist er. Der erste Rechner ist schon mal online«, sagte er, ganz in seine halb- bis dreiviertelkriminelle Arbeit vertieft. Er tippte irgendwelche Codezeilen mit irgendwelchen Befehlen ein. Ben fragte sich, ob die anderen Punkte in der Liste ebenfalls Computer anzeigten, auf die Kai Zugriff hatte, entschied sich aber dafür, dass er das lieber gar nicht wissen wollte.

Ein weiteres Fenster öffnete sich, auf dem ein Bild sichtbar wurde. Zunächst stark verpixelt, dann immer klarer werdend. Ein Hochzeitspaar, eng umschlungen, lächelte verliebt in die Kamera. Das Bild blieb einige Sekunden stehen und veränderte sich dann in eines, auf dem der Bräutigam mit nacktem Oberkörper zu sehen war, der die Braut auf den Armen trug.

»Voilà«, sagte Kai, und machte eine ausladende Geste mit der rechten Hand, die Ben an einen Entertainer erinnerte, der seinen Applaus einfordert.

»Ist das der Bildschirm von diesem Schotti?«

»Wenn du mit Schotti den Fotografen Gerold Schottner meinst, dann ja. Warte mal, es kommt noch besser.« Kai verkleinerte die Ansicht mit den wechselnden Bildern, klickte hier und da mit der Maus, woraufhin ein weiteres Fenster erschien, auf dem ein Teil des Fotogeschäftes zu sehen war. »Ich hab die Kamera im Laptop aktiviert, dann können wir sehen, was da passiert. Ist ganz praktisch, denn ich muss ein paar Minuten lang den Bilderwechsel stoppen, und es wäre ja blöd, wenn der das mitbekommen würde.« Kai tippte und klickte bei diesen Worten munter weiter, als wäre das alles das Normalste der Welt. »Nicht tragisch. Er wird denken, dass das Programm abgestürzt ist, aber muss ja nicht sein.« Er tippte und klickte einige Sekunden nichts und beide schauten nur gebannt auf den Monitor. Niemand war in dem Bereich, den die Kamera abdeckte, zu sehen.

»Ja, da ist gerade keiner, dann geht's los.« Nun folgte ein für Ben äußerst bemerkenswerter Tipp- und Klickteil, ab und zu unterbrochen durch kurze Denkpausen, in denen Kai den Blick vom Monitor abwandte und mit verkniffenen Augen und gerunzelter Stirn ins Leere blickte, um dann erneut, und mit noch größerer Energie, in die Tasten zu hauen. Hin und wieder murmelte er dabei ein »Mist«, oder »Nee, anders« oder »Jawoll«. Das Ganze dauerte nicht länger als fünf Minuten, und Ben fühlte sich in dieser Zeit bestens unterhalten und vollkommen überflüssig.

»Oh oh«, sagte Kai, und Ben erkannte, was er meinte. Gerold Schottner war plötzlich auf dem Monitor zu sehen. Zunächst nur sein Rücken, denn er hängte irgendwelche Bilderrahmen um. Kai tippte und klickte noch einmal in wilder Anstrengung – Ben bemerkte kleine Schweißperlen auf seiner Stirn, und er wusste, dass Kai an dem Ort war, den viele Programmierer den »Tunnel« nannten – und mit einem Mal sprang das Bildprogramm wieder an und setze seine Litanei an Hochzeitsfotos fort. Gerold Schottner drehte sich um, blickte direkt in die Kamera (was Ben leicht zusammenzucken ließ) und ging, ohne etwas bemerkt zu haben, wieder in den unsichtbaren Teil des Ladens.

»So, und nun?«, wollte Ben wissen, doch Kai war nicht ansprechbar und tippte. Die Liste auf der rechten Seite erneuerte sich, und er klickte einen anderen Punkt an.

»Jetzt, mein lieber Herr Pruss, sind wir da, wo wir sein wollen!« Er drehte sich zu Ben um, hob seinen Daumen und lächelte wie jemand, der es sich verdient hatte. »Wir können auf seiner Festplatte machen, was wir wollen. Dann schauen wir mal nach.« Mit wenigen Klicks hatte er die Ordnerstruktur des fremden Computers vor sich. Schnell fand er den Hauptordner mit den Bildern, nach Datum sortiert. Der neueste Ordner war vom Vortag und mit *zack-party* betitelt, die nächsten, ebenfalls mit dem Datum des Vortags hießen *org* und *verd-hochz*, alle weiteren Ordner waren älter.

»Wusste ich es doch!«, sagte er triumphierend. »Der hat sich eine schöne, kleine Kopie von den Bildern gezogen. Hab doch gestern genau gesehen, dass er einen Laptop mit dabeihatte. Mit Sicherheit wusste der, dass die Polizei seine SD-Karte beschlagnahmen würde.«

Ein Ladebalken zeigte an, dass die Bilder auf Kais Rechner gezogen wurden – zur Sicherheit alle drei relevanten Ordner.

»Schau noch nach, ob du das Bild von diesem Frank Pracht findest. Das eine, was ich dir im Laden gezeigt hab.«

»Mmmmh, unwahrscheinlich. Er hat ja gesagt, diese Bilder fotografiert er analog und … warte. Hier könnte was sein.« Kai hatte einen Ordner gefunden, der mit *zack-scans* betitelt war. Wenige Klicks später war er fündig geworden. Gerold Schottner hatte das Bild nachträglich eingescannt.

»Ich ziehe uns einfach den ganzen Ordner runter, man weiß ja nie, wofür das gut ist.«

»Können wir nicht einfach alle Bilder runterziehen?«

»Theoretisch schon, nur das würde Ewigkeiten dauern. Alleine für diesen einen Ordner braucht er noch mindestens eine halbe Stunde.«

»Dann öffne mal das Foto von diesem Frank. Geht das schon?«

»Si, Señor«, antwortete Kai und schon füllte Frank Prachts Foto den Bildschirm aus. Ben betrachtete es angestrengt. Er ging mit dem Kopf näher an den Bildschirm heran, dann etwas weiter zurück. Und dann wusste er, was er die ganze Zeit übersehen hatte.

* * *

»Alter!«, schrie Ben dem Monitor entgegen und zeigte auf das Foto. »Hier, guck mal! Der trägt den Ring, den ich gestern gefunden habe! Hab ich dir doch erzählt. Der lag direkt neben der Vitrine. Äh, neben diesem Aqua… an diesem Schlangendings!«

»Entspann dich! Du meinst das Terrarium«, sagte Kai.

»Ja, genau! Der gehört diesem Frank. Oh Mann, dann ist das vielleicht unser Mann!«

Kai lachte. »Unser Mann? Du hörst dich ja schon an wie ein alter Hase. Er könnte den Ring auch an einem anderen Tag verloren haben.«

»Ja, aber wann verliert man schon mal einen Ring? Doch eher, wenn man damit beschäftigt ist, jemanden umzubringen, als wenn man einfach mal um die Ecke guckt und Hallo sagt, oder?«

Die nächsten zwei Stunden beschäftigten sie sich damit, die Bilder aus dem Ordner *zack-party* zu überprüfen. Sie nummerierten die Bilder zunächst der Reihe nach und versahen sie unten rechts mit der Uhrzeit der Aufnahme. Als Nächstes druckten sie die Bilder aus (»Mann, Ben, du musst dir echt mal einen gescheiten Drucker anschaffen, dieses Ding kannst du ja im Museum abgeben!«) und notierten sich zusätzlich, wer auf den Bildern zu sehen war, jedenfalls sofern ihnen der- oder diejenige bekannt war. Nicht bekannte Personen, von denen es sechs auf den Fotos gab, betitelten sie mit John, Paul, George, Ringo und zwei der Frauen mit Maria und Margot.

Am Ende war der ganze Boden mit Fotos übersät, 63 an der Zahl. Das letzte zeigte Lily Polley, die mit aufgerissenem Mund und schreckgeweiteten Augen direkt in die Kamera stierte.

Sie fühlten sich fertig und ausgelaugt. Kai lag auf der Couch, Ben im Sessel mit einem Klemmbrett auf den Beinen, und beide hatten eine Flasche Bier vor sich auf dem Wohnzimmertisch stehen.

»Also«, sagte Ben und klang matt. »Folgende Personen können wir von der Liste streichen, weil sie mindestens alle fünf Minuten auf irgendeinem Bild auftauchen: Pedro Möller, John, Paul, diese Margot und ...«

»Ach, sag doch einfach, wen wir noch auf der Liste haben. Ist das nicht einfacher?«

»Na ja«, er schien seine Liste durchzuzählen. »Doch, schon. Also, noch auf der Liste stehen: Die Hundetante, George und Ringo, Maria, der Einradfahrer, unser Freund Frank Pracht, ja ... und blöderweise ich. Ich hab von allen sogar die längste Lücke. Du bist ständig drauf, immer mit demselben Gesichtsausdruck.«

Ben ahmte diesen Gesichtsausdruck nach, geschlossene Augen, debil geöffneter Mund, unkontrolliert zur Seite geneigter Kopf. Mit einem leisen Ächzen stand er auf, trank einen Schluck aus der Flasche und ging zu den Fotos, die auf dem Boden lagen. »Hier, ich bin nur einmal auf Foto Nr. 2 und 3, und dann wieder …« Er musste suchen und kniete sich auf den Boden, wobei er einige Bilder mit dem Knie zerknickte. »Und dann wieder hier, auf Bild 58.« Er hob das Bild auf, hielt es kurz in Kais Richtung, legte es weg und nahm das nächste in der Reihe. »Aber ich war's ja nun mal nicht. Aber vielleicht der hier. Frankiboy!« Hektisch klopfte er mit dem Finger auf das Bild. »Da hab ich den gesehen. Hab ich dir gesagt, der sah total fertig aus. Schminke ganz verschmiert und so. Kannst du hier erkennen. Vorher auf dem Foto …« Er schaute sich auf dem Boden um. »Hier. Auf der Nr. 4 sieht der noch ganz normal aus. Ich wette, der war's. Ich muss das den Bullen sagen!«

»Kannst du nicht!«, sagte Kai knapp.

»Warum nicht? Denen wird das sowieso auffallen, wenn sie sich die Fotos angucken. Die wissen wahrscheinlich nur noch nicht, dass dieser Ring ihm gehört. Also warum soll ich denen das nicht stecken?«

»Weil du die Fotos überhaupt gar nicht haben darfst und du sie dir unrechtmäßig besorgt hast. Dann ermitteln die gegen dich, und nebenbei gegen mich, und der Fotograf zeigt dich an, weil der das auch nicht witzig findet. Und dann werden die noch auf die Idee kommen, dass du es doch warst, und den Ring da im Raum abgelegt hast. Schließlich bist du da ja munter drin rumspaziert, als diese Lily schon tot auf dem Boden lag.

Vielleicht wolltest du Spuren verwischen? Wenn ich es nicht besser wüsste, würde ich dich auch verdächtigen.«

»Ja klar ... Und was soll ich deiner Meinung nach tun?«

»Na, den Mörder finden natürlich.«

»Guter Vorschlag! Am besten steig ich erst mal bei diesem Frank Pracht in die Garderobe ein und schau mich da um.« Ben unterstrich den Satz mit einem gackernden Lachen, um die Absurdität seiner Aussage zu untermauern.

»Hört sich vernünftig an«, entgegnete Kai mit ernster Miene. »So würde ich es machen!«

Ben war sich nicht im Klaren darüber, ob es richtig war, sich nicht bei der Polizei zu melden. Natürlich hatte Kai recht. Es würde gegen ihn ermittelt werden, wenn die Polizisten herausfanden, wie er an die Informationen gelangt war. Und es war absolut nicht sicher, dass Frank Pracht der Mörder von Lily Polley war. Auf der anderen Seite – *wenn* er der Mörder war, dann hatte die Polizei bessere Möglichkeiten das zu beweisen als er. Doch dann hätte er ein eigenes Verfahren am Hals und konnte Pedro Möller nur zwei Tage berechnen, wenn sich Frank Pracht auch noch als der Saboteur herausstellen würde. Schlappe dreihundert Euro, die er auch noch versteuern musste.

Hatte er eigentlich von Netto- oder Bruttopreisen gesprochen? »Auf jeden Fall schlag ich da die Mehrwertsteuer drauf!«, grummelte er leise.

Er saß in seinem Büro und starrte auf den Monitor. Die Unordnung auf seinem Schreibtisch ärgerte ihn, und er hatte einen bitteren Geruch in der Nase. Er und Kai hatten noch einige Zeit das Für und Wider zum Thema Polizei diskutiert, und sie waren noch einmal alle Hinweise durchgegangen. Die Liste der Tatverdächtigen blieb dieselbe, wobei es fraglich war, ob die kleine Hundedame körperlich überhaupt in der Lage war, so ein Verbrechen zu begehen. Lily Polley war zierlich, jedoch um einiges größer, und vor allem körperlich durchtrainiert. Und es bestand immer noch die Möglichkeit, dass es ein komplett Außenstehender war, oder dass der Mord gar nichts mit den Sabotageakten zu tun hatte.

Ben hatte nach Frank Pracht im Internet gesucht und nach Lily Polley und den anderen Künstlern des Ensembles. Von allen fand man Informationen im Netz. Videos, kleinere, manchmal größere Textbeiträge, Zeitungsberichte, Fotos. Frank Pracht hatte, zumindest soweit Ben es ausmachen konnte, als Einziger eine eigene Internetseite. Sie war der von Ben und unzähligen anderen Zauberern nicht unähnlich. Er hatte, wie Ben auch, keine Agentur, die sich um Aufträge kümmerte, und er bot, ebenfalls wie Ben, seine Dienste sowohl Privat- als auch Geschäftsleuten an, die ihn direkt über die Internetseite anfragen konnten. Nach den Referenzen, die Frank Pracht angab, sah es aber so aus, als ob die Gagen sich merklich von Bens Gagen unterschieden. Wenn ein Frank Pracht sich auf die Deutsche Bank, VW und Apple (hierbei handelte es sich gar um einen Auftritt am Firmenstammsitz in Cupertino) berufen konnte, war es bei Ben eher die Bäckerei Kamps, Orthopädietechnik Tingelhoff und Autohaus Bürger am Firmenstammsitz in Eving. Er besaß auch, worauf Ben auf seiner Seite lieber verzichtete, eine Vita, aus welcher hervorging, dass er viel in der Welt rumgekommen war, und trotz der Zauberei, die ihn sein ganzes Leben begleitete, zwei Ausbildungen abgeschlossen hatte.

Ben starrte. Er las. Er starrte. Und dachte nach. Dann tippte er die Internetadresse von *Uwes Schlüsseldienst* in das Adressfeld des Browsers. Er brauchte die Telefonnummer. Er kannte Uwe seit der Schulzeit. Ben war aufs Gymnasium gegangen, Uwe auf die Hauptschule nebenan. Uwe war keine große Leuchte und schon immer ein kleines bisschen kriminell gewesen. Trotzdem, oder gerade deswegen, mochten Ben und er sich. Uwe hatte als Kind die besten Ideen gehabt, und Ben konnte sich an das ein oder andere Abenteuer erinnern, was die beiden zusammen erlebt hatten. Nicht selten endeten diese Abenteuer damit, dass er zwei Wochen Stubenarrest aufgebrummt, einen Gips verpasst bekam oder die Polizei ihn nach Hause brachte und seine Eltern ihm den Umgang mit »diesem Uwe« ein für alle Mal (und jedes Mal ohne Wirkung) verboten.

In den harmloseren Fällen war der Grund meistens, dass Ben nicht zur abgesprochenen Zeit zu Hause war und seine Eltern ihn stundenlang suchten. Dann lag es einfach daran, dass die Jungs so interessante Projekte verfolgten, wie einen Staudamm zu errichten oder »unerkletterbare« Bäume erkletterten.

In den schwerwiegenderen Fällen war es auch schon einmal ein Auto, welches sie mit Vorschlaghämmern komplett ramponiert hatten, weil Uwe behauptete, das sei der Schrottwagen seines Vaters und er hätte es erlaubt. Beides stellte sich als Fehlinformation heraus. Genauso eine Fehlinformation wie Uwes Tipp, man könne den Abfluss der Pruss'schen Veranda mit einem Besenstil reinigen. Der Besenstil verschwand komplett im Rohr und steckte bis heute dort. Bei stärkerem Regen konnte man die Veranda seitdem als Kneippbecken benutzen.

Ben wählte seine Nummer. Nur zwei Freizeichen später meldete sich Uwe fröhlich mit: »Uwes Schlüsseldienst, Schlossermeister Uwe Köttner am Apparat.«

Uwe war nie und nimmer Schlossermeister, er war nicht mal Schlossergeselle. Jede Ausbildung, die er begonnen hatte (Ben wusste von einer Dreher-, einer Maurer- und einer Dachdeckerlehre, sehr wahrscheinlich gab es noch mehr) hatte er nach kurzer Zeit abgebrochen.

»Hi Uwe, Ben hier. Ben Pruss«, sagte Ben.

»Pruss, du alter Sack! Hast dich ja Ewigkeiten nicht gemeldet. Ausgesperrt oder was willste?« Uwe prustete den ersten Satz förmlich raus. Seine Stimme war tief und hatte eine kräftige Ruhrpottnote.

»Nee. Nicht direkt. Es geht nicht um meine eigene Tür …«

Ben erzählte Uwe die ganze Geschichte – zumindest den Teil, den er wissen musste. Aus dem abschließenden halb ungläubigen, halb zustimmenden Lachen hörte er heraus, dass Uwe ihm helfen würde. »Joa«, sagte der. »Dann komm doch morgen hier vorbei, und ich zeig dir, wie man so 'ne Tür aufkriegt, ohne dass es einer merkt.«

»Ach so. Äh. Ich dachte eigentlich, dass du …«

Uwe unterbrach ihn: »Nee, mein Lieber. Mich ham 'se schon genug am Wickel hier. Ich kann mir nix mehr erlauben. Das machst du mal schön selber. Kriegst das schon hin. Bist ja nicht ganz blöd mitte Finger, oder?«

Ben ging nicht auf die Frage ein. »Mmmh. Okay. Dann morgen so um elf? Bei dir?«

»Geht klar, Herr Kollege!«

* * *

Als er zurück in die Wohnung kam, saß Kai auf seinem angestammten Platz auf der Couch, das Laptop auf den Knien und tippte wie wild. Vor ihm auf dem Couchtisch lag eine geöffnete Tüte Chips, daneben stand eine Flasche Zitronenbuttermilch. Ben erkannte sowohl die Tüte als auch die Flasche als sein Eigentum und grummelte missbilligend. Kai nahm keine Notiz von ihm.

Das Telefon klingelte. Es lag keine fünfzig Zentimeter neben Kai auf der Couch, doch er zeigte keine Anstalten, irgendetwas zu unternehmen, und sagte nur, ohne von seinem Display aufzusehen: »Das hat eben schon geklingelt. Das nervt.«

»Geh doch einfach ran«, erwiderte Ben mit einem, wie er hoffte, maximal spöttischen Unterton, doch Kai hatte ihn bereits wieder ausgeblendet.

»Ben hier«, meldete sich Ben, wie immer auf seiner privaten Leitung.

»Jenny hier«, meldete sich Jenny auf der anderen Seite. Eine Sekunde herrschte Stille, und Ben fragte sich, ob Jenny seine Worte auch erwidert hätte, wenn er sich mit »Guten Tag, hier spricht Ben Pruss« gemeldet hätte.

»Hi Jenny. Was gibt's?«

»Ich rufe an wegen heute Abend.«

»Ja?«

»Du … Ich hab heute wegen dem Fall mit den Kollegen von der Mordkommission gesprochen.«

»Ja?« Jenny schien nicht gewillt zu sein, einfach so mit der Sprache herauszurücken. Sie sprach langsam, fast vorsichtig. Ben wusste zwar nicht, was sie ihm genau sagen wollte, doch er ahnte schon, auf was es hinauslief.

»Ja, und dabei hab ich gehört, dass du auf der Liste der Verdächtigen stehst.« Sie machte eine kurze Pause, beeilte sich dann aber weiterzusprechen: »Ich meine … ich weiß, dass du bestimmt nichts damit zu tun hast …« Wieder eine kurze Pause. »Ich kann natürlich nicht mit jemandem ausgehen, der als verdächtig in einem Fall gilt, an dem ich selber mitarbeite.«

Sie hatte ausgesprochen, was Ben geahnt hatte. Er war fast froh, dass es daran lag, dass er als Verdächtiger galt, und nicht, dass Jenny es sich anders überlegt hatte. Allein das Wort »bestimmt« in ihrem Satz ärgerte ihn ein wenig. Er wollte gerade etwas erwidern, als sie weitersprach: »Das hättest du mir echt schon gestern sagen können. Weißt du, wie bescheuert das vor den Kollegen von der Polizei aussieht, wenn ich vor einer Leiche stehe und ein Schwätzchen mit einem Verdächtigen halte?« Plötzlich klang sie gereizt. Wahrscheinlich war ihr die Tragweite der Unterhaltung mit Ben erst jetzt klar geworden, indem sie es laut aussprach.

»Tut mir leid, Jenny«, antwortete Ben. »Ich hab das gestern nicht so gesehen. Und als du da vor mir standest, da hab ich sowieso alles vergessen und …« Er wusste nicht, wie er sich ausdrücken sollte und sagte einfach nichts mehr.

»Ist schon in Ordnung«, sagte Jenny. »Es hat ja keiner was gesagt.« Ihre Stimme klang schon um einige Nuancen sanfter als vorher. Vielleicht fühlte sie sich geschmeichelt von Bens Worten.

»Tut mir wirklich leid«, bekräftige Ben ein weiteres Mal. »Ich denke ja nicht, dass ich lange auf der Liste stehen werde. Steht dann die Verabredung noch?«

Sie lachte. »Na klar! Ruf an, wenn du wieder als unbescholtener Bürger giltst.«

»Ich hoffe, dass du schon einige Beweise gefunden hast, die zeigen, dass ich es nicht war.«

»Oh oh oh, vorsichtig, Herr Pruss. Ich sage gar nichts. Und bevor du doch noch was aus mir rauspresst, sollten wir lieber Schluss machen. Ich habe gerade entschieden, dass ich meine neu gewonnene Zeit mit einer Schlangenfrau verbringen werde.«

»Da kann man sich echt nichts Schöneres vorstellen.«

Sie verabschiedeten sich, und Ben drückte enttäuscht den roten Knopf, um das Gespräch zu beenden. Erst jetzt realisierte er, dass schon einige Zeit keine Tippgeräusche mehr von der Couch zu hören waren. Er blickte auf und sah, dass Kai ihn interessiert und mit einem sanften Lächeln auf den Lippen beobachtete. »Dumm gelaufen, was?«

»Komm! Lass du mich in Ruhe und tipp weiter! Außerdem sind das meine Chips, die du da frisst.«

KAPITEL 5

Das Kapitel, in dem Ben lernt,
wider geltendes Recht fremde Türen zu öffnen,
und diese neue Fähigkeit auch gleich einsetzt.

Ich hau mich weg, Alter!« Uwe lehnte lässig in der offenen Tür seines Containerbüros. Er trug ein quergestreiftes, schwarz-gelbes und hautenges T-Shirt sowie eine kurze Hose, die aussah, als würde er sie vierundzwanzig Stunden am Tag und sieben Tage die Woche tragen. Seine reichlich beharrten Beine waren so braun wie der Rest seiner Haut. Durch seine spiegelglatte Glatze erinnerte er Ben immer irgendwie an Meister Proper.

Uwe hatte sich sein kleines Ein-Mann-Unternehmen in einem ausrangierten, blauen Baucontainer mit platten Reifen auf dem freien Gelände einer Großwäscherei am Hafen eingerichtet. Wie und warum Uwe an den Platz gekommen war, wusste Ben nicht. Er vermutete, dass diese Sache nicht ganz koscher war und es sich um irgendeine Mauschelei handelte. Auf dem Fenster links neben der rostigen Eingangstür war in gelben Klebebuchstaben zu lesen *UW 'S SCH ÜSSEL IENST,* die restlichen Buchstaben fehlten. Ben unterdrückte den Wunsch, das fehlerhafte Apostroph vor dem S von Uwes Namen abzuknibbeln. Nicht, dass er großen Wert auf korrekte Orthographie legte, aber ein falsch gesetzter Oberstrich tat ihm seit jeher in der Seele weh.

»Uwe! Immer noch nicht in der Fußgängerzone gelandet mit deinem Laden?«, begrüßte Ben seinen alten Freund und klopfte ihm freundlich und nicht zu zart auf die muskulöse Schulter. Jetzt kam ihm auch wieder Uwes typischer Duft in die Nase, der ihn schon früher umgeben hatte. Eine Mischung aus Schweiß und etwas, das Ben entfernt an Kohl erinnerte.

Uwe machte einen kleinen Schritt zur Seite und ließ Ben Platz zum Eintreten. Das Inventar war übersichtlich: Ein alter Tisch, an dessen von Feuchtigkeit aufgequollener Tischplatte sich rundherum das Furnier löste. Darauf eine Menge Papierkram (Ben registrierte eine nicht gerade geringe Menge an nicht geöffneten, offiziell wirkenden Briefen) und überquellende, unbeschriftete Ordner. Ben bemerkte, dass die Blätter zuunterst in einem der Papierstapel an den Rändern bereits gelb geworden waren. Zwei Stühle gleicher Bauart, bei denen ebenfalls das Furnier abblätterte, standen auf beiden Seiten vor dem Tisch. Ein Computer in einem bemerkenswert verstaubten Gehäuse, dessen Lüfter laut vernehmlich vor sich hin brummte, sowie ein kleines, metallenes Aktenregal, welches bis auf eine nie gespülte BVB-Kaffeetasse leer war. Zwei Heizlüfter standen rechts und links in der Ecke auf dem Boden. Ben war froh, dass sie im Moment nicht eingeschaltet waren, denn er hatte berechtige Sorge, dass es einen Staubbrand geben könnte, sobald die Heizspirale zu glühen begann. Vor dem Schreibtisch stand ein in die Jahre gekommenes Feldbett samt grünem Kopfkissen und blauer Wolldecke. Dazu, was fast wie ein Witz wirkte, ein verblichener, vom Design her mindestens zwanzig Jahre alter, lebensgroßer Pappaufsteller eines Einbrechers inklusive Maske, Taschenlampe und Brecheisen. In einem Kasten auf seinem Bauch die Aufschrift: *Schützen Sie sich vor Einbrechern! Informieren Sie sich hier!*

Ben zeigte auf das Bett: »Pennst du etwa hier?«

»Vorübergehend. Meine Alte meint, das wäre besser.«

Ben wusste gar nicht, dass Uwe eine »Alte« hatte, und fragte sich, warum sowohl Kai, Jenny und sogar Uwe Beziehungsprobleme hatten, während er seit Ewigkeiten nicht mal eine Beziehung hatte, mit der es Probleme geben konnte. Vielleicht stimmte die alte Weisheit von Woody Allen doch, dass die Institution der Ehe nur existierte, damit man zusammen Probleme lösen konnte, die man alleine gar nicht gehabt hätte. Fast wollte er Uwe schon anbieten, bei ihm zu pennen, als ihm einfiel, dass er ja bereits einen Couchgast hatte.

»So, und du willst unter die Einbrecher gehen oder was?«, sprach Uwe weiter. Ein Satz, der in Bens Ohren nicht richtig klang.

»Na, so ja auch nicht. Ich muss im Rahmen meiner Ermittlungen hinter gewisse geschlossene Türen blicken und …«

»Klar«, unterbrach ihn Uwe und winkte ab. »Mir brauchste mit so 'nem Geschwafel nich kommen!« Er lachte und zwinkerte Ben zu. »Komm mal mit rüber!«

Sie gingen zusammen zum Bürohaus der Wäscherei. »Heute ist hier keiner, da kann ich dir an den Türen alles zeigen, was du wissen musst.«

»Hier? An den Türen? Wir können doch da nicht einbrechen?«

»Wir brechen da nicht ein, Kollege. Wir schließen hinterher wieder ganz brav ab. Mann. Mach dich mal nich inne Hose!«

»Haben die denn keine Alarmanlage? Oder einen Wachdienst?«

»Wachdienst nein. Alarmanlage ja. Die hab ich schon abgestellt, damit wir gleich loslegen können.«

Ben entschloss sich, nicht weiter nachzufragen und seinem Freund zu vertrauen. Irgendwie schaffte Uwe das immer – früher wie heute. Ben hoffte nur, dass es glimpflich ablaufen würde, denn sollten sie erwischt werden, würde es nicht mit einer Tracht Prügel von seiner Mutter getan sein. Dann galt er als Einbrecher *und* war mordverdächtig. Eine Kombination, die ihm kein Glücksgefühl im Magen bescherte.

In den nächsten sechs Stunden lernte Ben eine Menge über Stiftschlösser (allen voran den Namen, denn selbst der war ihm nicht geläufig gewesen), und wie man sie schnell »zerstörungsfrei« öffnen konnte. Man benutzte hauptsächlich zwei stiftgroße Werkzeuge aus Uwes Ledermäppchen. Eins davon trug den, wie Ben fand, passenden Namen *Snake*, also Schlange, das andere nannte sich *Hook*, Haken. Ein drittes war ein sogenannter Spanner. Alle drei Werkzeuge richtig angewendet, öffneten die meisten Schlösser. Zumindest theoretisch, denn Uwe ließ ihn nicht im Unklaren darüber, dass es eine

Menge Übung benötigte, so schnell zu werden wie er es war. Und er war schnell. Ob das daran lag, dass er die Schlösser kannte, oder ob er bei fremden Schließvorrichtungen ebenfalls so zügig war, wusste Ben nicht.

Es zeigte sich, dass Ben sich gar nicht so dumm anstellte. Fingerfertigkeit und Feingefühl waren ihm, der ein Kartenspiel mit einer Hand dreifach abheben und, ebenfalls einhändig, wie einen Wasserfall mischen konnte, nicht fremd. »Dat du keine Alte hast, bei den zarten Fingerchen?«, meinte Uwe dazu. Mehr Anerkennung von ihm zu erheischen war unmöglich.

Am späten Nachmittag schaffte es Ben, drei der fünf *Übungsschlösser* zu öffnen. Langsam zwar – er brauchte mehrere Minuten für jedes Schloss – aber sie waren geöffnet, und darauf kam es an.

Müde, ohne erwischt, abgeführt und zu sieben Jahren Zuchthaus verurteilt worden zu sein, ließ er sich auf den freien Stuhl auf der »Kundenseite« des Schreibtisches im Containerbüro nieder. Uwe verschwand für ein paar Minuten, ohne dass Ben eine Ahnung hatte wohin, und kam mit zwei eiskalten Flaschen Bier zurück. Wo er die besorgt hatte, war Ben ein Rätsel, denn ringsum gab es seiner Ansicht nach gar nichts – außer die Gebäude der Wäscherei.

Uwe setzte sich mit einem Ächzen auf seinen Stuhl und öffnete die Flaschen an der Tischkante. »Wat sachste?«, fragte er. »Du willst inne Garderobe einsteigen? Da ist bestimmt nicht so ein fettes Ding drin. Wenn du etwas Zeit hast, dann machste das schon!«

»Nutzt ja nichts!«, sagte Ben, prostete seinem Gegenüber zu und wunderte sich selbst ein wenig über seine Zuversicht und Abenteuerlust.

»Übrigens. Das Besteck kostet 150 Euro.«

Ben seufzte und verzog sein Gesicht. Daran hatte er nicht gedacht.

»Guck nich so! So Spezialwerkzeug ist teuer, und eigentlich darf ich dir das gar nicht verkaufen. Das Ledermäppchen ist im Preis drin.«

* * *

Das kühle Bier hatte dafür gesorgt, dass Ben den Verlust des ersten Tageshonorars (oder waren das Spesen?) leichter verschmerzen konnte. Zum Glück hatte er Uwe vertrösten können, denn so viel Geld hatte er schon lange nicht mehr in seinem Portemonnaie mit sich herumgetragen. Außerdem hatte er mit ihm abgesprochen, dass er das Besteck noch zurückgeben konnte, wenn er sich dazu entschloss, seine neue Karriere als Einbrecher doch wieder zu beenden.

Da er am Abend, nach Jennys Absage, nichts weiter zu tun hatte, entschied er sich dafür, zum Varieté zu fahren und das Schloss an Franks Garderobe als nächstes Übungsobjekt auszuprobieren. Er stellte sein Auto zwei Straßen neben dem *Zack* in ein Parkhaus. Kostenpflichtig. Idiotisch zwar, aber er fühlte sich wohler mit dem Gedanken, dass man von außen nicht gleich sehen konnte, dass er vor Ort war. Selbst, wenn nur Pedro Möller um die Ecke kommen würde, müsste er sich eine Erklärung ausdenken, warum er am Sonntagabend dort wäre.

Wie erwartet war der Parkplatz nicht komplett leer, aber das Auto von Pedro Möller war zum Glück nicht zu sehen. Alle Plätze unmittelbar vor der Rückwand des Varietés waren frei, nur die Parkplätze nah an der Straße waren belegt. Eine Tatsache, die darauf hindeutete, dass es keiner der Künstler war, der dort sein Auto geparkt hatte. Ben schloss die schwere Eisentür auf, die hinter den Bühnenbereich führte. Sie knarzte anklagend in ihren Angeln, als er sie aufschob, ansonsten war es still um ihn herum. Mit der offenen Tür in der Hand drehte er sich in alle Richtungen. Niemand war zu sehen. Die Straße hinter dem Parkplatz war verwaist. Er spürte eine leichte Nervosität ihn sich aufkeimen, doch war er nach wie vor entschlossen, seinen Plan durchzuziehen. Er tat einen Schritt ins Innere und stieß mit dem Zeh an etwas Hartes und Schweres, das am Boden lag. Fluchend suchte er im dürftigen Licht, das durch den kleiner werdenden Spalt der Tür hereinfiel, einen Lichtschalter. Er drückte ihn, eine nackte Neonröhre an der Wand flackerte ein paar Mal auf und blieb dann dunkel. Ben vermutete, sie habe just in diesem Moment ihren Geist aufgegeben, als sie plötzlich doch mit einem leisen, flirrenden Geräusch ansprang und den Raum in ein fahles Licht tauchte. Auf dem Boden erkannte er ein etwa dreißig Zentimeter langes Stück Eisenbahnschiene. Daran hatte er sich den Fuß gestoßen. Offensichtlich diente das Stück dazu, die Tür offenzuhalten. Ein, in Bens (vom Schmerz tränenden) Augen, nichtsnutziger und dummer Mensch (*garantiert der Mörder, dieser Arsch!*) hatte die Schiene mitten im Weg liegen gelassen. Er sog zischend die Luft ein, humpelte zwei Schritte nach vorne und schloss die Tür von innen ab.

Er befand sich in einem schmalen Flur, der den Büroflügel auf der einen mit dem Garderobenflügel auf der anderen Seite verband. Zwei Türen, die nach links abzweigten, führten direkt hinter die Bühne. Dorthin ging er zuerst.

Der Backstage-Bereich war ebenfalls menschenleer und still. Es roch nach Staub und kaltem Artistenschweiß. Nachdem er einen von drei Schaltern neben der Tür betätigt hatte, verströmte eine kleine Glühbirne ein dünnes Arbeitslicht, das durch den Vorhang, der zur Bühne führte, nicht gesehen werden konnte. Das genügte Ben, und er blickte durch den Vorhang in den Saal. Die Notausgangsbeleuchtung sorgte dafür, dass er erkennen konnte, dass es auch im Saal menschenleer war. Und gruselig. Ein Schauer lief ihm über den Rücken, und er schlug den Vorhang schnell wieder zu.

Nacheinander prüfte er alle weiteren Räume, wobei er sich nicht bemühte, leise zu sein. Er nahm an, dass sich ein anderer Gast zu erkennen geben würde, wenn er hörte, dass noch jemand im Gebäude war. Als er sicher sein konnte, dass er der Einzige war, lief er zunächst zu dem ihm zugewiesenen Raum, öffnete die Tür kurz, sah sich um und verschloss sie wieder.

Sollte sich ein Künstlerkollege überlegen, heute Abend seiner Garderobe einen Besuch abzustatten, würde er sicher durch die Tür kommen, die in den Flur hinter der Bühne führte. Dann würde er Ben sofort sehen. Sein Plan für diesen Fall sah vor, dass er vorschieben würde, sich in der Tür geirrt zu haben und er eigentlich in seinen Raum wollte. Eine dünne Geschichte, aber besser als gar keine.

Er betrachtete das Schloss an Franks Tür. Noch gestern Abend hätte es für ihn wie jedes andere Schloss ausgesehen. Jetzt wusste er, dass es sich um ein Stiftschloss handelte. Aber das brachte ihm gar nichts. Eine irrsinnige Idee ging ihm durch den Kopf. Was wäre wenn … Nein, die Tür war definitiv abgeschlossen. Er ließ die Klinke los, nahm zunächst den Spanner aus seinem Etui und steckte ihn ins Schloss. Er drehte ihn vorsichtig, um den Kern des Schließzylinders auf Spannung zu halten. Er erinnerte sich an Uwes eindrückliche Empfehlung: »Bloß nicht zu dolle drehen. Gaaaaanz sanft. So als wenn du deiner Alten an den Hintern packst. Wenn du das zu fest machst, dann macht die auch den ganzen Abend zu.« Danach nahm er den Snake Pick, um einige der Stifte im Schloss in die richtigen Positionen zu bringen. Das war der Teil, der das meiste Fingerspitzengefühl erforderte. Uwe hatte ihn angewiesen, mit der Snake im Schloss rumzufuchteln, und so merkwürdig Ben dieses Wort fand, traf es die Sache ziemlich genau. Er fuchtelte! Und spürte, dass sich einzelne Stifte setzen ließen, diese aber gleich wieder zurückfielen, sobald er die Snake ein Stückchen weiter ins Schloss bewegte. Ben war vollkommen in seine Aufgabe vertieft, nur ab und zu hob er den Blick und lauschte in die Stille. Nichts. Nach zwanzig Minuten hatte er das Schloss noch immer nicht geöffnet. Er schwitzte, zog seine Jacke aus und legte sie in seinen Raum, um noch einmal von vorne zu beginnen. Er spürte, dass er kurz vor dem buchstäblichen Durchbruch war. Er experimentierte mit dem Druck, den er auf den Spanner legte, er variierte seine Technik mit der Snake. Im Prinzip war es nichts anderes, als das Proben eines neuen Zaubergriffes. Hunderte Male, wahrscheinlich tausende Male versuchte man, eine Münze über die Fingerknöchel wandern zu lassen, bis es schließlich irgendwann klappte. Diese Momente kamen urplötzlich und aus heiterem Himmel. Und Ben erschienen sie oft wie echte Magie. Die Kunst bestand darin, sich voll und ganz in die Aufgabe zu vertiefen. Aufgeben war dann keine Option mehr. Vielleicht war das seine Stärke? Er fuchtelte und fuchtelte, und wünschte sich nichts sehnlicher, als ein anderes Wort dafür zu finden. Eines, das klar und deutlich ausdrückte, was man zu tun hatte. Er begann leise vor sich hinzusingen, Schweißtropfen auf seiner Stirn: »Fuchteln ... fuchteln ... fuchteln ...« Dann rief er: »Scheiß fuchteln. Scheiß Wort fuchteln!« Er tippte fortwährend und ohne es bewusst zu merken, mit der Spitze seines rechten Fußes vor die Tür, fuchtelte weiter, tippte mit dem Fuß. Und mit einem Mal drehte sich der Zylinder im Schloss. Butterweich und fast von alleine.

Ben fühlte sich wie irgendwann mit vierzehn oder fünfzehn, als die Münze plötzlich, nach Wochen der Übung, über jeden einzelnen Knöchel seiner Finger gewandert war. Als wenn Hand und Münze ausschließlich zu diesem einen Zweck erschaffen worden wären und für nichts anderes. »Ach so!«, schien das Schloss zu sagen. »Du willst mich drehen. Sag das doch einfach, dann drehe ich mich eben.«

Er konnte es nicht fassen, und beinahe fühlte er sich getrieben, den Zylinder zurück in die senkrechte Position zu schieben, was die Stifte dazu gebracht hätte, das Schloss wieder zu blockieren. Er atmete tief ein, und drehte den Zylinder komplett herum. Der Riegel des Schlosses gab ein einrastendes Geräusch von sich – und die Tür öffnete sich einen Spalt. Ben verstaute die Picks und den Spanner in seinem Mäppchen und stieß die Tür sanft auf. Er blickte in den leeren, dunklen Raum und wusste, dass er alles andere als ein guter Detektiv war. An der Wand ihm gegenüber war ein großes Fenster, ein nacktes Fenster ohne Jalousie oder Vorhang. Nicht mal eine Gardine war davor. Er konnte unmöglich das Licht einschalten. Man würde aus hunderten Meter Entfernung von der Straße aus sehen können, dass das Fenster beleuchtet war. Und natürlich hatte Ben keine Taschenlampe dabei.

»So ein Mist, verdammter«, rief er mit gedämpfter Stimme. »Ich bin echt zu blöd!« Er überlegte, was er tun konnte, und ihm fiel ein, dass er hinter der Bühne auf einem Stromkasten mehrere Taschenlampen hatte stehen sehen. Zur Sicherheit stellte er Frank Prachts Papierkorb in die Tür

Er leuchtete mit der Taschenlampe mit den stärksten Batterien (es gab sie in drei Varianten: funzelig, fast dunkel und aus) den Raum ab. Über die längere, mit Raufaser tapezierte Seitenwand und die schmale Außenwand zog sich eine graue Arbeitsplatte, ähnlich wie in einer Küche. Zwei orangefarbene Plastikstühle standen davor, und rechts an der Wand befand sich eine abgesessene, gemütlich aussehende Couch, daneben eine Art Kleiderschrank ohne Tür, in der einige von Franks Anzügen hingen. Links an der Wand war ein Schminkspiegel mit jeweils drei nackten Glühbirnen an den Seiten angebracht. Neben dem Fenster auf der Tischplatte stand ein klobiger Röhrenmonitor, davor eine schmutzige Tastatur und eine Maus auf einem abgewetzten Siegfried-und-Roy-Mousepad. Der dazugehörige Computer stand als grauer, unscheinbarer Kasten unter der Tischplatte. Er hätte Kai mitbringen sollen, dachte Ben, streckte ein letztes Mal den Kopf zur Tür hinaus, lauschte, schob den Papierkorb zurück in den Raum und schloss bedächtig die Tür hinter sich.

Eine Schrecksekunde lang kam ihm der aberwitzige Gedanke in den Sinn, dass die Tür auf dieser Seite keine Klinke hatte, und man einen Schlüssel brauchte, um wieder hinauszukommen. Doch als er auf die Stelle leuchtete, war da natürlich eine wunderbare, tausendfach benutzte Klinke, die nur darauf wartete, von ihm gedrückt zu werden. Er schüttelte über sich selber den Kopf und lachte auf. Ein nervöses, wenig glaubhaftes Lachen. Er zwang sich zur Ruhe. Was wollte er hier? Er ging zum Computer und drückte den Powerknopf. Die Geräusche des Lüfters und der Festplatte zeigten an, dass der Rechner hochfuhr. Wohlbedacht, nicht auf die Fensterscheibe zu leuchten, erhellte er indirekt den unmittelbaren Raum um den Monitor. Er fand keinen Knopf, um ihn einzuschalten. Er tastete und fand ihn schließlich doch in einer Vertiefung an der oberen Rückseite des Gehäuses. Der Bildschirm blitzte auf und zeigte das Windows-Logo. Er nutzte die Wartezeit, um sich weiter umzusehen. Auf der Arbeitsplatte, links neben dem Spiegel und zahlreichen Schminkutensilien, die er gleich als uninteressant abstempelte, lag ein Berg aus Papieren. Er legte die Taschenlampe neben den Stapel auf den Tisch, die diesen in ein sanftes Licht tauchte.

Es handelte sich um drei Ausgaben eines amerikanischen Zaubermagazins, die Ben unter anderen Umständen verdammt interessant gefunden hätte. Bei seinem spärlichen Einkommen konnte er sich nicht mal die Liefergebühren leisten. Darüber lag ein loser Stapel mit Zetteln. Die obersten zwei, DIN-A4-Ausdrucke von Kontoauszügen mit dem Datum vom letzten Freitag. Ben blickte sich zum Computer um und vergewisserte sich, dass es hier keinen Drucker gab, die Ausdrucke musste Frank an einem anderen Computer gefertigt haben. Eines der Konten war auf Frank Pracht ausgestellt, das andere auf Evelyn Pracht – Franks Ehefrau, wie Ben vermutete. Die Zahl hinter einem großen H, die Habensumme des Kontos, war auf beiden Zetteln unterstrichen. 9.864 Euro bei Frank, 23.467 Euro bei Evelyn. Unten auf einem Zettel las Ben die gekritzelte Notiz *30.000!?* Ben untersuchte den Teil mit den Buchungen, konnte allerdings nichts Interessantes finden.

Ben drehte die Zettel um und legte sie vorsichtig auf dem Stuhl neben sich ab, um einen spiegelverkehrten Papierstapel zu bauen – wie der, den er auf dem Tisch vorgefunden hatte. Er wollte auf keinen Fall Spuren hinterlassen. Dieser Gedanke ließ ihn wieder innehalten und aufhorchen. Er sah aus dem Fenster. Straßenbeleuchtung, einige Autos, ein Spaziergänger mit Hund. Er lauschte zur Tür. Waren da Schritte? Nein, das waren nur die Geräusche, die sein nervöser Verstand erklingen ließ.

Die nächsten drei Zettel auf dem Stapel waren Notizen von Frank bezüglich seiner Show. Ben überflog sie und legte sie weg. Was darunter zum Vorschein kam, weckte sein Interesse. Ein kurzer Brief, handschriftlich verfasst in einer äußerst akkuraten Schrift:

Frank, wann redest du endlich mit deiner Frau über uns? Ich kann unser Versteckspiel nicht länger ertragen und ich möchte dich nicht mehr danach fragen müssen und nur Ausreden und leere Versprechungen präsentiert bekommen. Es muss etwas passieren!

Kein Datum, keine Unterschrift. Zu gern hätte Ben ein Foto gemacht, aber er hatte natürlich keine Kamera dabei. Er versuchte, sich das Schriftbild so genau wie möglich einzuprägen. Runde, klar geschwungene Buchstaben. Er dachte an seine eigene Sauklaue und fragte sich, wie man so schön schreiben konnte, ohne eine Schablone zu verwenden. Möglichst ordentlich legte er alles zurück auf den Stapel, so wie er meinte, es vorgefunden zu haben.

Als Nächstes nahm er sich den Papierkorb vor. Darin lagen die restlichen Seiten der Kontoauszüge. Bis auf die Tatsache, dass Franks Frau – wenn Evelyn denn seine Frau war – um einiges mehr Geld besaß als er, erkannte er nichts Besonderes daran. Auf einem zusammengeknüllten Stück Papier war in derselben Schrift wie auf dem Brief zu lesen

Na? Heute nach der Show schon was vor?

Daneben der Lippenstiftabdruck eines Mundes. »Bingo«, flüsterte Ben und steckte sich den Zettel ein. Ansonsten fand er nur noch einige alte Kassenbons und einen Kaffeebecher. Auf dem Boden des Mülleimers griff er in etwas, das seine Liste für lebenswichtige Detektivausrüstung, die er unbedingt noch brauchte, und die bisher aus Taschenlampe und Smartphone mit Kamerafunktion bestand, um den Punkt »Einweghandschuhe« erweiterte – ein gebrauchtes, eingetrocknetes Kondom. Ihm wurde übel, und er ließ den Papierkorb zu Boden krachen. Fertig werden hieß jetzt die Devise, er musste hier raus. Ob er irgendwas Interessantes herausgefunden hatte oder nicht, wusste er momentan noch nicht. Die Fakten konnte er zu einem späteren Zeitpunkt zusammensetzen.

Hastig ging er zum Computer. Seine rechte Hand, mit der er das Kondom berührt hatte, streckte er mit weit gespreizten Fingern von sich. Sie war für ihn nutzlos geworden, bis er sich nicht mindestens zwanzig Minuten lang mit 100 Grad heißem Wasser und zwei Stücken Seife die Hände gewaschen hatte. Umständlich, mit der linken Hand, bediente er die Maus. Nur schnell gucken, auf welchen Internetseiten Frank Pracht zuletzt gewesen war, und was für Mails er bekam. Es dauerte einige Sekunden, bis das Mailprogramm und der Browser starteten. Zu lang für Ben, er wollte nur noch raus hier. Er klickte im Browserfenster auf den kleinen Pfeil rechts neben dem Adressfeld. Es öffnete sich ein Popupfenster: Facebook, ein Onlineshop für Zaubererbedarf, den Ben auch oft frequentierte, Google News, die Website von Gerold Schottner und eine Seite namens burnit.biz. Er schloss das Browserfenster mit zwei vergeblichen und einem erfolgreichen Versuch, das X rechts oben am Bildschirm zu treffen. Das Ganze untermalte er mit leisen, fluchenden Lauten. Das Fenster des Mailprogramms erschien, und er scannte die Einträge. Drei Mails von Gerold Schottner mit dem Betreff *Terminabsprache*, ein paar von Pedro Möller, zwei, die aus dem Betreff heraus darauf schließen ließen, dass es sich um Kundenanfragen handelte, und zwei mit dem Betreff: *Sie haben eine Nachricht auf burnit.biz*. Ben las keine von diesen Mails, sein Gehirn war nicht mehr aufnahmefähig. Er klickte im Startmenü auf *Herunterfahren* und wartete, bis der Rechner sich automatisch abschaltete, drückte den Monitor aus und sah sich um. Da es ohne das Licht vom Monitor um einiges dunkler war, griff er zur Taschenlampe, die immer noch auf dem Tisch lag, und leuchtete den Raum ab. Er entschied, dass alles wieder so aussah wie vorher, und griff nach der Klinke. Er legte das Ohr an die Tür, hörte nichts und öffnete. Der Flur war nach wie vor verwaist. Erleichtert trat er hinaus, schloss die Tür hinter sich und ging einige Schritte in Richtung Bühnenzugang. Zuerst die Taschenlampe loswerden, und dann in die Toilette zum Händewaschen. Danach nichts wie ab nach Hause. Ganz schnell.

Er stockte mitten in der Bewegung. »Du Arschloch«, sagte er in den leeren Flur hinein und meinte sich selbst. Fast hätte er sich mit der rechten Hand vor die Stirn geschlagen, hielt aber noch rechtzeitig inne. Er drehte sich langsam wieder zu Frank Prachts Garderobentür und sah sie ungläubig an.

Ihm war soeben klar geworden, dass er die Tür natürlich wieder abschließen musste – zumindest, wenn er seine Spuren komplett verwischen wollte …

Als Ben schlussendlich im Auto saß, war es nach Mitternacht. Er ärgerte sich über seine Dummheit. Nicht nur, dass er noch einmal das Schloss »zerstörungsfrei schließen« musste um die Tür wieder zu verschließen – was gefühlt doppelt so lange gedauert hatte wie das Öffnen. Und ja, er hatte in dieser Zeit gelacht, geflucht und einmal trotzig vor die Tür getreten, was seinem großen Zeh und seiner Laune nicht zuträglich gewesen war. Nein, er musste auch noch einen Bankautomaten suchen, weil der Automat im Parkhaus 7,50 Euro anzeigte, und er nur noch über eine Barschaft von insgesamt sechs Euro und drei Cent verfügte. Die zwanzig Euro, die er aus dem Automaten zog, sorgten dafür, dass sein Dispo von zweitausend Euro nun bis auf 13 Cent ausgelastet war – gerne hätte er auf diese Information verzichtet.

Er weigerte sich über den Tag nachzudenken, und schob eine CD von Tom Petty in den Player, und als Tom sang *I was born a rebel* fühlte Ben sich ebenfalls ein wenig so. Und einen Fuß auf dem Pedal, wie Tom Petty in dem Song, hatte er auch. Dass sein anderer Fuß schon ein gutes Stück weit in seinem eigenen Grab stand, wusste er zu diesem Zeitpunkt natürlich noch nicht.

KAPITEL 6

Das Kapitel, in dem Ben sich bei seinem neuen Arbeitgeber einrichtet, auf eine Shoppingtour geht und sich bei zwei ihm sehr wichtigen Personen unbeliebt macht.

Kai hatte es fertiggebracht, den Kühlschrank in Bens Wohnung innerhalb von zwei Tagen komplett leer zu fressen. Sogar Bens Geheimvorrat an Süßigkeiten, den er im Sideboard im Schlafzimmer versteckt hielt, war bis auf eine abgelaufene Packung Schokolinsen (die Ben geschenkt bekommen hatte und selbst nicht mochte) aufgebraucht. Auf die Frage, wie Kai bitte schön darauf gekommen sei, im Schlafzimmer nach Essen zu suchen, antwortete dieser lapidar, dass er Appetit gehabt und er am Samstag mitbekommen habe, dass Ben die Tüte Chips aus dem Schlafzimmer und nicht aus der Küche geholt hatte. Zusätzlich gab er ihm den Hinweis, er müsse mal wieder hinter dem Schrank staubsaugen, das sähe ja fast so aus, als ob dort ein Rudel Vampire das Licht der Sonne erblickt hätte.

Ben hatte daraufhin gedroht, ihm das Internet abzuschalten (was Kai kommentarlos mit einem milden Lächeln abtat), und ihn dann gezwungen, ihn zum Frühstück in das Café nebenan einzuladen.

Dort saßen sie nun seit einer Weile und diskutierten die Ergebnisse. Ben hatte gerade festgestellt, dass er nach der zweiten Brötchenhälfte mit Zwiebelmett und etwas Rührei satt war, während Kai bereits bei seiner fünften Hälfte angelangt war, welche er sich mit dem siebten Mini-Bratwürstchen schmecken ließ.

»Lass uns noch mal überlegen, was wir genau haben«, sagte er, nachdem er seinen Mund komplett geleert und mit etwas Orangensaft nachgespült hatte – Kai war ein guter Esser, aber durchaus kein Barbar.

»Dieser Frank ist verdächtig, weil sein Ring im Zimmer rumlag, in dem die Schlangentante ermordet wurde. Das spricht gegen ihn, zumal du ihn im recht nervösen Zustand unmittelbar nach dem vermeintlichen Mordanschlag angetroffen hast. Dennoch …« Er steckte sich ein Stück Bratwurst in den Mund, kaute genüsslich und schluckte. »Ich kann mir schwer vorstellen, dass jemand einen Ring vom Finger verliert. Oder?« Er sah Ben fragend an.

»Keine Ahnung? Vielleicht gab's ja doch ein Gerangel, und dabei ist ihm das Ding abgefallen? Ich weiß es nicht. Er hängt auf jeden Fall mit drin und hat ja vielleicht sogar ein Motiv, wenn das wirklich Lily Polleys Handschrift auf dem Brief ist.«

»Das müssen wir noch herausbekommen. Es scheint jedenfalls gut möglich, denn es gibt sonst nur noch diese Trapezkünstlerin, und die ist verheiratet. Ja, und dann noch die Frau mit der Hundenummer, und die ist definitiv nicht Frank Prachts Kragenweite.«

»Es könnte noch jemand aus dem Service sein«, stellte Ben fest.

»Mmmh, nennen die sich Kollegen? Kann sein. Glaube ich aber nicht.« Bei diesen Worten stand er auf, um sich den Teller ein weiteres Mal am Frühstücksbuffet zu füllen. Diesmal hatte er einen kleinen Berg Frikadellen mit Senf, und einige Gürkchen auf dem Teller, als er zurückkam. »Iss doch noch was? Wenn ich schon bezahlen muss, dann soll es sich auch lohnen!«

»Nee, keinen Hunger mehr.« Ben winkte ab und trank einen Schluck Kaffee. »Ich meine, ich erkenne die Schrift auf jeden Fall wieder, dann müsste ich nur eine Schriftprobe haben.«

»Dann steig doch bei ihr in die Garderobe ein. Du hast doch jetzt Übung!«

»Das kannst du schön vergessen! Davon habe ich erst mal die Schnauze voll! Und außerdem ist ihre Garderobe versiegelt von der Polizei, da geht sowieso nichts. Ist aber kein Problem, ich werde einfach Pedro Möller fragen. Ich muss ihm ja nicht unbedingt sofort meine ganzen Gründe auf die Nase drücken. Der findet es sowieso besser, wenn ich die Sache etwas spannend mache.«

»Ja, das geht natürlich«, gab Kai zu. »Und dann braucht Frank anscheinend 30.000 Euro.«

»Richtig, und er würde es sogar von seiner Frau nehmen, zumindest wenn das seine Frau ist. Der wird bestimmt erpresst!«

»Oder er und seine Frau wollen sich ein neues Auto kaufen.«

»Genau, das wird's sein«, bestätige Ben wenig überzeugt. »Google doch lieber mal mit deinem Handy nach Evelyn Pracht.«

Kai nahm sein Mobiltelefon in die linke Hand und tippte mit dem Daumen irgendwas ein, während er mit der Gabel in der rechten kleine Frikadellenstückchen aufpikste und sich in den Mund schob. »Es *ist* seine Frau.« Er drehte das Handydisplay in Bens Richtung. Geöffnet war die Facebookseite von Evelyn Pracht, und unter ihrem Geburtsdatum war *Verheiratet mit Frank Pracht* zu lesen.

»Und wo wohnen die?«

»Warte mal …« Kai tippte wieder ins Handy. »Knapp eineinhalb Stunden von hier. Eher mehr, denn auf der A 40 ist ja ständig Stau. Fährt der nach den Shows immer nach Hause?«

Ben zuckte mit den Achseln. »Ist auch egal. Um ein Uhr heute Mittag ist Treffen im Varieté. Dann müsste er jedenfalls schon unterwegs sein.« Er beugte sich nach vorn in Richtung von Kai, bevor er mit einem Funkeln in den Augen weiterredete: »Stell mal dein Handy auf anonym. Dann rufe ich die an und tue so, als wäre ich ein Mitarbeiter der Bank.«

»Nee, nix anonym, da fällt heutzutage keiner mehr drauf rein! Da hab ich was Besseres! Von welcher Bank waren die Kontoauszüge?«

»Sparkasse Dortmund«, antwortete Ben, der gespannt war, welche technische Finesse Kai jetzt wieder aus dem Ärmel schütteln würde.

»Du rufst ganz brav mit der Telefonnummer der Sparkasse Dortmund an.« Er tippte eine gute Minute irgendetwas in das Display ein und reichte Ben dann das Handy. Auf dem Bildschirm waren mehrere Zahlenkombinationen zu erkennen, die für Ben keinen Sinn ergaben. »Ich habe eine Caller-ID eingerichtet, der den Anruf über die USA leitet. Dadurch kann ich jede Nummer auf dem anderen Telefon anzeigen lassen, die ich will. In unserem Fall die der Sparkasse. Einfach unten auf den Wählbutton tippen.«

Ben räusperte sich, schloss kurz die Augen, um sein ganzes schauspielerisches Talent auf den Moment zu fokussieren und tat, wie ihm geheißen.

Nach einer kurzen Weile meldete sich jemand auf der anderen Seite.

»Hallo, guten Tag. Wolf ist mein Name von der Sparkasse Dortmund. Es geht um die Anfrage von 50.000 Euro von Ihrem Mann. Ich müsste noch einige Einzelheiten klären, ist er zu sprechen?«

Kai starrte mit weit aufgerissenen Augen auf seinen Freund und bedeutete ihm tonlos, dafür gestenreich, dass es sich um 30.000 handelte und nicht um 50.000. Ben signalisierte mit einem knappen Nicken, dass ihm das klar sei. Nach wenigen Sekunden fuhr er fort: »Nein, nein, kein Kredit. Er hatte angefragt, ob das Geld abgehoben werden könne. Ich dachte, Sie wüssten Bescheid, weil ein Teil … sogar der größere Teil, wenn ich das sagen darf …«, Ben lachte kurz auf, und fast klang es wie ein Husten, »von Ihrem Konto kommen sollte.« Es folgte eine kurze Pause, in der er Evelyn Pracht zuhörte. »Wissen Sie nichts von? Aha! Mmmmh. Ich bin doch richtig bei Brüning, oder?« Er zwinkerte Kai zu und grinste schelmisch. »Wie bitte? Ach, das klärt alles.

Da hab ich mich schlicht verwählt und es gar nicht gemerkt, als Sie sich gemeldet haben. Ich hab's heute mit den Ohren!« Er lachte spitz, und merkte, dass das vielleicht etwas zu sehr nach Schmierentheater klang. »Und auch mit den Augen, ja Herrschaftszeiten. Da will ich Sie nicht länger stören. Auf Wiederhören!« Er legte auf und blickte Kai mit einem strahlenden Lächeln an.

Dieser zog die Stirn kraus und fragte: »Herrschaftszeiten?«

»Ja, so was würde ich sonst nie sagen, ich bin in meiner Rolle voll aufgegangen. Haste gemerkt, oder? Ich habe extra nach 50.000 gefragt und nicht nach 30.000, denn wenn sie Frank morgen von der Geschichte erzählen sollte, wäre der wahrscheinlich skeptisch geworden, wenn es genau der Betrag gewesen wäre.«

»Na. Wenn der nicht sowieso skeptisch wird.«

»Egal. Dann weiß der immer noch nicht, dass wir das waren. Cool, das mit diesem Caller-Dingsbums nach Amerika!«

»Ja, oder? Willst du nicht mal mit der 110 deine Jenny anrufen?« Kai lachte laut auf. »Kannst ihr ja sagen, dass es ein Notfall ist! Ha Ha Haaa!« Er klatsche sich vernehmlich auf den Oberschenkel und sah Ben spitzbübisch an.

»Hey Mann, das ist wirklich dämlich mit diesem Verdacht! Ich muss den loswerden«, entgegnete Ben und musste selbst lachen. »Okay. Anscheinend weiß seine Frau nicht, dass Frank irgendwas mit ihrem Geld plant. Wenn er es ihr nicht sagt, muss es was ganz schön Wichtiges sein.« Er trank einen Schluck Orangensaft und sprach weiter: »Denn merken wird sie das ja irgendwann auf jeden Fall, und dann muss Frank eine gute Ausrede haben. Anscheinend ist es ihm das wert!«

»Also wird er doch erpresst. Vielleicht hat einer die Sache mit der Affäre spitzgekriegt?«

»Dann sind 30.000 aber eine Hausnummer, oder?«

»Keine Ahnung, was man als Erpresser so für Ehebruch verlangt. Kann ja sogar sein, dass jemand weiß, dass er der Mörder ist.«

»Und Beweise hat!«

»Und Beweise hat«, bestätigte Kai.

Einen Moment saßen sie schweigend da – in Gedanken versunken.

»Ach ja«, sagte Ben. Ich habe mir auch seinen Browser-Verlauf angesehen.«

»Wow, so was kannst du?«, entgegnete Kai mit gespielter Bewunderung.

»Klar«, antwortete Ben, ohne zu erwähnen, dass er nur die letzten fünf Seiten sichtbar machen konnte. »Da war nur eine Adresse, die mir ins Auge gefallen ist. Und in seinem Mailprogramm hatte er auch E-Mails davon. Die hieß … äh … burnit.biz.«

»Burnit.biz?«, wiederholte Kai mit einem Anflug von Interesse in den Augen. »Kenne ich. Darüber kann man anonyme Nachrichten verschicken, die sich dann selbst zerstören.«

»Aha, und wie zerstören die sich selbst? Die Mails lagen doch in Prachts E-Mail-Ordner.«

»In den Mails, die man bekommt, ist nur ein Link. Wenn man den anklickt, kommt man auf eine Seite, auf der man die Nachricht einmal lesen kann. Wenn man die Seite schließt oder eine Stunde offenlässt, verschwindet die Nachricht wieder. Und zwar für immer.«

»Mmh. Passt auch zum Thema Erpressung, wie ich finde.« Ben legte das Besteck auf den Teller, schob seinen Stuhl zurück und erhob sich. »Na, dann werde ich mal versuchen herauszufinden, ob die unbekannte Briefschreiberin Lily Polley war.«

* * *

Ben war zwanzig Minuten zu früh am Varieté. Er trug seinen zerfransten Rucksack aus der 13. Klasse auf der Schulter, bestückt mit schwarzen Einmalhandschuhen und vier verschiedenen Ölen in den Aromen Mandel, Orange, Jojoba und etwas, das sich Ylang-Ylang nannte. Er hatte die Öle für einen Sonderpreis (vier bekommen, drei bezahlen) im Thai-Massagesalon in der Goebenstraße erstanden. Kurz nach dem Frühstück mit Kai hatte Pedro Möller bei ihm angerufen und ihn gebeten, »das ganze Zeugs drum herum« selbst zu besorgen. Die Massageliege habe er aber ausfindig machen können und sie werde bereits in der Garderobe auf ihn warten. Müsse nur noch ein bisschen abgestaubt werden, hatte er noch in einem Nebensatz hinzugefügt, aber sein Schlüssel werde auch für den Raum mit den Putzmitteln funktionieren. Zusätzlich befanden sich zwei ansehnliche Amethystendrusen und eine nicht unbeträchtliche Anzahl Halbedelsteine, deren Größen zwischen Fingerkuppe und Faust variierten, in seinem Gepäck. Die Idee dafür war ihm gekommen, als er auf der B 54 in Richtung City-Ost unterwegs war. In der Nähe wohnte seine Zauberkollegin Aviana (mit bürgerlichem Namen Heide Günzbeck), die in ihren Shows eine Menge esoterisches Brimborium veranstaltete und deswegen Halbedelsteine in Hülle und Fülle für ihr opulentes Bühnenbild besaß. Ben fand ein wenig Dekomaterial dieser Art durchaus passend – er wusste, dass das Drumherum mindestens fünfzig Prozent einer erfolgreichen Show ausmachte. Und genau das würde seine Darbietung als Masseur sein. Eine Show. Heide hatte ihm zusätzlich einen Duftölverdampfer mit 7-farbigem LED Ambient-Light und Meeresrausch-Automatik mitgegeben und passend dazu ein weiteres ätherisches Öl. Sein Behandlungsraum würde also nicht nur geheimnisvoll und standesgemäß aussehen. Es würde sich dort auch anhören, wie an einem abgelegenen Traumstrand in der Karibik und dabei wohltuend nach Bergamotte schnuppern. Ben war selbst gespannt, wie das duften mochte, denn er hatte keinen blassen Schimmer, was Bergamotte überhaupt war. Er hoffte inständig, dass heute noch niemand seine Dienste in Anspruch nehmen wollte. Überhaupt beabsichtigte er, die Anzahl der Behandlungen so gering wie möglich zu halten. Vielmehr war er daran interessiert, sich um seine Ermittlertätigkeit zu kümmern, die ihn weitaus stärker reizte. Trotzdem hatte er vor, sich später am Tag noch ein paar Youtube-Videos zum Thema Massage anzusehen.

Die Hintertür des Varietés stand offen und wurde durch das Stück Eisenbahnschiene offengehalten, an dem er sich am Vorabend den Zeh gestoßen hatte (und der heute noch immer schmerzhaft pochte). Im Vorbeigehen warf er dem Teil einen bösen Blick zu und ging ins Innere. Sofort fiel ihm die stickige Luft im Flur auf, die er tags zuvor gar nicht bemerkt hatte. Wahrscheinlich hatte jemand extra deswegen die Außentür offengelassen. Die Tür zum Bühnenbereich stand ebenfalls offen. Da der Tag draußen angenehm warm war und sich kein Lüftchen regte, brachte diese Maßnahme allerdings wenig Nutzen.

Ben stellte den Rucksack an der weiß getünchten Wand aus gemauerten Kalksandsteinen ab und betrat den Backstagebereich. Niemand sonst schien da zu sein, aber das schummrige Arbeitslicht in Form der nackten Glühbirne leuchtete. Unter dem Vorhang, der von der anderen Seite die Rückwand der Bühne bildete, war ein dünner Lichtschein zu sehen. Ben suchte die Lücke im Vorhang und betrat die Bühne.

Gleißendes Scheinwerferlicht blendete ihn, und er kniff die Augen zusammen. Jenseits des Bühnenrandes erkannte er nichts als blendendes Weiß oder tiefe Dunkelheit, und er spürte die Hitze der Lampen auf seinen Wangen. Trotz seiner Haupttätigkeit als Zauberkünstler war das Gefühl, auf einer hell beleuchteten Bühne zu stehen, ungewohnt für ihn, denn bis auf wenige Ausnahmen alle paar Jahre mal, trat er eher in kleineren Festsälen ohne eigene Bühne und Beleuchtung auf. Die Tatsache, dass er nicht sehen konnte, was im Saal vor sich ging, wenn überhaupt etwas vor sich ging, machte ihn unsicher – mit einem Mal fühlte er sich beobachtet. Er ging bis zum Bühnenrand, schirmte seine Augen gegen die Scheinwerfer ab und versuchte auszumachen, ob jemand im Saal war. Das Licht wechselte von Weiß zu Blau und dann zu einem tiefen Rot.

»Mann, Scheiße!«, hörte er ein Fluchen. »Eine Sekunde! Ich versuche, das hier auszuschalten.« Ben erkannte, dass es sich um Pedro Möllers Stimme handelte. »Was ist denn das für ein scheiß Knopf?«, schimpfte dieser.

Das Licht wechselte noch einmal zu Grün und verlosch dann, sodass im Saal für einen Moment nur die Notausgangsbeleuchtung zu sehen war und Ben plötzlich wegen Lichtmangels erblindet war. Dann drehte Pedro Möller eine andere Lichtleiste hoch, die Bühne und Saal in ein dezentes, gelbes Licht tauchte. Er hatte den richtigen Schalter gefunden.

»So! Ich komme zu dir rüber, bin gleich da.«

Ben erkannte, dass Pedro Möller im Technikraum am anderen Ende des Saals gegenüber der Bühne stand. Er hatte die verdunkelte Fensterscheibe, die den Raum vom Saal abtrennte, und durch die die Techniker das Treiben auf der Bühne beobachteten, ohne selbst gesehen zu werden, nach oben geklappt und mit je einer Stütze an beiden Seiten fixiert. Wenige Sekunden später schritt er durch die mit dem Wort *Technik* beschriftete Tür in den Saal. Rechts und links trug er jeweils einen Stuhl.

»Ah! Gut, dass du schon da bist, dann können wir uns etwas unterhalten, bevor die anderen hier erscheinen.« Wortlos reichte er Ben die beiden Stühle, die dieser auf der Bühne abstellte. Danach sprang Pedro Möller auf die Bühne, indem er sich mit der rechten Hand abstützte und dann ein Bein nach dem anderen hochwarf. Offensichtlich wollte er das sportlich aussehen lassen, doch der schmerzverzerrte Gesichtsausdruck, den er bei dieser Aktion aufsetzte, zeigte Ben, dass Pedro Möller auch eine kleine Knetkur nötig hatte.

Er richtete sich auf und strich mit den Händen seine gewellten Haare nach hinten. »Gibt es schon etwas, das du mir berichten kannst?«, fragte er und setzte sich breitbeinig und verkehrt herum auf einen der Stühle.

Ben zog den anderen Stuhl zu sich heran und benutzte ihn auf die Weise, die der Erfinder vorgesehen hatte. »Nichts Konkretes, dafür ist es noch zu früh.« Er fühlte sich unbehaglich bei diesen Worten, und fragte sich, wie das bei Pedro Möller ankommen würde.

Zu Bens Überraschung antwortete dieser: »Klar! Anders hätte es mich gewundert! Wirst du denn noch immer verdächtigt?« Er griff in die Innentasche seines Jacketts und holte eine Schachtel Zigaretten hervor. »Stört es dich?«

Ben schüttelte den Kopf. Er hatte bisher noch nicht gesehen, dass Pedro Möller rauchte, obwohl er jedes Mal, wenn er ihm begegnet war, seine Tabakfahne wahrgenommen hatte. »Eigentlich darf man hier ja gar nicht. Aber wenn das hier schon mir gehört, muss es ja für irgendwas gut sein.« Er lachte sein speckiges Lachen, steckte sich eine Zigarette zwischen die Lippen und hielt Ben die Schachtel vor die Nase.

»Nein, danke«, sagte Ben, der nur zu gerne eine geraucht hätte, das aber unpassend fand, wenn jederzeit seine neuen Kollegen die Bühne betreten konnten.

»Ich bräuchte eine Schriftprobe von Lily Polley. Hast du so was?«, fragte er und fand, dass sich das ziemlich wichtig anhörte.

»Schriftprobe? Was ist das denn?«

»Ja, äh … also etwas, das sie mit der Hand geschrieben hat. Vielleicht hat sie irgendwas auf ihrem Vertrag ausgefüllt oder so.«

Pedro Möller blickte gedankenverloren zur Decke. Die Geste wirkte, als schuldete er der Tatsache, dass sie sich auf einer Bühne befanden, etwas Theatralik. »Nee«, antwortete er gedehnt. »Ihren Vertrag hat sie nicht mal unterschrieben. Die Lily war ja schon oft hier, und da machen wir das ganz unbürokratisch. Was willst du denn damit?«

Ben überging die Frage. »Würdest du ihre Handschrift wiedererkennen, wenn du sie siehst?«

Pedro Möller zuckte mit den Achseln. »Ich hab die noch nie schreiben sehen. Wenn du mir gesagt hättest, dass die gar nicht schreiben konnte, hätte ich dir das glauben müssen. Wir können ja einen von den anderen fragen, wenn die gleich kommen …«

»Das dürfen wir auf keinen Fall tun!«, antwortete Ben und merkte, dass er etwas zu alarmiert klang.

»Klar, klar! Sorry!«, entschuldigte sich Pedro Möller, dem sein Fauxpas aufgefallen war, und dessen übertrieben beschämte Miene perfekt in die kleine Schmierenkomödie zwischen ihnen beiden passte. Anscheinend fühlte er sich auf der Bühne dazu herausgefordert, seine generell schon groß angelegten Gesten noch größer ausfallen zu lassen. Wie, um das zu bestätigen, schlug er sich mit der flachen Hand auf die Stirn.

»Kein Problem«, sagte Ben.

Jetzt wurde Pedro Möller still und wirkte nachdenklich – ebenfalls eine Bühnen-Stille und eine Bühnen-Nachdenklichkeit. Dann sagte er: »Ich kann mir nicht vorstellen, dass es einer von uns gewesen sein soll. Und wer denn? Wenn man wenigstens wüsste, ob die Polizei schon jemanden auf dem Kieker hat, nur die sagen ja nichts. Das von dir weiß ich ja nur, weil ich dabei war.« In dem Moment fiel Ben auf, dass es doch schon etwas Konkretes zu berichten gab. »Ich weiß, wen die Polizei auf ihrer Liste hat«, sagte er und fühlte sich dabei wie Pinkerton persönlich. Er spürte, wie sich Adrenalin in seinem Körper ausbreitete. Wow! Er wusste etwas, das die anderen, inklusive Pedro Möller, nicht wussten.

»Echt? Woher denn? Stehst du mit denen in Kontakt?« Und gleich darauf gab er sich selber die Antwort: »Wohl eher nicht. Du stehst ja selbst auf der Liste ... Ach, ich frag am besten gar nicht.« Er vollführte eine abwinkende Handbewegung, inhalierte tief an seiner Zigarette und blies den Rauch durch den Mundwinkel wieder aus.

»Ist auch nicht wichtig. Aus dem Ensemble kommt im Prinzip nur einer in Frage. Frank Pracht.« Er wartete Pedro Möllers Reaktion ab.

Der steckte sich die Zigarette wieder in den Mundwinkel und fuhr sich erneut mit den Händen durchs Haar. Dann drehte er sich in Richtung Bühnenhintergrund, wie um sich zu vergewissern, dass noch kein anderer da war, der zuhörte. Wieder an Ben gewandt sagte er: »Frank.« Es klang wie eine Feststellung, nicht wie eine Frage. »Tut mir leid, aber ich kann es mir beim besten Willen nicht vorstellen.« Er schüttelte ausladend den Kopf.

Ben ließ das unkommentiert. »Was für ein Verhältnis hatten Frank Pracht und Lily Polley?«

»Na, Kollegen eben, würde ich sagen. Normal.« Er schien noch etwas sagen zu wollen, zögerte – und zog stattdessen an seiner Zigarette.

»Sag ruhig. Alles könnte wichtig sein.«

»Ja, wie gesagt, ich glaube nicht, dass es Frank war. Ich arbeite seit fast zwanzig Jahren mit dem zusammen. Na ja ... Es war locker geplant, dass Frank wieder den Conférencier in der nächsten Spielzeit gibt. Nicht fest abgemacht, doch wir haben mal drüber gesprochen. Es war allerdings so, dass sich Lily Polley kürzlich einige neue Nummern zusammengestellt hat, die sich gut für eine Moderation geeignet hätten. Da das Thema in der nächsten Saison Körperakrobatik ist, habe ich ihr vor ein paar Wochen den Job gegeben. Frank war alles andere als glücklich darüber, aber ich weiß, dass er einen neuen Job im GOP in Hannover hat.« Er warf seinen bis zum Filter abgerauchten Zigarettenstummel auf den Bühnenboden und trat ihn aus.

»Mmmh! Ich frage mich, warum du mir das nicht vorher gesagt hast? Zum Beispiel bei unserem ersten Gespräch, als ich fragte, ob du einen Verdacht hast, wer hinter der Sabotage stecken könnte.«

Pedro Möller schien sich in seiner Haut plötzlich unwohl zu fühlen. Fahrig strich er sich wieder durch die Haare, dann drehte er den Stuhl um, setzte sich und rückte näher an Ben heran. »Ja gut«, begann er zaghaft. »Weil ich mir eben nicht vorstellen kann, dass Frank das gewesen sein soll. Der ist nie und nimmer ein Mörder! Und auch kein Saboteur. Und ein verpasstes Jobangebot reicht wirklich nicht als Motiv aus.« Er blickte Ben mit einem schuldbewussten Gesichtsausdruck an, der eher zu einem Knaben aus der achten Klasse gepasst hätte als zu einem gestandenen Geschäftsmann Mitte vierzig.

Ein verpasstes Jobangebot vielleicht nicht alleine, dachte Ben, und sagte: »Trotzdem hättest du mir davon erzählen müssen. Das ist eindeutig ein Motiv.«

Pedro Möller, der anscheinend nicht gewohnt war, lange den Part des Schuldigen zu spielen, richtete sich im Stuhl auf, streckte seine Brust raus und sagte in seiner gewohnten Macher-Manier: »Papperlapapp! Frank war's nicht, für den lege ich meine Hand ins Feuer!«

Gleichzeitig hörte man, wie im Backstagebereich die Tür aufgestoßen wurde. Sie waren nicht mehr allein, und Ben sagte mit gedämpfter Stimme: »Vielleicht war der weggeschnappte Job nicht das einzige Motiv!«

An Pedro Möllers Gesichtsausdruck war abzulesen, dass er nicht wusste, was Ben mit seiner letzten Bemerkung gemeint hatte. Doch da just in diesem Moment Aletta Fernström, gefolgt von zweien ihrer Pudel, und Franjo Hirsch, der Einradkünstler, die Bühne betraten, entgegnete er nichts. Ben war klar, dass er sich stark auf Frank Pracht eingeschossen hatte – es standen aber noch andere Kandidaten auf der Liste, unter anderem eben diese Aletta Fernström. Doch sie war eher klein und recht korpulent und körperlich sicher nicht in der Lage, Lily Polley ins Terrarium zu drücken. Und was die Kollegen aus dem Service anging, die auf der Liste standen, hatte Ben sich entschlossen, diese Spur zunächst zurückzustellen – wenn man es überhaupt eine Spur nennen konnte. Er hatte schließlich überhaupt keine Ahnung, welches Vorgehen am besten war, und die Fährte rund um Frank Pracht schien ihm momentan die vielversprechendste zu sein.

Ben begrüßte die beiden Kollegen, stellte sich vor und streichelte pflichtbewusst die Pudel, die rechts und links ausgelassen an ihm hochsprangen. Dann bewegte sich der Vorhang erneut und Corina und Raves Pitu, die Trapezkünstler, traten ein, zusammen mit Giulio Elmo, dem Jongleur. Zwei weitere Stühle, zwei Holzkisten und ein Cajon wurden herangeholt und als zusätzliche Sitzgelegenheiten in einem lockeren Kreis zusammengestellt. Als Letzter tauchte Frank Pracht auf. Er entschuldigte sich dafür, dass er zu spät sei, obwohl Bens Uhr gerade erst zwei Minuten nach eins zeigte. Frank setzte sich zu Franjo Hirsch auf eine der Kisten. Ben war aufgefallen, dass Frank lediglich zu Aletta Augenkontakt gesucht hatte. Ihr hatte er knapp zugenickt und ein Lächeln angedeutet. Den Blicken der anderen Kollegen schien er, bewusst oder unbewusst, auszuweichen.

Ben hoffte, dass Pedro Möller das Wort ergreifen würde, und als hätte dieser seine Gedanken gelesen, fing er gleich an. Er hielt eine kurze, eloquente Rede, in welcher er auf die Situation einging und seine Bestürzung über Lily Polleys Tod zum Ausdruck brachte.

Ben nutzte die Zeit, um alle Anwesenden zu mustern. Die Gelegenheit war günstig. Alle schauten mehr oder weniger betreten zu Boden oder ins Leere. Aletta Fernström fing gleich an zu schluchzen, als Pedro Möller noch nicht einmal den ersten Satz beendet hatte. Dicke Tränen quollen aus ihren Augen, die nach Bens Meinung schon vorher verweint ausgesehen hatten. Hier trug sie selbstverständlich kein paillettenbesetztes Kleid wie bei der Show, sondern eine Jeans und einen weit ausgeschnittenen, blauen Baumwollpullover, der schlabberig von ihr herabhing und ab und zu, je nachdem, wie sie sich bewegte, Hautpartien zeigte, die besser im Verborgenen blieben. Ihre nackten Füße steckten in zwei grünen, abgelaufenen Frottiersandalen, wie man sie im Wellnessbereich von mittelklassigen Hotels geschenkt bekam. Anscheinend hatte sie ein Faible für Bequemlichkeit, wenn sie sich nicht gerade in ihr Bühnenoutfit zwängen musste. Die Pudel hatten sich an beiden Seiten neben den Stuhl gelegt, auf dem sie saß, und dösten so entspannt vor sich hin wie es nur Hunde konnten. Franjo Hirsch saß neben ihr und kam dem entspannten Hundeblick zumindest auf die Schliche. Es schien, als wollte er, dem Anlass angemessen, betrübt aussehen. Auf Ben wirkte es eher so, als hätte er gestern zu viel Alkohol und zu wenig Schlaf bekommen und müsste sich Mühe geben, nicht vom Stuhl zu kippen. Er war höchstens Mitte zwanzig, körperlich absolut in der Lage, zu tun, was der Täter mit Lily Polley getan haben musste, aber er war nachweislich die ganze Zeit im Partyraum gewesen, wie die Bildstrecke von Gerold Schottner bewies.

Dasselbe traf auf das Pärchen mit der Trapeznummer zu. Ihr Auftreten verblüffte Ben am meisten, denn sie saßen auf den Holzkisten nebeneinander, hielten sich überkreuzt an den Händen – seine Linke in ihrer Linken und seine Rechte in ihrer Rechten. Das allein sah schon kurios aus und wurde durch die Tatsache getoppt, dass sie in ihrem Bühnenoutfit hier aufgelaufen waren. Er in einem blauen, hautengen Anzug mit Glitzerstreifen an allen Nähten und einer übertrieben großen, roten Rüsche unter dem Hals. Sie in einer kurzen Hose und einem engen T-Shirt im selben Design, zum Glück nur ohne Rüsche. Ben, der von ihrem Bühnenprogramm sehr beeindruckt gewesen war, fand, dass sie hier eher wirkten wie eine zu bunte Fotografie von einem Zirkusprogramm der siebziger Jahre.

Giulio Elmo, alias Elmar Neuenburg aus dem Erzgebirge, war entweder vollkommen mit den Nerven runter, oder er spielte diese Rolle herausragend. Bereits bei der Show, ebenso später bei der Party, war Ben aufgefallen, dass Giulio Elmos Gesten und Bewegungen stets größer waren, als es den Anlässen entsprechend erforderlich gewesen wäre. Er schien hochgradig extrovertiert und liebte es, wahrgenommen zu werden. Dass er verweint und schluchzend dasaß und in regelmäßigen Abständen in ein schon vor langer Zeit unbrauchbar gewordenes Papiertaschentuch schnäuzte, unterstrich diese These. Sein Verhalten passte vollkommen ins »Gesamtbild Giulio Elmo«. Dieser Mann wirkte auf Ben wie eine ständige Inszenierung seiner selbst. Trotzdem, oder vielleicht gerade deshalb, fand er ihn sympathisch.

Der Letzte in der Runde, gleich rechts neben Ben, war Frank Pracht. Er wirkte ziemlich nervös, wippte im Takt mit dem Bein, sah sich ständig nach rechts und links um und rieb seine Hände aneinander. Seine Haare hatte er nicht frisiert. Sie standen zerwühlt vom Kopf ab. Er sah aus, als hätte er mehr als eine Nacht schlecht geschlafen. In Anbetracht der Situation, in der er sich befand, ein legitimes Erscheinungsbild. Wahrscheinlich war ihm klar, dass die Polizei ihn verdächtigte.

Pedro Möller beendete soeben seine kleine Ansprache und bat um eine Schweigeminute für Lily Polley. Er hatte die Themen »Verdacht« und »Täter« aus seiner Ansprache komplett herausgehalten. Ben fragte sich, ob der Grund dafür Pietät sei, oder ob er sich immer noch nicht vorstellen könne, dass einer seiner Künstler etwas mit Lily Polleys Tod, und den Sabotageakten zu tun hatte.

»So. Vielen Dank, Leute«, beendete er nach maximal zwanzig Sekunden die Schweigeminute und fuhr fort: »Wieder einmal heißt es: *The show must go on*. Ich hätte gerne länger dichtgemacht, aber das kann ich mir nicht leisten – und ihr euch auch nicht. Franjo, kannst du an Lilys Stelle deine Rola-Bola Nummer zeigen?« Franjo nickte. »Ach ja. Dann muss ich euch noch unseren neuen Kollegen Ben Pruss vorstellen.« Er deutete auf Ben, der in Anbetracht der Tatsache, dass alle ihn plötzlich anstarrten, versuchte, freundlich und unverbindlich zu wirken. »Ben ist Masseur und Osteopath und was nicht alles … Was noch mal, Ben?« Er hatte seine gewohnte, bollerige Art wiedergefunden.

»Ja, ja …« Ben räusperte sich und wäre Pedro Möller wegen der ungefragten Beförderung am liebsten ins Gesicht gesprungen. »Also Masseur, ich bin …«

Pedro Möller schnitt ihm das Wort ab. »Jedenfalls wird er sich um euch kümmern, wenn ihr irgendwelche Wehwehchen habt oder euch durchkneten lassen wollt. Er hat die freie Garderobe neben der von euch, Corina. Haut ihm ruhig ordentlich Termine rein, die Rechnung schickt er mir sowieso.« Er lachte kurz, und da alle Blicke wieder auf Ben gerichtet waren, fühlte dieser sich berufen, ebenfalls etwas zu sagen: »Ja. Kommt gerne! Sprecht das einfach mit mir ab.« Er lächelte in die Runde, kam sich dämlich dabei vor und redete weiter: »Tut mir leid, dass ich nichts mehr tun konnte für Lil... für eure Kollegin.«

Giulio schnäuzte sich diskret, dann herrschte für einen Augenblick wieder betretene Stille.

Eigentlich hatte Ben gehofft, dass sich das kleine Treffen auflösen würde. Er wartete, dass jemand den Anfang machte, die Bühne zu verlassen, denn er fand es nicht schicklich, der Erste zu sein.

»Es ist so schrecklich«, sagte Aletta Fernström plötzlich. Alle Blicke wanderten schlagartig zu ihr. Sie schniefte in ein durchtränktes, graues Einmalhandtuch. Ben konnte nicht anders, und verzog angewidert den Mund. Er verspürte den dringenden Wunsch, ihr ein Taschentuch aus seinem frischen Päckchen anzubieten. Er hatte immer ein Paket mit Papiertaschentüchern dabei. Eine Angewohnheit, die er von seiner Mutter übernommen hatte – mit dem Unterschied, dass er unter ihrer Fuchtel, seit er denken konnte, immer ein frisch gebügeltes Stofftaschentuch in der Hosentasche dabeihaben musste. Unwillkürlich erinnerte er sich an mehrere Situationen, in der sich seine Mutter beschwert hatte, wenn sein Taschentuch schmutzig war, obwohl er ohnehin jeden Tag ein neues bekam. Gut, dachte er, dann war das hier wohl noch nicht ausgestanden.

Ein jähes Schluchzen, schon eher ein Schrei, unterbrach seinen Tagtraum. Aletta Fernström hatte sich von ihrem Sitzplatz erhoben. Sie hielt sich die Hände vors Gesicht, wobei ihr Taschentuch auf den Boden fiel und ein deutlich vernehmbares Plopp ertönen ließ. Ben wusste bis zu diesem Zeitpunkt nicht, dass es möglich war, einem Papiertaschentuch solch einen Ton zu entlocken.

Die Hunde spürten die plötzliche Unruhe ihres Frauchens und tippelten nervös und winselnd um ihre Beine, die Köpfe dabei unentwegt an Aletta Fernströms Gesicht geheftet. Das nächste Geräusch aus ihrem Mund war ein Klagelaut erster Güte. Scheinbar unter großer Anstrengung riss sie sich die Hände vom Gesicht, blickte Pedro Möller mit weit aufgerissenen und tränennassen Augen an und schrie: »Irgendjemand hat es auf uns alle abgesehen. Wir sollen alle sterben.« Sie holte tief und pfeifend Luft und ging näher an Pedro Möller heran. »Was sagst du uns nicht, Pedro?«, fragte sie, während sie langsam und in gebeugter Haltung auf ihn zutappte. Die Hände, nach vorn gestreckt, als wollte sie von Pedro Möller keine Antwort, sondern einen Euro erbetteln. Franjo Hirsch war aufgesprungen und legte ihr von hinten beschwichtigend seine Hände auf die Schultern. Zumindest versucht er es, denn als sie die Berührung spürte, schüttelte sie sich in einer übertriebenen Geste von ihm los. Ben fand sich an das Bild eines Hundes erinnert, der sich nach einem erfrischenden Bad im See das Wasser aus dem Fell schüttelt. Franjo Hirsch hob beide Hände in die Höhe, als würde er mit einer Waffe bedroht, und setzte sich kopfschüttelnd zurück auf seine Holzkiste. Die Hunde bellten und tippelten umher, als wäre der Bühnenboden eine Herdplatte auf Stufe 3.

Auf Ben wirkte der Anblick grotesk und befremdlich unterhaltsam zugleich. Er war sich nicht sicher, ob es »in Ordnung« war, was er von der Situation hielt, denn für Aletta Fernström schien die Sache äußerst ernst zu sein. Er hingegen fühlte sich nicht in unmittelbarer Lebensgefahr, und sein größtes Problem war – nach wie vor – wie er seine Miete bezahlen sollte. Schön, wenn sich die Dinge manchmal relativierten, dachte er und schob den Gedanken grob beiseite, als er an Lily Polleys Tod dachte.

»Was hast du getan, Pedro?«, wollte Aletta jetzt mit einem anklagenden Tonfall wissen und starrte ihren Chef mit tränennassen Augen an. »Was hast du getan, das uns alle in Gefahr bringt?«

»Aletta, ich …«, begann Pedro Möller, wurde jedoch gleich wieder unterbrochen.

»Du kannst mir nichts erzählen. Uns allen nicht.« Sie machte eine kreisförmige Bewegung mit ihrem Arm, ohne den Blick von dem Varietéchef zu nehmen. »Irgendwas weißt du, und jetzt versuchst du, uns zu umgarnen, damit wir dir nicht weglaufen.« Sie drehte sich zu Ben um und zeigte mit bebendem Zeigefinger in seine Richtung. Dieser war unfreiwillig vom Zuschauer zur tragenden Rolle geworden und fühlte sich damit ganz und gar nicht wohl. »Du versuchst uns sogar mit kleinen Wellnessangeboten einzulullen. Opium fürs Volk, Pedro. Das nimmt dir keiner ab.«

»Aletta«, sagte Pedro Möller bestimmt und erhob sich von seinem Stuhl. Er brauchte sich nicht extra aufzublähen, um wesentlich größer als Aletta Fernström zu sein. Gleichzeitig erhob sich auch Frank Pracht von seiner Sitzgelegenheit, ging hinüber zu Aletta und legte ihr beide Hände auf die Schultern. Diesmal wehrte sie sich nicht gegen die Berührung, sondern schien sich etwas zu entspannen. Mit ruhigerer Stimme redete Pedro Möller weiter: »Ich verlange nur von euch, dass ihr eure Verträge erfüllt. Tut mir leid, aber das muss auch in dieser schrecklichen Situation sein, ansonsten kann ich den Laden dichtmachen!« Er blickte durch die Runde und heftete seinen Blick dann wieder an Aletta. »Und ihr müsst schließlich was verdienen.« Er fuhr sich einmal mit den Händen durch die Haare, und verschränkte sie dann hinter dem Nacken. »Was Ben angeht. Den habe ich, wie ihr wisst, schon vor Lilys Tod engagiert. Das eine hat nichts mit dem anderen zu tun.«

Die Lüge schien Pedro Möller leicht von den Lippen zu gehen, fand Ben, und er überlegte, ob es stimmen konnte, dass der Varietéchef wusste, worum es sich hier drehte? Aber warum hatte er dann Ben auf die Sache angesetzt? Er betrachtete Aletta, die schluchzend in Franjo Hirschs Armen lag und ihr Gesicht an dessen Schulter verbarg. Ihre Haare, die während der Show in golden glitzernden Löckchen, wie bei einem perfekten Posaunenengel, um ihren Kopf wallten, hingen fettig und verschwitzt herunter. Ben strich sie in Gedanken endgültig von der Liste der Verdächtigen.

Aletta Fernström. Hundedressur. Ein Original.

Nach dieser merkwürdigen Teambesprechung ging Ben in sein Behandlungszimmer, schloss die Tür hinter sich und atmete einmal prustend aus. Er war froh, nach dieser bizarren Aufführung erst mal für sich zu sein. Er begann damit, den Raum einzurichten. Er baute die Massageliege auf, was durch einen nahezu unknackbaren Scharnier-, Gelenke- und Feststellschräubchencode länger als zehn Minuten dauerte. Durch seine Hampelei mit vollem Körpereinsatz war das Behandlungsmöbel nach dieser Prozedur erfreulicherweise vollkommen entstaubt. Seine Kleidung würde er aber baldmöglichst wechseln müssen. Im Anschluss drapierte er die wenigen Utensilien, die er ansonsten noch mitgebracht hatte, ordentlich auf dem kleinen Plastiktisch, der sich ebenfalls im Raum befand. Er ertappte sich bei dem Gedanken, dass eine geschmackvolle Tischdecke den Liebreiz der Dekoration zusätzlich gesteigert hätte. Die Amethystendrusen und die Brocken Rosenquarz wirkten etwas armselig in dem großen Raum, aber dafür erzeugte der Verdampfer eine stattliche Menge Wohlduft und tauchte durch seine farbwechselnden LEDs den Raum in ein augenfreundliches Zwielicht. Die Zusatzfunktion *Meeresrauschen* würde er sich für später aufsparen.

Er öffnete die Tür und wartete. Niemand nahm Notiz von ihm. Auf dem Gang war es vollkommen still. Er wusste, dass Frank Pracht, Aletta Fernström und Franjo Hirsch in ihre Garderoben gegangen waren. Wohin die anderen verschwunden waren, entzog sich seiner Kenntnis. Er blickte auf seine Uhr. Viertel nach zwei.

Ben griff in seine Tasche und brachte ein paar Zettel aus einer Klarsichthülle zum Vorschein, die er in seinem Büro/Probenraum ausgedruckt hatte. Einen davon klebte er auf die Außenseite seiner Tür. *Tragt euch gerne für eine Behandlung ein!* war als Überschrift zu lesen, darunter zwei zweispaltige Tabellen. In den Zeilen der ersten Spalte jeweils mit Uhrzeiten von 17 bis

19 Uhr im Halbstundenrhythmus beschriftet, daneben etwas Platz für einen Namen. Zwischen den Terminen hatte er immer einen freien Block von 15 Minuten gelassen. Bei voller Auslastung würde er so maximal drei Termine am Tag vergeben. Dieses Verfahren stellte sicher nicht das Nonplusultra der erfolgreichen Kundenakquise dar, doch war es ohnehin sein Bestreben, mit so wenig medizinischen Anwendungen wie möglich aus dieser Sache herauszukommen. Über die erste Tabelle schrieb Ben mit Kugelschreiber das aktuelle Datum. Einen Moment überlegte er, ob er den Kugelschreiber an den Zettel klemmen sollte, warf ihn dann aber auf die Massageliege und zog die Tür hinter sich zu. Wer keinen eigenen Stift hatte, konnte sich auch nicht eintragen. Das kam ihm nur zupass.

Vor Lily Polleys Garderobe blieb er einen Moment stehen. Die Tür war von der Polizei versiegelt worden. *Amtliches Siegel*, las Ben. *Wer dieses Siegel beschädigt, ablöst oder unkenntlich macht oder den dadurch bewirkten Verschluss unwirksam werden lässt, macht sich nach § 136 StGB strafbar.* Ben hatte nicht vor, das Siegel zu brechen, obwohl er sicher war, dass sich in dem Raum, oder in Lilys Wohnung (deren Tür garantiert ebenfalls versiegelt war) leicht eine Schriftprobe von ihr finden ließ. Ben hatte aber bereits einen anderen Plan, um sich Gewissheit darüber zu verschaffen, ob Lily Franks heimliche Geliebte war. Allerdings musste dafür jemand anderes mitspielen, und Ben hatte keine Ahnung, ob er diese Person überreden konnte.

* * *

»Ich bin's. Ben. Lässt du mich rein? Ich bin gleich wieder verschwunden«, sprach Ben in das Mikrofon der Gegensprechanlage, nachdem sich kurz nach seinem Klingeln eine Frauenstimme mit einem metallisch klingenden »Ja, hallo?« gemeldet hatte.

Ein paar Sekunden passierte nichts, dann vibrierte der Türöffner. Ben stieß die schwere Holztür auf, und gleich empfing ihn ein typischer, muffiger Altbaugeruch, der ihn an das Treppenhaus seiner Tante in Herne erinnerte. Auf dem Weg in den zweiten Stock nahm er zwei Stufen auf einmal – er hatte es eilig, denn er wollte die Sache schnell erledigt haben.

Jenny stand in der halb geöffneten Tür. Eine Hand auf dem Türknauf, mit der anderen hielt sie in Kopfhöhe den Türrahmen fest. Ihre Körperhaltung zeigte mehr Offenheit, als ihre Worte vermuten ließen: »Was machst du hier? Ich hab dir doch gesagt, dass wir im Moment keinen Kontakt haben dürfen.« Sie sah Ben mit einem erbosten Funkeln in den Augen an, doch glaubte er zu erkennen, dass sie es nicht so ernst meinte. Ohne seine Antwort abzuwarten, trat sie ein Stück zurück, öffnete die Tür etwas weiter und sagte: »Komm rein.«

Ben erkannte die Wohnung wieder, doch war sie ihm merkwürdig fremd. Dass er zum letzten Mal hier gewesen war, lag Jahre zurück. Von der chaotischen Gemütlichkeit von damals war nicht mehr viel übrig. Die speckige Raufaser an den Wänden im Flur war einer ansprechenden Designertapete gewichen, der billige PVC am Boden war gegen feines Parkett ausgetauscht worden. Kein Zweifel, Jenny hatte sich verändert. Die einzige Veränderung in seiner Wohnung bestand aus zwei zusätzlichen Schichten Wandfarbe und einem neuen Billy-Regal im Flur – und mit leichter Beklommenheit gestand er sich ein, dass die einzige echte Veränderung in seinem Leben die zusätzlichen Falten rund um seine Augen waren.

Er schüttelte den Gedanken ab und betrat hinter Jenny das Wohnzimmer. Hier war der Wandel am deutlichsten zu erkennen: Er saß mit einer schmalzig gegelten Tolle und weit auseinanderragenden Schenkeln, bequem zurückgelegt auf der Ledercouch. Die Hände lässig hinter dem Nacken verschränkt – Benjamin Pankratz. Am liebsten wäre Ben gleich wieder abgehauen, doch er rang sich ein »Hi!« heraus und winkte knapp mit zwei Fingern.

An ihn hatte Ben gar nicht mehr gedacht. In seiner Vorstellung war Jenny solo, und gleichzeitig fiel ihm ein, dass er total vergessen hatte, wie er darauf gekommen war. Einfach wegen der Tatsache, dass sie ihn gefragt hatte, ob sie mal wieder zusammen Essen gehen sollten? Wie behämmert musste man sein? Jahrelang waren sie die besten Freunde gewesen, und er hatte sich gleich irgendwas ausgemalt, nur weil sie sich mit ihm treffen wollte. Wahrscheinlich hatte sie das sogar bemerkt und deswegen das Treffen abgesagt. Er war wütend auf sich und überlegte, was er tun sollte. Seinen Plan durchzuziehen, konnte er unter diesen Umständen vergessen.

Na wunderbar, da hatte er sich ja schön in die Scheiße geritten!

Doch dann fiel ihm auf, dass der Typ auf der Couch eine Jacke trug, und Ben kannte nur einen möglichen

Grund dafür – er war nur kurz da und wollte gleich wieder gehen.

Wie zur Bestätigung erhob sich Benjamin von der Couch, lächelte sein schmieriges Lächeln und sagte: »Hi Benni!«, und an Jenny gewandt: »Ich lass euch beiden Hübschen dann mal alleine. Ich nehm die Kisten mit, und komm dann nächste Woche noch mal rein wegen den restlichen Sachen, okay? Ich rufe vorher an.« Er bedachte Ben von oben bis unten mit einem abschätzigen Was-willst-du-Arsch-hier-Blick und ging in den Flur. Unbewegt warteten Jenny und Ben die wenigen Sekunden ab, die Benjamin brauchte, um »die Kisten« aus irgendeinem anderen Raum zu holen und ohne ein weiteres Wort zu verschwinden.

»Der hat Benni zu mir gesagt«, sagte Ben mit einer gespielten Empörung.

Jenny lachte. »Klar, er weiß ja, dass du das nicht leiden kannst.«

»Ihr seid also ...« Er wedelte mit dem Zeigefinger hin und her.

»Getrennt. Ja, hab ich dir doch am Freitag erzählt.«

»Ja, nee, klar ... Ich hab mich nur gewundert, dass er hier war.«

»Überall fliegen noch Sachen von ihm rum. Immer wenn ich was finde, schmeiße ich das in einen Umzugskarton, und ab und zu holt er die ab. Setz dich doch.« Sie deutete mit dem Finger den Bruchteil einer Sekunde auf den Platz, der eben noch von Benjamin Pankratz besetzt gewesen war, änderte dann aber rasch die Richtung und zeigte auf den Sessel auf der anderen Seite des Couchtisches. Ben zog sich seine Jacke aus, warf sie über die Lehne und setzte sich. Sich einfach in Jacke hinzusetzen, wie sein Erzfeind Benjamin, ging gar nicht. »Ich will nicht lange stören, Jenny. Es geht noch mal um die Sache im Varieté.«

»Ich kann dir dazu nichts sagen, weil ich nicht in die Ermittlungen einbezogen werde. Selbst dann dürfte ich dir gar nichts sagen.«

»Ja, das ist mir schon klar.« Er versuchte, einen möglichst beschwichtigenden Tonfall anzuschlagen, und wählte seine nächsten Worte mit Bedacht. »Ich bin nur gekommen, weil ich dir noch was erzählen wollte.« Das war zwar nicht die ganze Wahrheit, er hoffte aber, auf diese Weise unauffällig auf sein tatsächliches Anliegen umschwenken zu können. »Es gibt etwas, das ich dir noch nicht erzählt habe, neulich im Varieté.«

Jennys Aufmerksamkeit schien angefacht. Sie setzte sich Ben gegenüber auf die Couch (neben die Stelle, auf der Benjamin gesessen hatte) und schaute Ben mit ernstem Interesse an.

Dieser interpretierte den Blick als Einladung weiterzureden. »Also eigentlich bin ich da gar nicht als Masseur engagiert. Das ist die Version, die die Angestellten kennen. Ich hab auch überhaupt keine Ahnung vom Massieren.«

»Aha!«, sagte sie grimmig triumphierend. »Ich wusste doch, dass da irgendwas faul ist an der Sache. Und als was wurdest du dann dort angestellt? Doch als Eierjongleur?«

Sie sagte diesen Satz mit einem eher angedeuteten Lächeln, und Ben war sich unsicher, ob sie es witzig gemeint hatte oder nicht. Er spürte, wie sich sein nächster Satz in seinem Kopf Wort für Wort bildete und welche unmittelbar negativen Wirkungen diese Wörter auf seinen Körper hatten. Es fühlte sich an, als hätte er einen seiner berühmten Klumpen im Magen – das Mathegefühl (benannt nach dem üblichen Empfinden, das er als Schüler ein bis drei Wochen vor Mathearbeiten gehabt hatte) ließ grüßen. Gleichzeitig breitete sich eine Hitze in ihm aus, und es schien ihm vollkommen lächerlich, vor dieser Frau diesen nächsten Satz auszusprechen. Es fühlte sich lächerlich an, diesen Satz vor sich selber, oder besser gesagt *in* sich selber – nur im eigenen Kopf – auszusprechen. »Nee. Ich bin da …« Er räusperte sich kurz, weil seine Stimme zu versagen drohte. »Ich bin da als Detektiv angestellt.«

»Als Detektiv!« Jenny betonte den Satz als Feststellung, nicht als Frage, zog dabei die Stirn kraus und bekam große Augen. »Und das bedeutet?«

Und Ben erzählte ihr die ganze Geschichte. Vom Anruf von Pedro Möller, von der alten Geschichte, bei der er schon einmal so etwas wie »Detektiv« gespielt hatte. Von seinen Geldsorgen, seiner Flaute bei Auftritten, und von den Vorfällen im Varieté, die er untersuchen sollte. Er erzählte ihr, dass er sich selbst nicht erklären könne, wie er da reingestolpert sei, aber dass er wirklich Lust habe, mal was Idiotisches in seinem Leben auszuprobieren. Er erzählte ihr, dass er mit Hilfe von Kai schon einige Dinge herausgefunden habe, und er erzählte ihr auch, dass er bei seinem alten Kumpel Uwe gelernt habe, Schlösser zu knacken, und das Ganze bereits an Frank Prachts Garderobe ausprobiert hatte. Und als er richtig in Fahrt war, und Jenny nur ab und zu nickte oder kurze Verständnisfragen stellte, erzählte er ihr auch noch, dass er sich total geschämt habe, vor ihr das Wort »Detektiv« auszusprechen, und dass er sich jetzt größere Sorgen machen würde, weil es ja um Mord gehe, und dass er absolut keine Ahnung habe, was er eigentlich tun sollte. Er sagte das alles – und es fühlte sich richtig an, es auszusprechen. Ganz anders, als diese Dinge mit Kai zu besprechen. Das waren Männergespräche, die viel einfacher strukturiert waren: »Ich bin Detektiv!« »Was, Alter?« »Detektiv!« »Echt? Geil!« Zielführend. Direkt. Deutlich. Das hier war anders, und es war gut, dass es anders war. Als er merkte, dass seine Geschichte zu Ende und mittlerweile fast eine Dreiviertelstunde vergangen war, lehnte er sich im Sessel zurück und blickte Jenny erwartungsvoll an.

»Oh Mann, Justus Jonas«, stieß sie aus. »Da hast du dir ja was Schönes eingehandelt. Ich brauche erst mal was zu trinken.« Sie stand auf und ging in die Küche, und als sie zurückkam, war Ben fast enttäuscht, als sie nur eine Flasche Mineralwasser mit zwei Gläsern in den Händen hielt und keinen Scotch.

»Und was jetzt?«, fragte Jenny, nachdem sie getrunken und die Gläser auf dem Tisch abgestellt hatten?

»Na, ich mache auf jeden Fall erst mal weiter. Schließlich verdiene ich 150 Euro am Tag, und das kann ich echt gebrauchen. Und vielleicht bekomme ich ja irgendwas raus.« Er suchte in Jennys Gesicht nach Verständnis und fand keines.

»Du hast es hier mit Mord zu tun, Ben. Das ist eine ganz andere Hausnummer!«

»Ja, aber du steckst ja *auch* in diesem Mordfall mit drin.« Er hielt kurz inne. »Als Ermittlerin, meine ich.«

»Das ist doch was ganz anderes!« Jenny klopfte sich mit der flachen Hand an die Stirn. »Ich bin Gerichtsmedizinerin. Ich untersuche die Leiche. Und du schnüffelst da im Leben von irgendeinem Wahnsinnigen rum. Was meinst du, was passiert, wenn der das rausbekommt?« Nun benutzte sie die Hand, mit der sie sich eben vor die Stirn geschlagen hatte, um sich mit ihr in einer angedeuteten Geste die Kehle von links nach rechts aufzuschneiden.

»Ach, jetzt mach aber mal 'nen Punkt!«, antwortete Ben und setzte sich aufrecht in den Sessel. »So schlimm wird's schon nicht. Ich pass ja auf!«

»Wollen wir mal hoffen, Ben Pruss.« Sie sah nicht zufrieden aus – ihre Körpersprache und ihr Gesichtsausdruck deuteten darauf hin, dass sie eingesehen hatte, dass sie ihren alten Freund nicht umstimmen würde. »Bist du nur gekommen, um mir das zu erzählen?« Ihre Stimme klang skeptisch, und Ben wurde wieder zitterig, weil die eindeutige Antwort auf die Frage ein Nein sein musste.

Stattdessen sagte er: »Ja, ja, im Prinzip schon … Nur eine Sache gäbe es da, die ich noch mit dir besprechen wollte.«

»Aha, dachte ich's mir doch!« Sie ließ sich zurück an die Lehne fallen, und Ben tat es ihr nach.

Vorsichtig setzte er an: »Kann man jemanden anhand seines Lippenabdrucks identifizieren? Also, ich meine, wie mit einem Fingerabdruck?«

Sie zog skeptisch eine Braue hoch, was ihrem hübschen Gesicht zusätzliche Süße verlieh. Zum Glück schien sie die Frage nicht für so abwegig zu erachten, um Ben die

Antwort zu verweigern. »Na ja. Ein Fingerabdruck bleibt ein Leben lang gleich. Da könntest du noch nach fünfzig Jahren einen Fingerabdruck einer Person zuordnen. Das geht beim Lippenabdruck nicht. Wenn der Lippenabdruck und die Untersuchung der eventuell dazugehörigen Person allerdings nicht zu weit auseinanderliegen, dann wäre das unter Umständen möglich.«

»Unter Umständen?«

»Ja, klar. Der Abdruck darf nicht zu verschmiert sein, die Struktur und die Falten müssen zu erkennen sein.« Sie verschränkte die Arme vor der Brust. »So, dann sag mir doch mal, wofür du das wissen willst!«

Ben kramte in der Innentasche seiner Jacke, die er über die Sessellehne geworfen hatte, und holte den Zettel mit dem Lippenstiftabdruck hervor. »Hier, den habe ich aus Frank Prachts Garderobe mitgenommen.«

»Was? Du hast dem was geklaut? Bist du wahnsinnig?«

»Ach was.« Er winkte ab. »Das lag im Mülleimer, kein Problem. »Ich muss nur wissen, wem dieser Lippenabdruck gehört. Ich könnte wetten, der gehört dieser Lily Polley. Schriftvergleich würde gehen, aber ich bekomme nichts Geschriebenes von ihr in die Hände, ihre Garderobe und die Wohnung wurden von der Polizei versiegelt und ...« Er blickte von dem Stück Papier auf und sah, dass Jenny die Augen geschlossen hatte. Sie wirkte auf Ben wie jemand, der sich große Mühe gab, nicht vor Ärger zu platzen. Drei tiefe Atemzüge später öffnete sie ihre Augen und sah Ben scharf an. »Du fragst mich nicht gleich zufällig, ob ich schnell in die Gerichtsmedizin spazieren kann, die Leiche aus dem Kühlfach hole und mal eben einen kleinen, inoffiziellen, und vollkommen verbotenen Lippenabgleich für dich mache?« Ihre Stimme wurde immer lauter, sodass Bens fast geflüsterte Antwort einen interessanten Klangkontrast bildete. »Muss nicht sofort sein. Ich dachte, vielleicht morgen.« Er lächelte schüchtern und merkte, dass er zu weit gegangen war. »Also … bei Gelegenheit.«

Jenny sprang fast von der Couch: »Das glaube ich jetzt nicht, Ben. Du kannst doch nicht von mir verlangen, dass ich für dich Untersuchungen an einer Leiche mache! Meinst du, ich mache das zum Spaß, oder was? Das ist mein Job, Mensch!« Sie griff sich mit den Händen ins Haar und sagte in einem resignierten Tonfall: »Du hättest nicht kommen dürfen. Wenn das einer herausbekommt, krieg ich echt Probleme. Du solltest besser gehen.« Demonstrativ nahm sie die Gläser vom Tisch und stampfte in Richtung Flur.

Ben nahm seine Jacke von der Lehne, warf sie sich über den Arm und trottete langsam hinter ihr her. Vor der Wohnungstür blieb er stehen, Jenny war einfach weiter in die Küche gegangen, ohne sich umzudrehen.

»Tut mir leid, Jenny. Ich wollte dir keine Probleme machen«, sagte er, indem er die Tür öffnete. Und es *tat* ihm leid, und er *wollte* Jenny keine Probleme bereiten – trotzdem hatte er den Zettel bei ihr auf dem Wohnzimmertisch liegen gelassen.

* * *

Ben hatte gewusst, dass Jennys Moralvorstellungen und ihr Gerechtigkeitssinn sehr ausgeprägt waren; trotzdem ärgerte er sich über sie. Sie konnte doch wohl diese Lippenmuster vergleichen. Dass sie so einen Aufstand deswegen machen musste, konnte er nur schwer nachvollziehen.

Da er noch Zeit hatte und keine Lust, schon wieder ins Varieté zu fahren, ließ Ben sein Auto stehen und ging in die nah gelegene Fußgängerzone. Er hatte eingesehen, dass er als echter Detektiv Equipment brauchte, und das wollte er sich jetzt besorgen. Mit dem akut Wichtigsten fing er an: eine Currywurst mit Pommes Mayo bei seiner Lieblingsfrittenbude, denn seit dem Frühstück hatte er nichts mehr gegessen. Danach ging er zielstrebig in einen Handyladen, der in drei verschiedenen Sprachen auf dem Schaufenster *Billig! Billig!* versprach, und kaufte sich das einzige Handy, das er sich leisten konnte. Ein altes Huawei aus zweiter Hand. Technisch meilenweit entfernt von seinem Nokia, aber in die andere Richtung ebenso weit entfernt von der Technik, die heute up to date war. Nicht leisten konnte er sich definitiv auch das satte Vertragsupdate für Telefon- und Internetflatrate mit EU-Paket und LTE, dass ihm der versierte Verkäufer mit den Worten »Alter, brauchst du auf JE-DEN-FALL!« in Nullkommanichts verscherbelt hatte. Es war ihm überhaupt nicht klar, was zu tun war, um sein neues Schmuckstück zum Sprechen, Knipsen oder Leuchten zu bringen, aber er hatte ja einen Kai zu Hause auf der Couch sitzen, der sich bestens mit so was auskannte.

Als Nächstes besorgte er sich in einem Ein-Euro-Shop eine Kombination aus Taschenlampe und Lupe in einem kleinen, braunen Kunstledermäppchen. Im Seitenfach gab es sogar noch ein Nähset, eine Nagelschere und eine Feile. Eine Taschenlampe wollte er ohnehin kaufen (er wusste zu diesem Zeitpunkt noch nicht, dass sich das Blitzlicht seines neuen Handys als Taschenlampe benutzen ließ – später würde ihn diese Tatsache vor Begeisterung aufjuchzen lassen), aber für die Lupe schämte er sich. Die kam ihm doch etwas zu klischeehaft vor, und er musste an Sherlock Humbug aus der Sesamstraße denken, der immer mit Lupe vor der Nase durch die Gegend lief. Nein, mit seiner Taschenlampen/Lupen/Näh/Maniküre-Kombination würde er nicht öffentlich auftreten, doch das Ding kostete nur drei Euro und trug in seiner Innentasche nicht großartig auf. Danach kaufte er sich eine Packung schwarzer Latex-Einweghandschuhe und 150 Klarsichttütchen im Sparpack mit praktischem ZIP-Verschluss.

Neben der Kasse stand ein kleines Rondell mit Taschenbüchern. Der Titel eines Taschenbuchs vor ihm in Augenhöhe ließ ihn kurz zusammenzucken. *Handbuch für Detektive* hieß es, und er wähnte sich für Sekunden im siebten Himmel. Dann bemerkte er, dass es sich nur um einen Roman von Jedediah Berry handelte und der Inhalt sich leider nicht mit echter Detektivarbeit befasste. Er war in Kauflaune und legte es trotzdem in seinen Korb. Vielleicht würde es eines Tages *Einer flog über das Kuckucksnest* ablösen, welches er seit 2010 »las« und in das er irgendwie nicht richtig reinkam.

»Das kann nicht dein Ernst sein!« Kai sah Ben fassungslos an. Dieser stand der Couch gegenüber, auf der Kai seit nahezu 72 Stunden mit einigen Fress- und Toilettenpausen sein Dasein fristete, und hielt sein neues Handy in Triumphpose hochgestreckt. »Du kannst dir doch kein altes, veranztes Huawei kaufen! Dann kannst du gleich bei den Chinesen anrufen und denen deine geheimsten Geheimnisse erzählen« Kai tippte sich demonstrativ mit dem Zeigefinger vor die Stirn, stand von der Couch auf und nahm Ben das Päckchen aus der Hand. Er drehte es auf die Rückseite und hielt es sich nah vor die Augen. »Und nur 16 GB. Was willst du denn mit 16 GB?« Sein Gesicht hatte einen leidenden Ausdruck, als hätte ihm seine (im realen Leben nicht-existente) 14-jährige Tochter gebeichtet, dass sie im vierten Monat schwanger sei – und zwar von einem 42-jährigen, holländischen Versicherungsvertreter.

»Was? Der Verkäufer hat gesagt, wenn ich keine Filme drauf gucken will, sind 16 GB mehr als genug. Da passen über 500 Bilder drauf. Und das Betriebssystem total ausgereift. Andromeda 7.1.« Pikiert nahm Ben Kai die Verpackung wieder ab und drückte sie sich gegen seine Brust.

»Android«, korrigierte ihn Kai, immer noch mit gerunzelter Stirn. »Hast ja schön auswendig gelernt, was der Verkäufer dir beigebracht hat. Mann! Warum hast du mich denn nicht gefragt?«

»Hallo? Du hast mir damals einen Linuxrechner aufgeschwatzt. Dabei hat jeder normale Mensch Windows drauf. Dieser ganze Spezialkram ist vielleicht was für dich. Ich brauche es eben so einfach wie möglich!«

»Mmmh«, grummelte Kai und streckte seine Hand aus. »Dann gib her, ich starte dir das. Und mach dir auch noch Homebrew drauf, sonst kannst du damit ja gar nichts anfangen. Und ich mach das an deinem Computer. Huaweischeiß klemme ich mir nicht an meine Kiste!«

»Joa, mach du ma«, entgegnete Ben, der keinen Schimmer hatte, was Homebrew sein sollte. Gleichzeitig war er schlau genug, Kai nicht danach zu fragen und einen unkontrollierten und in der Regel nicht sonderlich erhellenden Redeschwall auszulösen. »Äh, das dauert doch nicht länger als 'ne halbe Stunde, oder? Dann muss ich los ins Theater, und ich würde das gerne mitnehmen.«

»Das kannst du vergessen, das dauert ein paar Stunden. Und die neue Simkarte muss aktiviert werden. Das bedeutet, dass dein altes Handy dann nicht mehr funktioniert.«

Für einen Moment fühlte sich Ben wie Gollum, dem sein wunderbarer Schatz weggenommen wurde. Sein altes Handy hatte seinen ohnehin bereits sehr geringen Wert mit einem Mal vollkommen eingebüßt. Dann beruhigte er sich damit, dass er 34 Jahre lang ohne ein Smartphone ausgekommen war und er das heute Abend auch noch schaffen würde.

Er sollte sich irren.

KAPITEL 7

Das Kapitel mit Wehklagen und Blut und in dem Ben ordentlich eins auf die Nase bekommt.

Irgendetwas kam Ben merkwürdig vor, als er den langen Gang zu den Garderoben betrat. Er hätte nicht sagen können, was es war – er fühlte deutlich eine in ihm hochschleichende innere Unruhe. Vielleicht war es die Tatsache, dass es zehn Minuten später war, als er geplant hatte. Es war bereits 17.10, und der erste Behandlungstermin auf seiner Liste war für 17.00 Uhr angesetzt. Er war vom Hintereingang gleich durch die Tür zu dem seitlichen Gang gelaufen, ohne einen Blick in den Backstage-Bereich oder auf die Bühne zu werfen. Er blieb vor dem breiten Fenster stehen, durch welches man in den Saal schauen konnte. Dieser lag dunkel und still vor ihm, nur die Notbeleuchtung entlang der Gänge und die Notausgangsschilder leuchteten matt. Wie es schien, war noch niemand hier. Er wunderte sich darüber. Irgendwie hatte er eine hektische Betriebsamkeit, zumindest bei den Technikern, erwartet. Doch die Show war eingespielt, so bestand wahrscheinlich einfach keine Notwendigkeit, so früh da zu sein.

Er werde wohl nichts zu tun haben, dachte er halb froh darüber und halb enttäuscht. Froh, dass es ihm erspart blieb, jemanden durchzukneten, und enttäuscht, weil er sich erhofft hatte, mit einem Künstler aus dem Ensemble reden zu können. Ihm fiel der Zettel ein, den er an seine Tür gepinnt hatte, und er ging ein paar Schritte weiter. Seine innere Unruhe sprang schlagartig um in eine handfeste Beklommenheit. Irgendetwas stimmte hier nicht. War da ein Geräusch? Er neigte den Kopf in Richtung der Tür, vor der er stand. Frank Prachts Garderobe. Nein. Da war kein Geräusch, doch er hätte schwören können, dass da eben ...

»Aaaaaaaaaaaah«

Ein langgezogener, kehliger Laut erfüllte plötzlich den Gang. Nicht laut, aber so durchdringend und fürchterlich, dass Ben das Gefühl hatte, die Haut in seinem Nacken würde sich abschälen. Er war unfähig, sich zu bewegen, unfähig zu rufen. Er WUSSTE, dass er rufen musste. Er WUSSTE, dass er sich bewegen musste, war jedoch erstarrt vor blankem Entsetzen. Und dieses Entsetzen steigerte sich eine Sekunde später in nackte Panik, als das nächste Geräusch den Gang erfüllte.

»Ngngng ... gchchchch ... ich ... biiiitte ...«

Er wusste nicht, ob er sich die Worte, die er vernommen hatte, nur einbildete, oder ob sie wirklich gesprochen worden waren. Wobei Sprechen eindeutig übertrieben war. Es war eher der Laut von jemandem, der Sprache nur noch denken konnte, und aus irgendeinem Grund nicht mehr in der Lage war, sich zu artikulieren. Ben hatte Angst, den Grund dafür zu sehen, doch er spürte, dass er sich wieder bewegen konnte. Er vermutete, die Rufe – er war sich jetzt sicher, dass es Rufe waren – mussten aus einem Raum weiter vorne im Gang kommen. Er hörte ein leises Klopfen – als würde jemand stetig mit den Fingern auf eine Tischplatte klopfen.

Das Geräusch kam näher, und Ben war sich sicher, den richtigen Raum gefunden zu haben. Sein Behandlungszimmer.

* * *

Kai hatte keine große Freude an dem, was er tat. Und dass, obwohl von außen betrachtet alles nach seinem Geschmack war: gedämpftes Licht, ein 19-Zoll-Monitor vor einer Tastatur und satte, laute Techhouse-Beats, die aus einem quadratischen Bluetooth-Lautsprecher kamen, der nicht größer als ein Zauberwürfel war. Doch der Schein trog. Der Monitor war ein altes Röhrengerät, welches für heutige Verhältnisse ungewohnt stark flackerte. Auf dem Computer lief eine in die Jahre gekommene Version von Windows Vista, und der Computer selbst stammte aus einer Zeit, in der Vista noch der letzte Schrei bei Bill-Gates-Jüngern war – dementsprechend langsam reagierte er. Die Musik allerdings war in Ordnung. Sie stammte von seinem Handy und wurde drahtlos zur Box übertragen. Kai drehte die Lautstärke höher und wippte dazu im Takt. Er saß im Büro/Probenraum an Bens Computer und installierte die Software, die nötig war, um Bens neues Telefon zu aktivieren. Die SIM-Karte hatte er zuvor online freigeschaltet und danach ins Handy eingesetzt.

»Huawei!«, murmelte er vor sich hin. »Wie kann man sich nur ein Huawei kaufen?« Dabei tippte er, klickte mit der Maus und wippte weiter mit dem Körper zur Musik. Er sprach die Worte nicht verbittert, sondern eher aus Gewohnheit. Es war ihm im tiefsten Herzen klar, dass dieses Handy für Ben absolut ausreichte, und dass auch ein Computer mit Windows-Betriebssystem in Ordnung für ihn war. Allerdings hatte er selbst Prinzipien, und die besagten eben: kein Windows, kein Apple-Kram und nix von Huawei oder einer anderen chinesischen Datenfresser-Firma. So einfach war das! Man würde ja als BVB-Fan auch nicht zu Schalke wechseln, nur weil man näher an Gelsenkirchen wohnte!

Er überlegte noch, ob der Vergleich Sinn ergab, als ein sanftes Pling anzeigte, dass die Software installiert war und ab sofort benutzt werden konnte. Er startete das Programm und schloss das neue Handy per USB-Kabel an. Ein paar Mausklicks später zeigte das Display mit einem schmalen, gemächlich länger werdenden Streifen an, dass sich gerade ein Update des Betriebssystems installierte.

»Na, das kann dauern«, sagte Kai vor sich hin und lehnte sich an, ohne den Blick vom Ladebalken zu nehmen.

Schon wenige Sekunden später wurde er dessen überdrüssig, nahm sich seinen eigenen Laptop und klappte ihn auf. Ein Gefühl der Wohligkeit überkam ihn beim Anblick der vertrauten Linux-Oberfläche, bei der ein Laie auf den ersten Blick keine großen Unterschiede zu Bens Windows entdecken würde. Er hatte sich eben überlegt, die Zeit zu nutzen, um sich ein weiteres Mal auf dem Rechner des Fotografen Gerold Schottner umzusehen. Vielleicht war doch noch irgendwas Interessantes zu finden. Routiniert klickte er sich in sein Programm *TrOHjan-SPsY* ein und sah, dass der Status von Schottners Rechner mit *online* betitelt war. Er konnte sich also in Ruhe umsehen.

Fotos, Fotos und nichts als Fotos waren auf dem Computer zu finden, wie es bei einem Fotografen nicht anders zu erwarten war. Hin und wieder mal ein Ordner mit Dessousfotos von mehr oder minder hübschen Damen. Ansonsten war da nichts Interessantes zu finden, und er wollte sich schon ausloggen, als ihm die Idee kam, im Browserverlauf nachzusehen, auf welchen Internetseiten Gerold Schottner sich so herumtrieb. Er klickte gerade auf das Firefox-Symbol, als das Telefon klingelte. Einen Moment schaute er es verdutzt und unschlüssig an, dann griff er zum Hörer und stellte mit der anderen Hand die Musik am Handy leiser.

Er meldete sich mit »Kai Siebert«. Sofort fiel ihm auf, dass es unpassend war, sich an einem fremden Telefon mit seinem eigenen Namen zu melden, und er setzte rasch hinterher: »… am Telefon von Ben Pruss.«

»Ach! Das ist ja mal interessant!«, meldete sich eine ihm vertraute Stimme, und er musste lächeln.

»Hey, Jenny! Schön, von dir zu hören. Hab ja mitbekommen, dass du und Ben in letzter Zeit wieder öfter miteinander zu tun habt. Ha!«

»Stimmt wohl!«, sagte sie mit einem gespielt mysteriös klingenden Unterton. »Den wollte ich eigentlich auch haben, aber auf seiner Privatnummer geht nur der AB ran, und auf dem Handy ist der *temporarily not available*.«

»Ja, ich weiß. Er hat sich heute ein neues Handy gekauft. So ein China-Mist, und ich setz das gerade auf. Er ist ins Varieté gefahren. Soll ich ihm irgendwas ausrichten? Er hat mir erzählt, dass er nicht gerade gut bei dir angekommen ist mit seiner Idee heute.«

»Ich verstehe ... Es gibt Mitwisser!« Sie lachte, und es klang ehrlich.

»Ich stecke voll mit drin!«

»Na, dann kann ich es dir ja sagen. Die Antwort lautet: Ja!«

»Ja, was?«

»Ja, der Abgleich war positiv.«

»Also, du meinst das mit den Lippen, oder? Der Abdruck von Lily Polley stimmt überein?«

»Genau! Musst es ja nicht an die große Glocke hängen.«

»Nee, ist schon klar! Ich sag's keinem ... außer Ben natürlich. Das wird ihn interessieren. Und ... warte mal ...« Er hatte sich nebenbei in den Browserverlauf von Schottner eingeklickt und als dritten Eintrag etwas sehr Interessantes gefunden. »Jenny? Sorry. Du, ich muss hier was checken, ich sag Ben Bescheid, und der meldet sich dann bei dir, okay?«

Er hörte im Auflegen noch ein »Alles klar, bis dann!«, doch sein Gehirn war bereits mit etwas anderem beschäftigt. »Das ist ja lustig ...«, flüsterte er vor sich hin und rückte näher an den Monitor heran.

* * *

Das leise, stetige Klopfen hielt an. Eine Stimme, sofern man das Geräusch eine Stimme nennen konnte, hörte

Ben nicht mehr. Er legte die Hand auf die Klinke und drückte sie herunter. Er wollte nicht sehen, was sich hinter der Tür verbarg, doch ihm war klar, dass es keine Alternative gab, und Eile geboten war. Er stieß die Tür auf.

Ben erkannte, woher das Geräusch kam. Die zahlreichen einzelnen Eindrücke, die sich in weniger als einer Sekunde in seinem Kopf breitmachten, ergaben noch keinen zusammenhängenden Sinn, doch er wusste zumindest, woher das Klopfen kam. Es war das Geräusch, das die zuckenden Gliedmaßen der Person von sich gaben, die auf seiner Massageliege lag. Nun war auch wieder das kehlige Geräusch zu hören. »Ngngngng …« Nur viel leiser als vorher, deshalb hatte er es durch die geschlossene Tür nicht mehr gehört. Es kam ihm vor, als würde alles, was gerade geschah, in Zeitlupe ablaufen.

Frottiersandalen, dachte er, und der Gedanke fühlte sich zäh wie Gummi in seinem Kopf an. Mit erschreckender Nüchternheit stellte er fest, dass er wusste, wem sie gehörten. Er hatte sie heute schon einmal gesehen. Bei Aletta Fernström. Nein, Aletta hatte blonde Haare, und die Person hier auf der Liege hatte braune Haare. Oder nicht? Er war sich nicht sicher und ging ein Stück näher heran, ohne seine Beine zu spüren. Ben erkannte, dass die Person ihn starr anblickte. Die Augen weit aufgerissen. Auf ihren Lippen hatten sich Blasen aus Spucke und Blut gebildet, die stetig platzten und neu entstanden. Platzten und neu entstanden. Sie krampfte jetzt stärker. Es war Aletta. Eindeutig. Automatisch griff Ben in seine Innentasche und holte das Lederetui mit Lupe und Taschenlampe hervor, das er am Nachmittag gekauft hatte. Als er wählen wollte, bemerkte er, dass es nicht sein Handy war. Dann fiel ihm ein, dass er das Handy im Auto gelassen hatte, als er angekommen war. Es hatte nämlich keinen Empfang mehr gehabt, weil Kai bereits die neue SIM-Karte aktiviert hatte.

Er hob den Kopf und sah, dass ihm gegenüber, auf der anderen Seite der Liege, jemand stand. Wie hatte er den übersehen können? Es war Frank Pracht. Sein Gesicht glänzend und nass vor Schweiß, Tränen und Rotz. In seinen Augen erkannte Ben den puren Irrsinn. Und von einer Sekunde zur nächsten erfasste Ben die ganze Szene klar und deutlich. Er sah das Messer, welches bis zum Heft in Alettas Hals steckte. Er sah, dass ihre Haare auf derselben Körperseite braun erschienen, weil sie blutgetränkt waren, auf der anderen Seite hatte sie nach wie vor ihre kleinen, goldenen Engelslöckchen. Es schien, als wollte Alettas unangetastete Körperhälfte den Schein wahren und so tun, als wäre überhaupt nichts passiert.

»Was hast du ihr angetan?«, schrie Ben Frank an, und er blickte sich nach etwas um, das er Frank über den Schädel ziehen konnte. Er raste vor Wut.

Franks zitternde rechte Hand ging zum Heft des Messers. »Nimm die Flossen da weg!«, schrie Ben, und Franks Hand zuckte zurück. Ben wusste, dass das Messer nicht herausgezogen werden durfte. Darüber hinaus hatte er keinen Schimmer, was er tun sollte. Er MUSSTE zunächst Frank unschädlich machen, damit Aletta überhaupt noch eine Chance hatte. Er ging beherzt an Alettas Kopfseite an der Liege vorbei auf Frank zu und schlug ihm seine Faust, ohne darüber nachzudenken, mit aller Kraft ins Gesicht. Frank taumelte einen Schritt zurück und fand Halt an der Tischplatte hinter ihm, die fest mit der Wand verschraubt war. Der pure Wahnsinn stand ihm im Gesicht.

»Nicht!«, schrie er Ben an, und fast klang es wie ein Flehen.

Ben trat einen Schritt näher an ihn heran und spürte, wie seine rechte Schuhsohle sich mit einem klebrigen Ächzen vom Boden löste. Er hatte in der Blutlache gestanden. Übelkeit überkam ihn. Er ignorierte dieses Gefühl und holte erneut aus.

Gleichzeitig kam Frank auf ihn zu. »NEIN!«, schrie dieser, und holte seinerseits aus. Seine Arme bewegten sich nach hinten und zur Seite, als hätte er einen Knüppel in der Hand, mit dem er ausholen wollte. Aber seine Hände waren leer.

Ben hatte den Eindruck, einen komplett Verrückten zu beobachten. Seine Bewegungen schienen nicht von ihm zu kommen, sondern er wirkte wie … Ben wusste es nicht … wie ferngesteuert? Wie eine Puppe? Wie eine groteske 3D-Animation? Ein weiterer Schlag. Schwärze vor Bens Augen. Nicht *er* hatte getroffen. Er war getroffen *worden*. Er konnte unmöglich zu Boden gehen, das war ihm klar. Er zwang sich, die Augen zu öffnen, doch er sah nichts. Er wusste nicht mehr, wo oben und wo unten war. Lag er oder stand er noch? Und mit einem Mal war es ihm vollkommen gleichgültig. Alles wurde wieder leicht. Sein Verstand verabschiedete sich von der Welt.

* * *

Es klingelte. Diesmal Kais eigenes Handy. Eine ihm unbekannte Nummer.

»Kai Siebert«, meldete er sich.

»Hi. Ich bin's noch mal, Jenny.«

»Hi Jenny, Ben ist noch nicht wieder hier. Der ist bestimmt noch …«

»Deswegen rufe ich an«, platze sie ihm ins Wort. »Es hat einen zweiten Mord im Varieté gegeben, und Ben war wieder mittendrin.«

»Erzähl mir nichts!«

»Doch. Er wurde zusammengeschlagen und liegt im Sankt Johannes.« Es kostete sie offensichtlich Mühe, sachlich zu klingen.

»Ach du Scheiße! Was hat er denn? Ich meine …«

»Keine Ahnung, weiß keiner, der noch hier ist. Ich bin nur an den Tatort gerufen worden und hab das erst gerade erfahren. Ich wollte dir nur Bescheid geben, weil sich ja sonst wahrscheinlich keiner bei dir gemeldet hätte.«

»Oh Mann, dann werde ich gleich mal dahinfahren.«

»Kannst du machen, aber du kommst bestimmt nicht durch. Der liegt da mit Polizeischutz, weil er jetzt wieder verdächtigt wird.«

»Verdächtigt? Ach, das ist doch Bockmist!«

»Du weißt das, und ich weiß das. Aber an zwei Morden zugegen sein, und beide Male zufällig, sieht eben nicht gut aus. Der Mord ist zudem noch in seinem Behandlungsraum passiert.«

»Ich werde bekloppt! Du erzählst mir hier auch keinen Müll? Nicht, dass Ben neben dir steht und ihr euch kaputtlacht?«

»Schön wär's! Nee. Ich werde mir als Nächstes mal die Leiche vornehmen und zusehen, dass ich Beweise finde, damit Ben aus dem Schneider ist. Ich melde mich wieder. Und wenn du was von Ben hörst, sag mir Bescheid!«

»Mach ich. Auf jeden Fall!«

»Seine Eltern sind übrigens informiert, darum brauchst du dich nicht zu kümmern.«

»Armer Ben. Das hätte ich ihm sowieso erspart. Mach's gut … und danke noch mal.« Er legte auf, klappte sein Laptop zu und zog Bens Handy vom USB-Kabel. Es war fertig eingerichtet.

KAPITEL 8

Das Kapitel, in dem Bens Erinnerung unsanft zurückkommt, wir seine Eltern persönlich kennenlernen und er heimlich flüchten muss, um nicht überrannt zu werden.

Ben hatte keine Ahnung, wo er sich befand. Mehrere Minuten, es mochten drei oder vier gewesen sein, lag er, wo er lag, wie er lag. Er spürte nicht viel, er sah nicht viel. Es war dunkel in dem Raum. Nur ein wenig Licht fiel irgendwo von der Seite herein und ließ die blassen Schemen eines Tischs und eines Stuhls sichtbar werden. An der Wand hing ein Bild, doch Ben konnte das Motiv nicht erkennen.

Ich liege auf meiner Massageliege, kam es ihm in den Sinn, doch er verwarf den Gedanken gleich wieder.

Irgendwas war doch mit seiner Massageliege gewesen, oder? Er bekam es nicht zusammen. Noch nicht. Ihm war klar, dass etwas mit ihm nicht stimmte, und er hielt diesen Zustand merkwürdigerweise für okay. Einfach dazuliegen, war in Ordnung. Augen offen oder geschlossen. Es rauschte in seinen Ohren, und auch das war okay. Er spürte, wie sein Geist langsam in die Dunkelheit zurückdriftete.

Angenehm …

Leise …

Dann sah er mit einem Mal das Bild vor seinen Augen. Ohne Vorwarnung und schonungslos mit jedem grausigen Detail. Aletta Fernström. Mit Messer im Hals. Und in der Sekunde brach die Erinnerung über ihn herein. Er stöhnte und spürte, wie er keine Luft mehr zu bekommen schien. War er im Krankenhaus, oder war er entführt worden? Er wollte sich aufrichten, doch der plötzliche Schmerz in seinem Nacken belehrte ihn eines Besseren. Vorsichtig drehte er den Kopf – immer den Schmerz erwartend, doch der blieb, zumindest in dieser Position, glücklicherweise aus. Neben seiner linken Hand hing ein kleiner Kasten mit einem Knopf an einem Kabel herab. Er griff danach und drückte.

Keine halbe Minute später öffnete sich die Tür, die er bisher nur an dieser Stelle geahnt hatte. Ein heller Lichtkegel flutete den Raum. Ben erkannte, dass das Bild an der Wand ein Aquarell mit Himmel, Wolken und dem Eiffelturm zeigte. Auf dem Tisch wurde eine Vase mit Plastikblumen sichtbar, und rechts oben an der Wand hing ein Fernseher. Die schwarze Silhouette, die in der Türöffnung sichtbar wurde, verwandelte sich in eine junge Frau mit Pferdeschwanz, blauem Oberteil und weißer Hose. Sie lächelte ihn freundlich an. Ben schmerzte das wenige Licht in seinen Augen, und er war froh, dass die Krankenschwester so nett gewesen war, nicht den Lichtschalter zu betätigen. Im sanften Lichtschein bemerkte er, dass er mit dem rechten Auge ungewöhnlich viel von seinem Gesicht wahrnehmen konnte, offenbar war diese Gesichtshälfte angeschwollen.

»Guten Morgen, Herr Pruss. Ich bin Schwester Linda. Sie befinden sich im Sankt-Johannes-Hospital.« Sie hatte eine sanfte Stimme, und sie redete angenehm leise. Ben vermutete, dass es früher Morgen sei, und sie bestätigte das mit ihrem nächsten Satz: »Es ist 2.45 Uhr. Sie wurden gestern Abend eingeliefert. Können Sie sich erinnern, was passiert ist, und warum Sie hier sind?«

Ben zögerte mit seiner Antwort. Er wusste nicht genau, was er sagen sollte. Vielleicht sowas wie: Klar, weiß ich, warum ich hier bin. Auf meiner Massageliege lag eine Frau mit Messer im Hals, und der Typ, der ihr das angetan hat, stand daneben, wissen Sie? Ich habe daraufhin versucht, mit meiner neuen Lupe die Polizei anzurufen, was der Typ gar nicht lustig fand und mir eins über den Schädel gegeben hat.

Stattdessen nickte er nur knapp und merkte, dass Nicken seinem Hals nicht guttat. Er sog scharf die Luft ein und sagte: »Was ist mit … was ist mit der anderen Frau?«

Lindas Gesichtsausdruck wechselte und zeigte ehrliche Betroffenheit. »Tut mir leid. Ich habe gehört, dass die Frau nicht überlebt hat.«

»Oh nein.« Ben schloss die Augen und spürte, wie die letzte verbliebene Energie mit einem Schlag aus seinem Körper wich. Er hatte das Gefühl, ganz in der Matratze zu verschwinden.

Linda räusperte sich und sagte dann: »Herr Pruss, Sie haben eine Gehirnerschütterung und ein leichtes Schleudertrauma. Ihr Gesicht ist auf der rechten Seite stark geschwollen. Wir haben Ihnen Schmerzmittel verabreicht. Sie sollten sich möglichst wenig bewegen.

Wenn Sie mögen, kann ich Ihnen noch etwas zum Einschlafen geben.«

Er brauchte nicht lange überlegen – es gab nur zwei Möglichkeiten. Entweder die ganze Nacht bewegungslos und wach im Bett liegen und an Aletta mit Messer im Hals denken, oder sich mit Hilfe einer chemischen Keule ins Reich der Träume beziehungsweise der Nicht-Träume schicken zu lassen. »Das wäre nett, vielen Dank!«, sagte er und versuchte ein Lächeln, welches ihm kläglich misslang.

»Übrigens, vor der Tür sitzt ein Beamter der Polizei, nur falls …« Sie zögerte. Wahrscheinlich wusste sie nicht, wie der Satz weitergehen sollte.

Ben bedankte sich für die Auskunft und nickte versehentlich, was ihm einen spontanen, grellen Schmerz bereitete.

»Ach ja …«, fuhr sie während seines Stöhnens fort. »Ihre Eltern wurden von der Polizei informiert, und kurz nach elf kam jemand für sie. Ein Kai, glaube ich. Den Nachnamen habe ich vergessen.«

»Siebert.«

»Ja, Siebert, das war's wohl. Ich durfte ihm ja nichts sagen …« Sie schien abzuschätzen, ob das in Bens Sinne gewesen ist, und fügte dann hinzu: »Ich hab ihm gesagt, er könne sich ja bei Ihren Eltern erkundigen. Ich denke, dann ist er wieder nach Hause gegangen.«

»Das glaube ich nicht«, murmelte Ben.

»Wie bitte?«

»Ach nichts.«

»Und er hat etwas für Sie dagelassen.« Sie ging an den Kleiderschrank neben der Tür und holte eine Verpackung hervor. »Ein Handy. Oder zumindest etwas in einer Handy-Verpackung. Ein Handy wird bestimmt nicht drin sein, diese alten Huawei-Dinger gibt es heute nur noch im Museum. Ich lege Ihnen das hierhin, wenn Sie das später auspacken wollen. Okay? Ich gehe dann mal die Medizin holen.« Sie legte das Päckchen auf Bens Nachttisch und verschwand. Die Tür ließ sie dabei offen.

Ben öffnete die Verpackung, und natürlich war es sein neues Handy. Er drückte den Knopf unterhalb des Displays und sah, dass er eine SMS von Kai erhalten hatte.

Hi Ben, was machst du denn wieder? Wenn du das gelesen hast, bitte sofort melden.

Ben entsperrte das Handy und fand die App zum Schreiben von SMS. Er antwortete: *Alles soweit OK bei mir. Vielen Dank für das Handy. Ich muss jetzt noch 'ne Runde schlafen. Melde mich morgen früh.*

Zwei Tabletten und zwanzig Minuten später schlief er wieder.

Als er erwachte, fühlte sich sein Mund an, als hätte er an einem Kuhfladen gelutscht und danach seinen Rachen trockengeföhnt. Als Nächstes registrierte er, dass die Schmerztabletten ihre Arbeit eingestellt hatten, und dass das hereinfallende Tageslicht nicht das war, was seine Augen sich wünschten. Hinzu kam, dass er äußerst dringend pinkeln musste. Langsam, nahezu andächtig, erhob er sich aus seinem Bett. Eine Bewegung nach der anderen, um spontane Schmerzattacken möglichst gering zu halten. Das funktionierte recht gut. Keine drei Minuten stand er etwas unsicher auf den Beinen. Sein ganzer Kopf pochte, und er spürte, wie ihm schwindelig wurde. Er blickte an sich herab. Er trug das unvermeidliche, typische Krankenhausnachthemd – im Rücken drei Mal geknotet. Danach prüfte er, ob er etwas darunter trug. Zum Glück ja.

Unterhose: ausgerechnet die mit zwei nicht zu verachtenden Löchern im Bund.

T-Shirt: ausgerechnet das mit dem braunen Fleck unbekannter Herkunft auf der linken Brust.

Hätte er mal auf Tante Karla gehört, dachte er, denn die achtete stets auf korrekte Unterwäsche, für den Fall, dass sie spontan ins Krankenhaus eingeliefert werden musste. Er fühlte sich nicht nur erbärmlich, er sah eindeutig erbärmlich aus.

Im Augenwinkel fiel ihm auf, dass sich ein Ganzkörperspiegel an einer der Schrankwände befand, und als er langsam den Blick darauf richtete, dachte er in einem Anfall von Galgenhumor: Bestimmt trage ich ein Haarnetz. Doch er sah kein Haarnetz. Was er sah, war deutlich schlimmer, und er musste mit starrem Blick näher an den Spiegel treten, um glauben zu können, was er da sah. Seine rechte Wange ab Höhe des Ohrläppchens war bemerkenswert angeschwollen. Es sah so aus, als hätte er einen Tischtennisball in die Wangentasche gesteckt. An seinem Ohr hing ein großes, weißes Pflaster, das nahezu die ganze Muschel bedeckte, und ein blutiger Kratzer zog sich von seinem Jochbein bis hinunter zum Kinn.

Er tastete sich sanft ab, und es fühlte sich an, als ob die geschwollenen Teile seines Gesichts gar nicht richtig zu ihm gehörten. Plötzlich fiel ihm ein, dass er pinkeln gehen wollte, und er bewegte sich langsam und sachte in Richtung Badezimmertür.

Als er fertig war und sich ausgiebig die Hände und so gut es ging das Gesicht gewaschen hatte, hörte er, dass in seinem Zimmer schon die nächste Herausforderung auf ihn wartete. Seine Mutter. Nicht, dass sie etwas gesagt hätte. Nein, er erkannte sie zweifelsfrei am Klang ihrer Schritte. Sie klackerte auf ihren Pumps, wie es schien, mindestens vier bis fünf Mal den Raum ab, bevor sie mit einem nörgeligen Unterton fragte: »Wo ist er denn nu?« Jetzt wusste Ben, dass sogar sein Vater sich die Zeit genommen hatte mitzukommen, weil dieser spezielle Nörgelton ausschließlich für ihn bestimmt war. Wahrscheinlich dachten sie, dass es mit ihm zu Ende ging, denn seinen Vater hätte er an einem Tag mit offizieller Sprechstunde nun wirklich nicht hier erwartet. Dass seine Eltern zu ihm durchgelassen wurden, schien darauf hinzudeuten, dass er zumindest nicht der Hauptverdächtige in dieser Angelegenheit war. Fast wünschte er sich, dass es anders wäre, und ihm seine Eltern dadurch erspart geblieben wären.

Er atmete ein letztes Mal vor der geschlossenen Tür tief aus und ein und hoffte, sich damit ausreichend für das zu wappnen, was ihm bevorstand. »Hallo!«, flötete er seinen Eltern mit maximal möglicher Fröhlichkeit entgegen, als er die Tür öffnete. Seine Mutter stand mit erhobener Faust keine fünfzig Zentimeter vor ihm. Offensichtlich hatte sie gerade ausgeholt, um an die Badezimmertür zu klopfen. Mit großen Augen sah sie ihn an. Die Klopf-Hand verwandelte sich schlagartig zur Ich-kann-es-nicht-glauben-und-muss-mir-den-Mund-zuhalten-Hand. »Ja, Bennilein ... was haben sie den nur mit dir gemacht? Schau mal, Wolfgang. Kannst du da nicht was machen?«

Sein Vater trat näher und begutachtete Bens Gesicht mit fachmännischer und emotionsloser Miene. »Das wird von alleine wieder. Guck, die Augen kann er ja problemlos bewegen«, sagte er und spielte auf das Augenverschrauben an, das Ben nicht rechtzeitig unterdrücken konnte – oder wollte.

Er humpelte zurück zu seinem Bett (obwohl er gar nicht humpeln musste) und legte sich vorsichtig auf die Matratze. Liebend gerne hätte er ein paar Schmerztabletten eingeworfen und noch einmal die Augen geschlossen. Er begnügte sich mit Letzterem, was seine Mutter ihm deutlich krummnahm.

»Ja, Benni, jetzt rede doch! Wir sind extra gekommen! Was haben sie mit dir gemacht?« Sie schob sich einen der Stühle heran und setzte sich neben Ben ans Bett. »Nimm dir einen Stuhl und setz dich, Wolfgang.« Wolfgang gehorchte, blieb allerdings auf Abstand. »Was haben sie mit dir gemacht, Junge?«, fragte seine Mutter zum dritten Mal, und Ben hielt es für besser zu antworten.

»Ach, halb so wild. Ich bin in eine Schlägerei geraten. Mir geht's gut.«

»Schlägerei?«, meldete sich sein Vater zu Wort. »Wohl eher eine Messerstecherei!« Dabei griff er in seine Innentasche, holte die aktuelle Ausgabe der *Ruhrnachrichten* heraus und warf sie auf Bens Bettdecke.

»Ach Wolfgang«, bellte Bens Mutter tadelnd und versuchte, rechtzeitig die Zeitung von Bens Decke zu nehmen, bevor dieser sie erhaschen konnte. Vergeblich. Ben faltete das Blatt auf und sah auf der Titelseite eine Außenaufnahme des *Zack*-Varietés. Davor standen zwei Streifenwagen der Polizei sowie ein Rettungswagen. Außerdem waren mehrere Polizisten und Sanitäter zu erkennen. *Weiterer Mordanschlag im Zack* ließ die Überschrift in großen, schwarzen Lettern verlauten. Ben überflog den Text und spürte, wie sein Magen sich verkrampfte. Gleich im ersten Absatz tauchte sein voller Name auf. Der Artikel gab zu bedenken, ob es Zufall sein könne, dass der »neue Gesundheitscoach der bisher noch keinen einzigen Arbeitseinsatz hatte« rein zufällig bei beiden Morden anwesend war. Hauptaugenmerk setzte der Schreiberling aber auf Frank Pracht, der, wie Ben lesen musste, seit gestern Abend nicht mehr gesehen wurde. Die Polizei fahndete nach ihm. Ein Foto zeigte sein Gesicht in Großaufnahme. Ben hatte das Bild schon auf Franks Webseite gesehen. Das Varieté sei bis auf Weiteres geschlossen, die Mitarbeiter seien verpflichtet worden, die Stadt nicht ohne vorherige Abmeldung bei der Polizei zu verlassen.

»Benni? Ja hörst du denn nicht?« Er sah von der Zeitung auf. Offensichtlich hatte seine Mutter mit ihm gesprochen, aber er hatte nichts mitbekommen. Sein Kopf schmerzte jetzt stärker. Ohne zu antworten, drückte er den Klingelknopf. Dann schob er seinen Körper wieder aus dem Bett und ging zur Tür. Magdalena Pruss fing gleich an zu lamentieren, er solle doch im Bett bleiben, er müsse schließlich wieder zu Kräften kommen, und sie wolle jetzt endlich wissen, ob es denn stimme, dass es kein Zufall gewesen sei, dass er bei den Morden anwesend war. Sein Vater schüttelte missbilligend den Kopf und sah beleidigt aus dem Fenster. Ben ignorierte beide. Er öffnete die Tür zu seinem Zimmer, was den älteren Polizeibeamten mit Glatze und ohne Dienstmütze dazu veranlasste, hastig aufzustehen. Hierbei schwappten einige Tropfen heißen Kaffees aus dem Pappbecher in seiner Hand auf seine Uniformhose. Er bedachte diese sogleich mit einem eingeschnappten Blick, so als wäre *sie* schuld an seiner Ungeschicklichkeit, und wandte sein Gesicht dann Ben zu. »Guten Morgen, Herr äh … Sie dürfen hier nicht raus, solange Sie noch nicht vernommen worden sind. Äh … Ja! Ich bin übrigens Polizeioberkommissar Dünkel.«

»Ich will nicht raus. Ich will, dass Sie Herrn Huntrich sagen, dass er möglichst schnell kommen soll, damit wir hier fertig werden.« Bens Nacken meldete sich in dieser Sekunde mit einem stechenden Schmerz, was ihn vernehmlich stöhnen ließ, dann flüsterte er: »Und beeilen Sie sich ein bisschen. Meine Eltern machen mich nämlich bekloppt.«

Auf dem Flur erschien die Schwester aus dem Frühdienst mit einem Tablett in der Hand. Logischerweise war es nicht Linda von letzter Nacht, trotzdem war Ben im ersten Moment enttäuscht – irgendwie hatte er genau sie erwartet. »Guten Morgen, Herr Pruss. Einmal Ihr Frühstück und Ihre Medizin«, sagte sie in einem gefrusteten Tonfall, der angemessen gewesen wäre, wenn Ben sie erst kürzlich vors Schienbein getreten hätte. Polizeioberkommissar Dünkel schien das zu merken, und er hob die Schultern, um zu zeigen, dass er keine Ahnung hatte, was los war.

Ben trat einen Schritt beiseite und ließ die Dame ins Zimmer zischen. Ihr Namensschild zeigte Ben, dass es sich um Schwester Erika handelte. Sie stellte das Tablett lautstark auf den Tisch neben Bens Vater ab. »Tabletten vor dem Essen. 11 Uhr ist Visite. Kaffee steht auf dem Flur.« Ihr schien einzufallen, dass Ben sein Zimmer nicht verlassen durfte, und sie fuhr fort: »Bestimmt kann Ihre Mutter Ihnen was holen.« Damit trat sie den Weg zurück auf den Flur an.

»Ist alles klar?«, fragte Ben, der leicht irritiert war.

»Herr Pruss. Wissen Sie eigentlich, wie viel Arbeit wir haben?«

Jetzt war er noch irritierter. »Äh … Nein?«

»Viel Arbeit. Den ganzen Morgen Gerenne.«

»Aha.«

»Da ist es nicht hilfreich, wenn alle drei Minuten das Telefon klingelt.«

»Das Telefon klingelt?«

»Ja, das Telefon klingelt, und es ist immer einer von der Presse oder vom Fernsehen, der Sie interviewen will. Das geht so nicht. Da können wir uns nicht drum kümmern!«

»Ah, okay. Das sehe ich natürlich ein«, versuchte Ben zu beschwichtigen. »Allerdings kann ich nichts dafür, oder?« Er versuchte es mit einem schelmischen, verschwörerischen Lächeln, was bei Schwester Erika nicht ankam.

»Sie sollten sich eigene Sachen bringen lassen. Krankenhauskleidung ist nur für den Übergang.« In dieser Sekunde hörte man durch die offene Tür, dass das Telefon auf der Station erneut klingelte. Schwester Erikas

Blick wechselte von streng zu verächtlich. »Entschuldigung. Ich muss mal ans Telefon.«

»Na, Benni, sag doch mal was«, bohrte seine Mutter erneut, sobald die Tür ins Schloss gefallen war.

»Mann, Mama. Lass mich einfach mal in Ruhe. Ich muss nachdenken. Am besten ist, ihr geht, und ich melde mich später bei euch!«

»Hab ich doch gesagt, dass das nichts bringt«, schnaubte sein Vater mit einem verächtlichen Unterton, ohne den Blick vom Fenster zu lösen.

»Und Anziehsachen brauchst du ja auch neue! Sollen wir schnell Sachen für dich holen? Gibst du uns den Schlüssel? Wir haben ja keinen eigenen. Warum eigentlich nicht?«

»Nee, Mama, lass gut sein, ich ...« In diesem Moment klopfte es an der Tür. »Ja?«

Ben hätte nicht geglaubt, dass er sich einmal so freuen würde, Kommissar Huntrich zu sehen.

Der Kommissar erfasste intuitiv, wie man Bens Mutter anpacken musste, wenn man etwas von ihr wollte – in diesem Fall war es ihr Verschwinden, das gewünscht war, und ebenso das Verschwinden von Bens Vater. Doch der Kommissar schien ebenfalls intuitiv erfasst zu haben, dass man sich nur um die Mutter kümmern musste – selbst wenn man etwas vom Vater wollte. Zwei klare Ansagen und ein unerbittlicher Blick reichten aus: »Sie müssen jetzt den Raum verlassen, ich darf Sie bitten, zu gehen.«

Keine 45 Sekunden später waren sie draußen. Ben alleine hätte das in 45 Minuten nicht geschafft, und er nahm sich vor, sich etwas von Kommissar Huntrichs mannhafter Konsequenz abzuschneiden.

»Ja, Herr Pruss. Dann erzählen Sie mal«, gab Kommissar Huntrich eine weitere klare Ansage, wobei er sich den Stuhl, auf dem eben noch sein Vater gesessen hatte, heranzog, sich setzte und Ben durchdringend ansah. Und Ben erzählte.

Er erzählte alles, was ihm einfiel und was er für nötig hielt, und er merkte, dass es eine Wohltat, zwar nicht für seinen geschundenen Körper, wohl aber für seine Seele war, zu erzählen. Irgendwie rückte es die Dinge in seinem Kopf zurecht. Es schien ihm nicht, als würde der Kommissar ihn verdächtigen, vielleicht war das auch nur eine Masche. Ben stellte fest, dass er keine Erinnerung mehr an den Schlag hatte. Oder waren es mehrere Schläge gewesen?

»Ich bin um die Liege herum, weil er anfing an dem Messer rumzuhampeln. Mir war klar, dass ich ihn irgendwie stoppen musste, bevor ich mich um Aletta kümmern konnte. Und blöderweise hatte ich mein Handy nicht dabei. Ich habe ihm dann mit der Faust ins Gesicht geschlagen.« Ben hielt bei diesen Worten die rechte Hand nach oben, und ihm wurde klar, woher der Schmerz in seinen Fingern kam. »Er schrie dann ›Nein‹ und ›Nicht‹ und so was, und dann muss er mir irgendwas ins Gesicht geschlagen haben, was mich umgehauen hat.«

»Einen Stein.«

»Einen Stein?«

»Ja. Es wird wohl Ihr eigener Stein gewesen sein. So ein Bergkristall oder Rosenquarz. Jedenfalls so was in der Art.«

»Damit hat er mich geschlagen? Mit meinem eigenen Rosenquarz?« Gedankenverloren rieb er sich über die geschwollenen Stellen in seinem Gesicht.

»Der Arzt meint, er hat mindestens zwei Mal zugeschlagen. Das ist ein klarer Fall.«

»Klarer Fall«, wiederholte Ben und wusste, dass der Fall ganz und gar nicht klar war.

»Was haben Sie zu dieser Uhrzeit eigentlich dort vorgehabt?«, wollte Kommissar Huntrich wissen.

»Ich hatte ja meinen ersten Tag. Ich meine als Gesundheitscoach.« Ben stellte fest, dass er dieselbe Bezeichnung wählte, wie er sie kurz zuvor in der Tageszeitung gelesen hatte. Er fand die Bezeichnung durchaus passend. Irgendwie hielt sie das Körperliche des Masseurs aus der Sache heraus. »Ich habe vorher am Nachmittag eine Liste an meine Tür geheftet, in die sich jeder eintragen konnte, der eine Behandlung wollte.«

»Und? Wollte jemand?«

Ben überlegte, und sein Blick schweifte aus dem Fenster. »Keine Ahnung. Ich meine, ich stand im Gang und hörte diese Geräusche, und ich habe überhaupt nicht mehr an diese Liste gedacht.«

»Ich kann's Ihnen sagen. Aletta Fernströms Name stand drauf. Für 17.00 Uhr.«

»Ist nicht wahr?« Ben sah Kommissar Huntrich mit ungläubig aufgerissenen Augen an. Wieder hatte er das Gefühl, als würde alle Kraft auf einmal aus seinen Gliedern gezogen. »Oh nein!« Er brauchte einige Sekunden, bis er weiterreden konnte: »Ich war zehn Minuten zu spät. Ich meine, es war zehn nach fünf, als ich im Gang war.« Er hielt sich die Hand an die Stirn, als wollte er testen, ob er Fieber hatte. »Wenn ich pünktlich gewesen wäre … dann hätte ich vielleicht noch was tun können. Oh Mann, vielleicht wäre es gar nicht so weit gekommen, weil ich Frank Pracht gestört hätte. Wahrscheinlich wusste der gar nicht, dass ich komme und …«

»Warum eigentlich Ihr Raum?«, unterbrach ihn Kommissar Huntrich.

»Wie bitte?«, fragte Ben irritiert und sah den Kriminalbeamten mit ebensolcher Miene an. Natürlich war die Frage mehr als berechtigt. Warum hatte das Ganze ausgerechnet in seinem Behandlungsraum stattgefunden? Kommissar Huntrich schien zu bemerken, dass Ben in dieser Hinsicht ein Licht aufgegangen war, und ignorierte die Frage. Stattdessen fragte er weiter: »War denn der Raum nicht abgeschlossen? Oder hatte jeder aus der Truppe einen Schlüssel dafür?«

Ben zögerte mit der Antwort, dann sagte er: »Ehrlich gesagt, kann ich Ihnen das nicht beantworten. Nach dem, was mir Pedro Möller gesagt hat, habe ich angenommen, dass nur ich einen Schlüssel dafür habe, und ein weiterer bei ihm im Büro hängt.« Er streichelte über seine Stirn und betrachtete durchdringend die Bettdecke über seinen Beinen. »Es kann … es kann sein, dass ich die Tür nicht wieder abgeschlossen habe, als ich mittags gegangen bin. Das kommt bei mir schon mal vor.« Irgendwie klang das in seinen eigenen Ohren wie eine Ausrede. Doch es stimmte. Mindestens einmal im Monat vergaß er, irgendeine Tür abzuschließen. Meistens seine Autotür, unmittelbar vor einem Auftritt. Er überlegte, ob er das dem Kommissar erzählen sollte, hielt sich aber zurück. Dieser nickte nur, ohne dass er sich in die Karten sehen ließ, ob er bereit sei, Ben seine Geschichte abzukaufen.

»Wissen Sie, ob zu der Zeit sonst noch jemand im Varieté war außer Ihnen dreien? Haben Sie jemanden gesehen?«

»Ich hab niemanden gesehen.«

»Auch nicht auf dem Parkplatz oder auf der Straße? Vielleicht einen Fremden, der sich auffällig benommen hat?«

»Äh … Nein. Gibt es Anzeichen dafür, dass noch jemand da war?«

»Ich frage nur. Reine Routine, Herr Pruss.« Dann erhob er sich abrupt von seinem Stuhl und machte Anstalten zu gehen, blieb an der Tür, die Hand auf der Klinke, aber noch mal stehen und drehte sich zu Ben um. »Kannten Sie Frank Pracht eigentlich schon vorher? Ich meine, bevor Sie als *Masseur* eingestellt wurden.« Er betonte das Wort Masseur in einer Weise, die Ben ganz und gar nicht behagte, und bevor Ben antworten konnte, fuhr er fort: »Ich hab mal gehört, dass man sich als Zauberer untereinander oft kennt.« Na klar, Huntrich hatte seine Hausaufgaben gemacht. Es war nur eine Frage der Zeit, dass etwas in dieser Richtung aufploppen würde. Was wusste er noch? Dass Ben überhaupt keinen Schimmer von Massage hatte? Dass er nie in China war? Dass er schon mal für einen Zauberauftritt abkassiert hatte, ohne eine Hälfte davon dem Finanzamt abzudrücken?

»Wir sind ein paar Mal auf denselben Kongressen gewesen. Haben vielleicht drei Sätze miteinander gesprochen. Frank Pracht ist im Gegensatz zu mir in der Szene recht bekannt. Von daher wusste ich, mit wem ich es zu tun hatte. Er nicht«, blieb Ben bei der Wahrheit.

»Mmh, mmh.« Kommissar Huntrich nickte und drückte die Klinke, ohne die Tür aufzuziehen. »Und seine Frau? Haben Sie mit der vielleicht auch schon mal zwei, drei Sätze geredet?«

Ben konnte nur mit Mühe ein Zucken unterdrücken. Was zauberte Huntrich denn die jetzt aus dem Hut? War es möglich, dass er von seinem Caller-ID-Sparkassen-Affäre-Geheimanruf über die USA wusste? Oder hatte die Frage gar nichts damit zu tun. Als Ben nicht gleich antwortete, schlicht und einfach, weil er zu perplex war, ergriff Huntrich erneut das Wort: »Ich meine auf so einem Kongress? Oder lässt man da die Frauen lieber zu Hause?« Er zwinkerte Ben vielsagend zu.

»Also die war meines Wissens nie dabei«, antwortete Ben zaghaft. »Und wenn, dann habe ich sie nie gesehen.«

Huntrich nickte wieder und zog die Tür auf. »Sie können das Krankenhaus verlassen, wenn Sie wollen. Aber ich muss Sie bitten, sich in den nächsten Tagen zu unserer Verfügung zu halten.« Grußlos verschwand er durch die Tür, und Ben konnte endlich wieder tief einatmen.

Ben stellte die Rückenlehne seines Bettes mithilfe der Fernbedienung in komplett waagerechte Position und starrte an die Decke. So statisch dieses Bild für einen Außenstehenden anmuten mochte, in Bens Kopf ging es hoch her. Nicht nur seine Gedanken schweiften wild umher, auch seine Kopfschmerzen waren wieder da. Warum Frank Prachts Frau? Gut, nach dem Brief zu schließen, den er in Frank Prachts Garderobe gefunden hatte und der mutmaßlich von Lily Polley verfasst war, hatte auch sie ein mögliches Mordmotiv. Zumindest in dem Fall. Was Aletta anging, tappte Ben im Dunkeln, aber vielleicht war das bei Huntrich anders. Noch mehr beschäftigte ihn aber die Tatsache, dass er nach dem Gespräch mit Huntrich Zweifel an Frank Prachts Täterschaft bekommen hatte. Einen greifbaren Grund dafür gab es nach Faktenlage allerdings nicht. Er schloss die Augen, fand aber keine Ruhe. Nach einigen Minuten richtete er sich auf, nahm sein Handy und klickte Kais Nummer an. Nach nur einem Klingelzeichen meldete er sich. »Ja endlich! Ich dachte schon, du meldest dich gar nicht mehr. Erzähl mir, was bei dir los ist, dann erzähle ich dir, was bei mir los ist!«

Ben berichtete Kai alles, was seit dem letzten Abend passiert war, und endete nach einer knappen Viertelstunde, in der Kai nicht viel zu sagen hatte, mit Huntrichs Besuch. Kai amüsierte sich köstlich über Bens Vorstellung, dass Huntrich etwas von dem Telefonat mit Evelyn Pracht wissen könnte. »Eher weiß der, wie David Copperfield durch die chinesische Mauer gelatscht ist, als was auf meinem Handy vor sich geht. Ich hab ja kein Huawei.« Das saß.

»Und«, fragte Kai, ohne eine Rückmeldung auf seine kleine Spitze abzuwarten. »Was willst du jetzt tun?«

»Ich komme auf jeden Fall so schnell wie möglich nach Hause. Geht mir nicht besser, wenn ich hierbleibe.« Er hielt einen kurzen Moment inne. »Ich weiß gar nicht, wo mein Auto ist? Bestimmt noch am Varieté. Kannst du mich abholen?«

»Klar, ich kann gleich losfahren.«

»Und dann werde ich Pedro Möller sagen, dass der Fall für mich beendet ist. Da muss sich jetzt Huntrich drum kümmern. Ich bin raus.«

»Nee, bist du nicht. Ich hab dir doch gesagt, dass ich dir was zu erzählen hab. Gleich im Auto.«

Das Krankenhaus zu verlassen, war schwieriger als gedacht. Nach seinem Telefonat mit Kai stellte Ben fest, dass Teile seiner Kleidung zwar im Kleiderschrank hingen, jedoch alles andere als noch straßentauglich waren. Der Kragen seines Hemdes, und der Schulterbereich seiner Lederjacke waren blutverschmiert. Bei Letzterer hielt sich die Verschmutzung in Grenzen, sodass Ben entschied, nur diese über sein T-Shirt zu ziehen. Seine Hose war, wie es schien, verschwunden, und er hielt es für möglich, dass er sich am Vortag, als er bewusstlos gewesen war, eingepinkelt hatte. Etwas, das ihm die Schamesröte ins Gesicht trieb. Zum Glück fand er sie dann doch noch, brav aufgebügelt im Schrank nebenan – trocken und nach wie vor brauchbar. Schuhe und Socken waren ebenfalls vorhanden.

Er ging ins Bad, zog sich hastig – zumindest so hastig, wie seine gebeutelten Knochen es ihm erlaubten – an, griff sich schnell seine wenigen privaten Sachen (Telefon, Kopfhörer, Ladekabel und Hemd) und war keine vier Minuten später bereit, das Zimmer zu verlassen. Das heißt, *er* war bereit. Das Krankenhaus war anscheinend noch nicht bereit, ihn so einfach aus seinen Klauen zu entlassen.

Als er die Tür öffnete, hörte er sie nur. Als Nächstes sah er sie – dann schloss er die Tür ruckartig. Er hoffte, dass sie ihn noch nicht bemerkt hatten. Er ging auf die Knie und blickte durch das Schlüsselloch. Eine Reportermeute stand vor dem Schwesternzimmer. Er machte drei Männer und zwei Frauen aus, mindestens drei Spiegelreflexkameras, eine Videokamera und zwei Mikrofone. Ihm wurde mulmig. Wie es schien, redete jeder von ihnen gleichzeitig, und Ben vermutete, dass sie mit Schwester Erika die Modalitäten für seine Auslieferung abklärten. Und tatsächlich, plötzlich hörte er Schwester Erikas starke Stimme, die sich mit aller Macht gegen das Gebrabbel sämtlicher Lohnschreiber und -filmer durchsetzte.

»Nein! Herr Pruss darf laut ärztlicher Anweisung keinen Besuch empfangen«, schrie sie, »und damit ist Schluss! Ich dulde auf meiner Station so ein Verhalten nicht und rufe jetzt den Sicherheitsdienst!«

Sicherheitsdienst? Gab's so was wirklich? Bisher hatte Ben den »Sicherheitsdienst« immer für eine Erfindung des amerikanischen Fernsehens gehalten, trotzdem schnellte Schwester Erika auf Bens Beliebtheitsskala spontan lockere dreißig Punkte nach oben. Ben überlegte, was er tun sollte. Wenn er einfach rausspazierte, würde die Meute ihn auf jeden Fall sehen und ihn aufs Korn nehmen. Klar konnte er die ganze Zeit »Kein Kommentar, kein Kommentar« rufen, aber sie würden garantiert Fotos machen. Ben war nicht eitel, doch sein vermatschtes Gesicht wollte er nicht gerade in den Ruhrnachrichten, und schon gar nicht in den Pro7-News sehen.

Die Tür des Bettenfahrstuhls schräg gegenüber dem Schwesternzimmer und auf der von Ben abgewandten Flurseite öffnete sich, und der »Sicherheitsdienst« erschien. Ben erkannte zwei Männer in Pflegerkleidung, die strammen Schrittes auf die Reportergruppe zuhielt. Zwei echte Kanten, die sofort mit einem lautstarken »Was ist hier los!« die Aufmerksamkeit auf sich zogen.

Ben nutzte diesen Moment der Ablenkung, um schnell seine Tür zu öffnen und in den Gang, der sich von seinem Zimmer aus nach links erstreckte, zu verschwinden. Zum Glück befand sich an dessen Ende das Treppenhaus. Im Erdgeschoss genügte ein verstohlener Blick in die Eingangshalle, um zu sehen, dass hier weitere Vertreter der schreibenden und der filmenden Zunft auf ihn warteten, und er entschied sich, in den Keller zu flüchten und nach einem Hinterausgang zu suchen.

Den gab es offenbar nicht. Zumindest fand er keinen hinter den Türen, die sich ohne Schlüssel öffnen ließen. Dann erspähte er ein nicht vergittertes Kellerfenster in einem der Räume, und einen Tisch, der perfekt darunter positioniert war, um als Räuberleiter zu fungieren. Es tat zwar weh, und Ben musste ein ums andere Mal vor Schmerzen aufstöhnen, aber er schaffte es, ohne weitere Blessuren aus dem Fenster zu klettern. Er stand direkt auf dem Parkplatz, und erst jetzt wurde ihm bewusst, dass er das Krankenhaus auch noch in einer anderen Weise mit dem Prädikat »eher unüblich« verlassen hatte. Der *übliche* Weg wäre gewesen, dass er sich irgendwo in der Verwaltung oder am Empfang offiziell die Entlassungspapiere geholt hätte, und sicher hätte er ein Formular unterschreiben müssen, welches das Krankenhaus von jeder Haftung entband, sollte es aufgrund seiner Verletzungen doch noch Komplikationen geben.

Aber das, so stellte Ben fest, juckte ihn wenig.

KAPITEL 9

Das Kapitel, in dem Ben drei Leute in ihrer Wohnung besucht und beim dritten Besuch Orte kennenlernt, die er nie sehen wollte.

Ein Varietébesitzer schien finanziell besser dazustehen als der durchschnittliche Varietékünstler. Nicht nur, dass Pedro Möller in einem der besten Viertel der Stadt, in Syburg, wohnte, sein Haus war zudem eines der prächtigsten in der Straße. Zurückgesetzt stand es in einem riesigen, im chinesischen Stil gestalteten Vorgarten, der von einem kunstvollen, schmiedeeisernen Zaun umgeben war. Zwei Seerosenteiche und mehrere äußerst gepflegt wirkende und liebevoll arrangierte Blumenbeete zogen Bens Blicke auf sich. Dieser konnte nicht anders, als anerkennend durch die Zähne zu pfeifen.

Nach dem Ausbruch aus dem Krankenhaus hatte er sich von Kai – der ihn bei seiner Fenster-Kletteraktion vom Wagen aus beobachtet (und ausgelacht) hatte – nach Hause bringen lassen.

»Schieß los!«, befahl er, noch während er umständlich versuchte, möglichst schmerzfrei auf den Beifahrersitz von Kais Auto zu gelangen.

Kai blieb einige Sekunden still und gaffte Ben ungläubig an. Dann sagte er: »Mann, aus der Nähe siehst du ja ganz schön vermatscht aus.«

»Danke«, gab Ben knapp zur Antwort, der sich genau so fühlte. »Und jetzt sag schon, warum ich mich nicht aus dem Fall ausklinken kann?«

»Also erst mal soll ich dir von Jenny sagen, dass der Lippenabdruck, den du ihr gegeben hast, der von Lily Polley ist.«

»Oh. Okay. Dann hat sie den Test doch gemacht.« Er schämte sich dafür, das von Jenny verlangt zu haben. Sie hatte ihm zuliebe ihren Job riskiert. »Trotzdem. Ich mach Schluss. Soll doch die Polizei selber rausfinden, dass die zwei was zusammen hatten. Wahrscheinlich wissen die das schon.«

»Da ist noch was«, entgegnete Kai. »Ich habe mir noch mal den Rechner vom Schottner angeguckt und mir dort den Browserverlauf angesehen. Er war auch auf der Burnit Webseite.«

»Echt?«

»Jau. Und in seinem Outlook habe ich Mails von Burnit gefunden, die bestätigen, dass er Nachrichten darüber verschickt hat, die auch vom Empfänger gelesen wurden. An wen das ging und was er geschrieben hat, konnte ich natürlich nicht sehen.« Er kratzte sich nachdenklich am Kopf und zog die Nase kraus. »Dass das ein Zufall ist, glaube ich im Leben nicht. Einer von unseren Freunden hat Nachrichten bekommen, ein anderer hat welche geschickt.«

»Dann hängt der da irgendwie mit drin.«

»Sieht so aus. Und mit diesem Wissen bist du sozusagen festgenagelt auf den Fall, denn du kannst das ja nicht einfach der Polizei stecken. Und wenn du nichts machst, dann würdest du das nicht mit deinem Gewissen vereinbaren können.«

»Du sagst mir etwas über *mein* Gewissen! Na, vielen Dank.« Er drehte den Kopf energisch in Richtung Beifahrerfenster, doch sein Nacken erinnerte ihn schmerzlich daran, dass er Bewegungen im Allgemeinen und Bewegungen speziell seiner Halswirbel momentan eher mit Bedacht ausführen sollte. Er wusste, dass Kai recht hatte, und das wurmte ihn. Er wollte Kai gerade »Und was ist mit *deinem* Gewissen? Du steckst da ja auch mit drin!« entgegenwerfen, als nach einer Kurve das Haus, in dem er wohnte, in ihr Sichtfeld rückte. Vor seiner Haustür wartete eine Horde Reporter. Er duckte sich instinktiv und unter weiteren Schmerzen in den Sitz und flüsterte, so als ob die Meute ihn hören könnte: »Fahr bloß weiter, nicht anhalten.«

Kai gehorchte und bog rechts in die Robert-Koch-Straße und dann wieder rechts in die Calvinstraße ein, deren erstes Eckhaus sich direkt hinter Bens Haus befand. Dort hielt er in der Einfahrt und ließ Ben aussteigen. Ben schlich in den Hinterhof, überkletterte einen, zum Glück nur hüfthohen, Jägerzaun, der die Grundstücke voneinander trennte, und betrat durch den Fahrradkeller das Haus. Seit er hier wohnte, war es das erste Mal, dass er den Schlüssel zur äußeren Kellertür benutzte, und er war froh über seine Nachlässigkeit, die ihn in den letzten Jahren davon abgehalten hatte, den Schlüssel vom Bund zu entfernen.

Kai selbst war wieder nach vorne gefahren und hatte das Haus auf dem üblichen Weg betreten. An ihm waren die Paparazzi nicht interessiert, und das war ihm mehr als recht.

Ben hatte zunächst mal lange und heiß geduscht. Sich bei allen Blessuren wieder halbwegs wohl in seiner Haut fühlend, bemerkte er, dass er Hunger hatte, und zwar ziemlich großen, und eine Minute später, dass er bis auf H-Milch, Haferflocken und eine schwarze Banane, die eher als Fruchtfliegenzucht denn als Mahlzeit taugte, nichts mehr im Haus hatte. Durch seinen Versehrten-und-Verfolgten-Bonus war es ihm ein Leichtes, Kai das Versprechen abzuringen, später einkaufen zu gehen. Was folgte, war dasselbe Spiel rückwärts. Kellertür, Jägerzaun und die Einfahrt des Nachbarhauses, was ihm diesmal empörte Blicke und ein Kopfschütteln einer alten Dame einbrachte, die gerade damit beschäftigt war, eine Wagenladung XXL-BHs auf eine Leine im Garten zu hängen. Das war ihm immer noch lieber, als irgendwelchen Fotografen vor die Linse zu laufen, und er guckte sich besorgt und misstrauisch um. *Verdächtiger im Varieté-Mord entkommt über Jägerzaun,* sah er schon die Schlagzeile vor seinem geistigen Auge. Dazu ein Bild mit seinem zugeschwollenen Gesicht, und der kopfschüttelnden BH-Nachbarin im Hintergrund. Nein danke! Er hoffte, dass dieser Spießrutenlauf nicht lange anhalten würde.

Kais Auto stand in einigem Abstand zu Pedro Möllers Haus in der Markusstraße. Ben und Kai schauten stumm hinaus und aßen Nudeln mit Hühnerfleisch, die sie auf dem Weg beim Chinesen besorgt hatten. Das Gebäude war ein altes, in Weiß- und Brauntönen gehaltenes Herrenhaus. Achsensymmetrisch, mit einer beachtlichen steinernen Treppe in der Mitte, die zu einem kunstvoll geschnitzten Eichenportal führte. Rechts und links flankiert von zwei steinernen, grauen Löwen, wobei der linke zu weinen, der rechte zu lachen schien.

Ben kratzte sich am Kopf. »Adresse ist richtig«, sagte er mit einem Unterton, bei dem unverkennbar durchklang, dass er Pedro Möller so ein Häuschen nicht zugetraut hätte.

»Muss stimmen«, antwortete Kai, »Da steht wieder so ein Ü-Wagen von RTL. Wie viele haben die denn davon?« Auf dem Gehweg auf der anderen Straßenseite lümmelten sich zwei Gestalten mit Spiegelreflexkameras gelangweilt auf einer kleinen Mauer und beobachteten das Haus.

»Wenn du da reinwillst, kommst du nicht ohne gesehen zu werden an denen vorbei«, sagte Kai mit vollem Mund.

»Aber du!«

»Was?«

»Na, du kannst wenigstens an denen vorbeimarschieren, ohne dass sie sich für dich interessieren. Dann klingelst du und sagst, wer du bist, und kannst mir das Tor aufmachen. Dann fahre ich rein.«

Kai musste zugeben, dass das keine schlechte Idee war. Sie parkten das Auto hinter der nächsten Straßenecke, damit die Reporter nicht sehen konnten, woher Kai kam. Ben konnte durch die Seitenscheibe und eine Schneise im Gebüsch eines Nachbargrundstücks genau erkennen, wenn sich das Tor öffnete.

Ganz ohne Aufmerksamkeit zu erregen, gelang es Kai nicht, an die Klingel rechts neben dem Tor zu kommen.

»Sind Sie irgendwer?«, fragte einer der Fotografen, der sofort damit begann, auf gut Glück einige Fotos von Kai zu schießen.

»Bin keiner«, gab Kai zur Antwort und schirmte mit der linken Hand, so gut es ging, sein Gesicht ab. Dann drückte er den unbeschrifteten Klingelknopf an der rechten Torseite.

»Na, haben Sie was mit dem Varieté zu tun oder mit der Toten?«

»Ich weiß nicht, was Sie ...«

Ein genervtes »Was wollen Sie?« aus der Gegensprechanlage unterbrach ihn.

»Ben schickt mich«, sagte Kai in Richtung des Lautsprechers.

»Ben? Ben Pruss?«, schrie der andere Fotograf, der bisher auf der Mauer sitzen geblieben war, und hob gleich wieder seine Kamera, um weitere Fotos zu schießen. Der andere tat es ihm gleich. Kai ignorierte die Frage nach seinem Namen und gab sich keine Mühe mehr, sich vor der Fotografiererei zu verstecken. Sein Gesicht hatten sie ohnehin draufbekommen, und was sollten die schon mit seinem Bild anfangen? Es surrte, und Kai konnte einen Flügel des Tors nach hinten schieben. Ben, der auf dem Fahrersitz Platz genommen hatte, sah das, startete den Wagen und fuhr los.

»Was haben Sie mit Ben Pruss zu tun? Sind Sie mit ihm verwandt?«, wollte einer der Reporter wissen. Beide Reporter standen direkt vor dem zweiten Torflügel. Kai, der Ben bereits kommen sah, öffnete mit dem Fuß die Bodenverriegelung dieses Torflügels und sagte, während er ihn öffnete: »Ich würde lieber zur Seite gehen!«

In dieser Sekunde drückte Ben herzhaft auf die Hupe. Erschrocken drehten sich die Reporter um, sahen das Auto, das mittlerweile ein ziemliches Tempo draufhatte, auf sich zukommen und sprangen, als hätten sie es einstudiert, zur Seite. Der eine nach rechts, der andere nach links. Ben raste über den geschotterten Weg und stellte das Auto außer Sichtweite an der Seite des Hauses ab.

»Mann«, sagte Kai, der sich das Lachen nicht verkneifen konnte, »davon hätte ich mal ein paar Fotos machen sollen! Toller Körpereinsatz, Jungs!«

»Diese Deppen stehen echt den ganzen Tag da. Denen habt ihr's mal gut gezeigt«, sagte Pedro Möller, nachdem er sie zunächst wortlos durch den Seiteneingang zur Küche ins Haus gelassen hatte. »Ich hab's durch das Wohnzimmerfenster beobachtet. Von mir aus hätten Sie nicht hupen müssen.« Ein speckiges Lachen entfuhr ihm, was sich in Bens Ohren nicht sehr humorvoll anhörte. Er führte sie über einen breiten, hellen Flur, der mit Bildern von Varietévorführungen dekoriert war, zum Wohnzimmer. Dieser Raum war schlicht und einfach eindrucksvoll. Schwarz und weiß waren die dominierenden Farben. Geradlinige Formen ohne Schnickschnack. Schränke, Sideboards und Couchtische perfekt aufeinander abgestimmt. Dazu standen die alten Fenster und die hohen, stuckverzierten Wände in einem interessanten, stimmigen Gegensatz. Alles in allem wirkte der Raum auf Ben jedoch zu kühl und abweisend. Besonders deshalb, weil er nach dem Eindruck, den er von außen bekommen hatte, eher eine muffige Gemütlichkeit erwartet hatte. Nicht muffig, aber halbwegs gemütlich wirkte zumindest die schwarze Ledercouch, auf die Pedro Möller deutete und Ben und Kai damit wortlos aufforderte, sich zu setzen.

Er schien ihre Gedanken gelesen zu haben, denn er sagte: »Sicher wundert ihr euch über dieses Haus?« Er wartete einige Sekunden, und als weder Kai noch Ben eine Reaktion zeigten, fuhr er rasch fort: »Ich könnte mir das nicht leisten. Das Varieté trägt sich, aber …« Er wollte sich gerade in einen Sessel setzen, als ihm einfiel, dass er ein Gastgeber war. »Darf ich euch was zu trinken anbieten?« Er ging zu einem der Schränke, dessen Türen nichts als glatt, glänzend und weiß waren, und drückte von unten sanft gegen die Front. Diese hob sich, glitt automatisch und geräuschlos nach oben und gab den Blick auf eine üppig gefüllte und beleuchtete Bar frei. Ben konnte nicht anders als beeindruckt zu sein und überdachte seine Antwort »Ein Wasser wäre gut!« noch einmal, die er bereits auf den Lippen hatte.

Kai war da mehr auf Zack. »Ich würde wohl einen Scotch nehmen«, sagte er und Pedro Möller lächelte.

»Gute Wahl«, antwortete dieser, »davon nehme ich auch einen! Und du, Ben?«

»Joa. Okay«, antwortete Ben, der sich gleich fragte, ob einer von ihnen danach noch im Rahmen des Gesetzes handelte, wenn er das Auto wieder nach Hause lenkte. Er entschied, dass ihre Beziehung noch nicht an dem Punkt angekommen sei, die Wer-fährt-denn-heute-Frage zu stellen.

Wortlos goss Pedro Möller die Drinks ein, stellte sie auf schwarzen Keramik-Untersetzern auf den weißen Tisch und setzte sich. Er nahm sein Glas in die Hand, schwenkte es ausgiebig hin und her und nahm einen ersten Schluck. »Meiner Frau gehört das Haus. Ihr Vater war der Gründer der Benning-Drahtzieherei, und sie hat das alles geerbt. Der alte Fuchs war so schlau, noch alles rechtzeitig zu verkaufen, bevor es mit der Industrie den Bach runterging. Was soll ich sagen. Wir können heute noch fein davon leben!« Er lachte wieder speckig, doch nicht mehr so ganz humorlos, dann blickte er einige Sekunden in Richtung des alten Baumbestandes hinter den Fenstern. Die Vorhänge an den Fenstern in Richtung Straßenseite waren zugezogen.

Kai nutze die Gelegenheit und sah Ben mit einem Ausdruck an, der unmissverständlich zu sagen schien: Siehst du, ich hab ja gesagt, du hättest mehr Kohle verlangen sollen!

Ben zog schuldbewusst die Schultern hoch und Pedro Möller sprach langsam und nachdenklich weiter: »So eine Scheiße ... Ich werde wohl aufhören. Die Sache mit dem Varieté an den Nagel hängen. Nach dieser Geschichte ...« Er richtete den Blick auf Ben. »Die Sache ist erledigt. Den Rest muss die Polizei erledigen. Ich danke euch für die Mitarbeit. Schreib mir die Rechnung, Ben. Und häng ruhig noch einen Tag dran!« Er atmete schwer aus. »Ach ja, hab ich in dem Trubel ganz vergessen, es euch zu sagen: Der Sabotagefall hat sich aufgeklärt. Gleich nach unserem Gruppenmeeting auf der Bühne kam eine von unseren Putzfrauen zu mir ins Büro. Tränenüberströmt. Hat sofort zugegeben, dass sie das Ganze war, aber mit dem Mord würde sie nichts zu tun haben.« Er stieß ein freudloses Lachen aus. »Hatte Schiss, dass die Polizei ihr auf die Schliche kommen würde. Ach …« Er machte eine abwinkende Handbewegung. »Die wollte mir eins auswischen, weil ich letzten Monat ihre Schwester rausgeschmissen hab. Die hat nicht ein einziges Mal ordentlich gewischt, was sollte ich machen?« Er zog fragend die Schultern hoch, wartete aber keine Antwort ab. »Ist jetzt auch alles egal. Hat sich erledigt.«

»So ganz ist die Sache eventuell doch noch nicht erledigt«, begann Ben, trank einen Schluck Whisky, bemerkte, dass der ihm ganz und gar nicht bekam, und unterdrückte einen heftigen Hustenreiz. Dann erläuterten sie gemeinsam Pedro Möller ihre Erkenntnisse. Angefangen bei der Tatsache, dass der Fotograf Gerold Schottner irgendwie in die Sache verstrickt war, und dieser und Frank Pracht »sich selbst zerstörende Nachrichten« über burnit.biz ausgetauscht hatten (dieser Teil dauerte etwas länger, weil Pedro Möller das Prinzip partout nicht kapierte, aber ständig damit brillierte, ein eigenes Facebook-Konto zu besitzen), bis hin zu der Tatsache, dass Frank Pracht 30.000 Euro, teilweise unter Zuhilfenahme des Vermögens seiner Frau, flüssig gemacht hatte. Dass Huntrich sich bei ihm, Ben, nach Evelyn Pracht erkundigt hatte, und dass Ben Zweifel an dem von ihm selbst erlebten Tathergang hatte, ließen sie dabei genauso außen vor wie die Tatsache, dass Frank und Lily eine Affäre hatten.

»Kann es nicht sein, dass er das Geld für seine Flucht brauchte? Vielleicht hat er das ja alles geplant.«

»Möglich ist das natürlich. Trotzdem hängt Gerold Schottner da irgendwie mit drin.«

»Aber ist das nicht egal? Jetzt wo Frank Pracht sowieso bald von der Polizei gefunden wird?«

Ben schüttelte den Kopf: »Erstens nicht, wenn das Geld schon bei Schottner gelandet ist. Der größte Teil davon gehört nämlich Frank Prachts Frau. Und es gibt noch einen zweiten Grund, der weitaus wichtiger ist.«

»Und der wäre?« Pedro Möller beugte sich im Sessel nach vorne und sah Ben regungslos an.

»Wenn Gerold Schottner Beweise für den Mord an Lily Polley zurückhält, um Frank Pracht zu erpressen, dann ist er eindeutig mit schuld am Tod von Aletta Fernström.«

Gegen dieses Argument konnte Pedro Möller nichts vorbringen. Schon das erste hatte ihm ausgereicht, um die Entscheidung zu treffen, den Auftrag weiterhin zu finanzieren. Er mochte Evelyn Pracht sehr gerne, und er fühlte sich für sie verantwortlich. Ben eröffnete ihm noch, dass er zunächst ein Gespräch mit Evelyn Pracht führen wolle, und bat ihn, ihm bei der Kontaktaufnahme behilflich zu sein. Schon allein wegen der Tatsache, dass Kommissar Huntrich sie ins Spiel gebracht hatte und sie auch ein Mordmotiv besaß, wollte Ben sie kennen lernen. Pedro Möller rief sofort bei ihr auf dem Handy an, und zum Glück meldete sie sich, weil sie seine Nummer auf dem Display erkannt hatte. Er kündigte Ben und Kai für den späten Abend an, da sie hofften, nach Einbruch der Dunkelheit wäre es leichter, möglichst unbehelligt ins Haus zu kommen. Er sprach klar und deutlich von zwei privaten Ermittlern – die Zeit der Scharade sei vorbei und ohnehin nutzlos geworden. Eine Tatsache, die Ben einen kleinen Schlag versetzte, als er sie, von Pedro Möller ausgesprochen, vernahm.

Und auch Kai war soeben offiziell zu einem Privatdetektiv ernannt worden, und Ben wurde bitter klar, dass er ihm höchstwahrscheinlich nun einen Teil von seinem Tagessatz würde abdrücken müssen.

* * *

»Scheint alles ruhig zu sein«, sagte Ben. Er und Kai beobachteten das Haus von Evelyn und Frank Pracht schon eine gute Viertelstunde vom Auto aus. Das Auto parkte etwa hundert Meter vom Hauseingang entfernt auf der gegenüberliegenden Straßenseite. Sollte sich noch Presse- oder Fernsehvolk auf der Straße tummeln, würden sie nicht sofort gesehen. Natürlich war das Haus von Ehepaar Pracht nicht mit dem Anwesen der Möllers zu vergleichen. Es war ein ansprechendes, schlichtes Reihenhaus in gutbürgerlicher Umgebung. Zwei weiß verputzte Etagen mit winzigem Vorgarten und einem blauen Passat in der Einfahrt. Nur durch die fette, rote Hausnummer 36, die auffällig neben der Tür prangte, von den anderen zwanzig Reihenhäusern in der Straße zu unterscheiden.

Die Uhr in Kais Wagen zeigte 21.55 Uhr. Ben wusste, dass es sich hierbei um die Winterzeit handelte. Kai war zu bequem, um die Uhr im Auto umzustellen. In Wirklichkeit war es also bereits 22.55 Uhr. In den meisten Häusern hatten die Bewohner die Lichter bereits gelöscht, nur hier und da war hinter den Vorhängen und Jalousien noch das bläuliche Flackern eines Fernsehgerätes zu erkennen. Im Haus der Prachts brannte noch helles Licht hinter vier Fenstern im Erdgeschoss und in der ersten Etage, und selbst einem Unbeteiligten wäre aufgefallen, dass in diesem Haus irgendetwas anders war als in den anderen. Zwar waren hier ebenfalls die Jalousien heruntergelassen, allerdings gab es genügend Ritzen, durch die das Licht nach außen strömte, die Ereignisse hinter den Scheiben aber im dunklen ließ. Evelyn Pracht hatte Pedro Möller am Telefon erzählt, dass sich zwei Polizisten im Haus befänden, um sie und ihre Tochter Clara im Falle eines Falles zu beschützen, oder eben um sofort präsent zu sein, sollte sich der Herr des Hauses doch spontan zu einem Überraschungsbesuch entschließen. Entweder das, dachte Ben, oder sie wollten sie schlicht und einfach im Auge behalten.

»Vielleicht sitzt jemand in einem der Autos und beobachtet das Haus?«, bemerkte Kai. »Ich fahre noch einmal die Straße entlang, und dann parken wir direkt vor der Tür. Selbst wenn uns dann einer beobachtet, kann er bei dem Licht hier keine brauchbaren Fotos von uns schießen.« Er startete das Auto, was die Stille so jäh zerriss, das Ben zusammenzuckte. Genauso gut hätten sie hupen können, dachte er. Seit sie ihren Beobachtungsposten bezogen hatten, war es in der Straße still gewesen. Kein fahrendes Auto, kein Fußgänger weit und breit. Wenn jemand anderes die Straße und das Haus beobachtete, musste derjenige schon vor ihnen da gewesen sein und dementsprechend mitbekommen haben, dass ein anderes Auto angehalten hatte, niemand ausgestiegen war und knapp zwanzig Minuten später wieder losfuhr.

Kai lenkte das Auto im Schritttempo am Haus vorbei. Dabei passierten sie eine Gestalt in einem dunklen Toyota, der auf der dem Haus gegenüberliegenden Straßenseite und entgegen der Fahrtrichtung abgestellt war. Zwar gab sich die Person Mühe, unerkannt zu bleiben, indem sie sich so weit wie möglich in den Sitz drückte, und sich eine dunkle Jacke oder einen Pullover über den Kopf zog, doch unsichtbar wurde sie dadurch beileibe nicht. Eher weckte sie Bens und Kais Interesse.

»Aha, da ist ja einer«, sagte Kai, der sich umdrehte und sich den Wagen von hinten ansah. »Mietwagen.«

»Mietwagen?«, fragte Ben der sich ebenfalls umgedreht und dasselbe gesehen hatte wie Kai. »Wie kommst du denn da drauf?«

»Nummernschild«, antwortete Kai in einem Denk-doch-mal-nach Tonfall.

»Was, Nummernschild?«, fragte Ben gereizt. Natürlich hatte er das Nummernschild gesehen, aber trotzdem konnte er nichts damit anfangen.

Kai wendete das Auto am Ende der Straße und genoss es sichtlich, Ben zappeln zu lassen. In dieser Sekunde gingen die Lichter des Toyota an und der Wagen fuhr los. »Guck mal, er hat genug für heute«, bemerkte Kai.

»Sag schon. Was ist mit dem Nummernschild?«

»Das hatte XX als Buchstaben in der Mitte, Mann! Sixt hat immer XX in der Mitte.« Er grinste überlegen.

»Echt? Wusste ich nicht.«

»Jetzt weißt du es!«, sagte Kai, dem die Sache Spaß zu machen schien. »Und außerdem stand unten auf diesem Nummerschildhalterdingsbums ganz dick und fett *Sixt Autovermietung*.«

»Na, danke auch«, grummelte Ben. »Und er war eindeutig kein Profi.«

»Wie kommst du darauf?«

»Hast du nicht bemerkt, wie dilettantisch der versucht hat, sich unter seiner Jacke zu verstecken? So macht das garantiert keiner, der es gewöhnt ist, andere Leute aus dem Auto heraus zu beobachten.«

Dieser scharfsinnigen Feststellung konnte Kai nichts entgegensetzen. Er schwieg eisern, was Ben grimmig freute.

Kai parkte den Wagen auf dem Gehweg vor der Eingangstür. Ein klein wenig ordnungswidrig, aber er hoffte, die Beamten im Haus würden sich nicht dafür interessieren.

Bens erster Gedanke, als sich die Tür nach ihrem Klingeln einen Spalt geöffnet hatte, war: Wow. Danach folgten einige selige Sekunden wunderbarer Stille in seinem Kopf, in denen er die bildschöne Frau auf der anderen Seite der Tür einfach nur anschaute. Sie war jung, höchstens fünfundzwanzig. Sie hatte lange, fein gelockte, strahlend blonde Haare, eine Stupsnase und herzzerreißende Grübchen. Ben hätte sich am liebsten eine E-Gitarre gegriffen und ein schmissiges Ich-halts-nicht-mehr-aus-Riff gespielt. Zum Glück war keine E-Gitarre zur Stelle, und ein »Alles klar mit euch, Jungs?« der Dame offenbarte Ben spontan zwei Wahrheiten. Erstens, dass er besser anfangen sollte zu sprechen, um sich nicht als kompletten Idioten zu outen, und zweitens, dass sein Kumpel Kai offensichtlich genauso dämlich aus der Wäsche guckte wie er. Ein kurzer Blick zur Seite verriet ihm, dass er richtig lag, dann fand er seine Sprache wieder.

»Hallo …« Er musste sich räuspern und fuhr fort: »Ich bin Ben Pruss, und das ist Kai Siebert.«

»Hallo! Janine Merk. Von der Polizei.« Sie öffnete die Haustür etwas weiter, und Ben sah das Schulterhalfter mit Dienstwaffe, welches sie über ihr hautenges T-Shirt geschnallt hatte. Hätte er eben die Gelegenheit gehabt das Ich-halts-nicht-mehr-aus-Riff zu spielen, hätte er die Gitarre jetzt vor Begeisterung an der Hauswand kurz und klein geschlagen. Sie hielt Ben ihre Hand entgegen, der sie schüttelte und dann schweren Herzens seinem Freund Kai überließ, der nur »Hi« sagte und ein abgehacktes, albernes Lachen hinterherschickte.

»Frau Pracht ist im Wohnzimmer«, sagte Janine Merk, machte einen Schritt zur Seite und bedeutete ihnen so, dass sie eintreten sollten.

Ben fiel plötzlich seine geschwollene Wange und sein verkrustetes Ohr ein, und er ärgerte sich über sein Aussehen. Im Vorbeigehen warf ihm Kai einen Blick zu, der Bände sprach. Janine Merk hatte ihn ebenso in ihren Bann gezogen.

Ben ging voran durch einen schmalen Flur und überlegte, hinter welcher der vier Türen das Wohnzimmer liegen mochte. Es sollte nicht so aussehen, als ob er sich hier nicht auskennen würde, denn die Polizei sollte ja denken, es würde sich um einen Besuch von alten Freunden handeln. Er öffnete beherzt die Tür direkt vor Kopf und blickte ins Esszimmer.

»Wohnzimmer«, sagte Janine Merk. »Nicht Esszimmer.«

»Ja genau, Ben. Wohnzimmer«, bestätigte Kai mit einer wichtigtuerischen Stimme. »Hat sie doch gesagt.« Er grinste Ben niederträchtig triumphierend an und öffnete die Tür neben sich. Und blickte in die Küche.

»Etwas verwirrt heute?«, fragte Janine Merk leicht spöttisch, öffnete die richtige Tür und wies die beiden mit einer großen Geste hinein. »Komm Klaus, wir lassen die drei alleine«, sagte sie zu ihrem Kollegen, der auf einem Sessel vor dem Couchtisch saß und an seinem Handy spielte.

Klaus erhob sich sogleich und sagte zu der Frau, die ihm gegenüber auf der Couch saß: »Wir warten nebenan. Wenn was ist, rufen Sie einfach.«

Ben und Kai warteten die wenigen Sekunden, bis Klaus die Tür hinter sich geschlossen hatte, dann gingen sie auf Frau Pracht zu, die sich ihrerseits von der Couch erhob. Als Ben sie vor sich sah, verspürte er den Wunsch, sie zu umarmen und ihr zärtlich den Rücken zu tätscheln. Evelyn Pracht wirkte eindeutig wie jemand, der eine Umarmung und etwas Liebkosen gebrauchen konnte. In Anbetracht der Tatsache, dass er die Frau vor sich das erste Mal in seinem Leben sah, entschied er sich aber für einen Händedruck. Auf den zweiten Blick fiel ihm auf, dass Evelyn Pracht älter wirkte, als er sie sich vorgestellt hatte. Zumindest älter als ihr Ehemann. Ihre zu einem hohen Zopf gebundenen, dunkelblonden Haare waren an einigen Stellen schon merklich ergraut, und man sah ihr an, dass sie geweint hatte. Die Trauer über die plötzlichen, unerwarteten Ereignisse, die ihr ganzes Leben auf einen Schlag veränderten, hatten sich tief in ihre Augen und in ihr Gesicht gegraben. Er fühlte sich gedrängt, ihr seine Rescuetropfen anzubieten, ließ es aber doch lieber bleiben.

»Hallo, Frau Pracht«, sagte Ben, während er noch ihre Hand in seiner hielt. Er sprach möglichst leise, weil er sichergehen wollte, dass ihr Gespräch den Raum nicht verlassen würde. »Ich bin Ben Pruss.« Er zeigte mit der freien linken Hand auf Kai. »Das ist mein Kollege Kai Siebert.«

Für einen Moment wirkte Evelyn Pracht, als hätte sie Ben gar nicht gehört, ihre Augen fixierten abwesend einen Punkt hinter Ben. Dann, als hätte sie ihre geistige Abwesenheit selbst registriert, drückte sie Bens Hand fester, sah ihm den Bruchteil einer Sekunde in die Augen und entgegnete mit einer sanften und leisen Stimme: »Guten Abend, Ben.« Sie ließ seine Hand los, lächelte und sagte, ohne Anstalten zu machen, ihm die Hand geben zu wollen: »Und Kai ...« Dabei setzte sie sich wieder auf ihren Platz. »Setzt euch.« Sie deutete in Richtung des Sessels und der anderen Couch.

Kai warf Ben einen leicht verwirrten Blick zu, den dieser mit einem angedeuteten Schulterzucken quittierte, dann setzten sie sich.

»Ist doch in Ordnung, wenn wir uns duzen, oder? Ich bin Evelyn«, sagte Evelyn Pracht immer noch mit dieser sanften Stimme, die Ben irgendwie gruselig fand. »Ihr Theaterleute dutzt euch doch alle, oder? Ach, ihr seid ja gar keine Theaterleute, oder?« Sie machte eine abwinkende Geste, die etwas überspannt wirkte.

Ben hegte den Verdacht, dass ihr eigentümliches Auftreten mit Beruhigungstabletten oder Alkohol zusammenhängen müsse. Er sah sich im Raum um, doch fand er weder herumstehende Flaschen, Gläser oder Tablettenschachteln.

»Klar können wir uns duzen. Äh ... Evelyn«, sagte er, und Kai nickte zustimmend. »Richtig. Wir sind keine

Theaterleute. Pedro Möller hat meine Kanzlei beauftragt, in den Sabotage-Fällen zu ermitteln, die es im Varieté gegeben hat.« Beim Wort Kanzlei meinte Ben, ein kurzes, als Niesen getarntes Kichern von Kais Sessel wahrgenommen zu haben, und sogar er selbst wunderte sich über seine preziöse Wortwahl. Er wusste nicht einmal genau, ob ein Detektiv eine Kanzlei hatte, oder ob man es einfach Büro oder vielleicht noch ganz anders nannte.

»Sabotage? Ich weiß nichts von Sabotage«, sagte Evelyn Pracht.

»Das ist zweitrangig, wir …«

»Habt ihr irgendwas, das meinen Mann entlastet?«, unterbrach sie ihn. Ihr Tonfall wurde höher, ihre Stimme lauter. Ben hielt sich eilends seinen Zeigefinger an den Mund, als Appell an sie, leiser zu sprechen. Er wollte auf keinen Fall, dass die Polizisten nebenan vom wahren Grund seines Besuches Wind bekamen.

»Frau Pracht … ich meine Evelyn«, begann er und machte eine Pause. Es erschien ihm logisch, wonach sie gefragt hatte, und er wünschte sich, Pedro Möller hätte sich bereits am Nachmittag am Telefon klarer ausgedrückt. Er hoffte, dass Kai das Gespräch an sich reißen würde und blickte kurz zu ihm hin. Dieser hatte anscheinend keine Ambitionen in dieser Richtung und blickte konsequent an seinen Gesprächspartnern vorbei in den leeren Raum hinein. Nach kurzem Überlegen redete Ben weiter: »Also, wir sind leider nicht hier, um Ihren Mann zu entlasten. Ich wünschte, ich könnte Ihnen was anderes sagen …«

Wieder unterbrach sie ihn, und Ben hatte Angst, es könne noch schlimmer kommen als er es jetzt schon empfand. Er behielt recht. Wenigstens sprach sie wieder in einer gemäßigten Lautstärke: »Du warst doch dabei als ... ich meine gestern. Was ist da genau passiert? Erzähl mir das bitte.«

Wieder sah Ben hilfesuchend zu Kai hinüber, von dem aber keine Hilfe zu erwarten war. »Also, Evelyn, ich glaube nicht, dass uns das ...«

»Bitte. Ich muss es wissen. Keiner sagt mir hier etwas, außer dass mein Mann unter dringendem Verdacht steht, zwei Menschen ermordet zu haben. Das macht mich wahnsinnig.« Ben ertappte sich dabei, ergründen zu wollen, ob die Frau vor ihm echte Gefühle zeigte oder ob sie schauspielerte. Fast schämte er sich dafür, als sie ihn mit einem flehenden Gesichtsausdruck ansah, und ihr eine frische Träne über die Wange lief. »Versteht mich nicht falsch. Unser gemeinsames Leben war in letzter Zeit alles andere als grandios. Aber wenn man plötzlich hört, dass der eigene Ehemann zum Mörder geworden sein soll, will man schon die ganze Geschichte hören.«

Ben konnte sich vorstellen, wie ihr zumute sein musste, und er entschied sich, ihr zu erzählen, was er erlebt hatte. Nicht die Version ab achtzehn. Nicht die Version, in der Aletta Fernström ihn hilfesuchend im letzten Todeskampf ansah und unartikulierte Laute von sich gab, während Frank Pracht danebenstand und aussah wie jemand, der komplett übergeschnappt war. Nicht die Version, in der seine Liege und der Fußboden mit einer klebrigen Blutlache bedeckt waren, und in der Alettas Haare auf ihrer rechten Körperseite braun und strähnig vom Blut getränkt waren. Nein, er erzählte ihr die

Light-Version. Die ab zwölf. Die geschnittene Variante. Er erzählte langsam und wog jedes einzelne Wort ab. Er beobachtete ständig ihre Reaktionen und ließ ihr Zeit, das Gehörte aufzunehmen und zu verdauen.

Als er geendet hatte, war es einige Momente still im Raum, dann sagte Evelyn leise, fast wie ein Flüstern: »Sie war seine Schwester.«

Ben hatte angenommen, nicht richtig verstanden zu haben, und warf Kai einen irritierten Blick zu, der diesen aber lediglich eins zu eins spiegelte. »Wie bitte?«

»Seine Halbschwester«, fuhr Evelyn Pracht fort, jetzt besser verständlich. »Aletta. Früher mal Alisa Pracht«

»Die beiden waren Geschwister?«, holte Ben sich noch einmal Gewissheit.

»Ja«, Evelyn nickte und starrte dabei abwesend auf einen Punkt in der Luft. »Das wusste keiner. Nicht mal Pedro. Die haben sich am Anfang ihrer Karrieren gegenseitig immer Aufträge zugeschustert und wollten nicht, dass das aussieht wie Vetternwirtschaft.« Sie stieß ein Lachen aus, das in Bens Ohren herzzerreißend traurig klang. »Irgendwann hatten sie dann den Moment verpasst, es doch noch öffentlich zu machen. Ich glaube sogar, die haben sich einen Spaß draus gemacht, dass es keiner wusste.«

Diese Information war ein echter Klopper, und bevor Ben selbst die Frage stellen konnte, vernahm er sie aus Evelyns Mund: »Warum sollte Frank seine eigene Schwester umbringen? Die haben sich heiß und innig geliebt!«

Darauf wusste Ben keine Antwort, und der anscheinend zu einer Salzsäule erstarrte Kai Siebert auch nicht.

Zu gerne hätte er jetzt eine Zigarette geraucht. Er hoffte, dass Evelyn aufstehen und sich zum Rauchen nach draußen verdrücken würde. Wenn sie Raucherin war, wäre jetzt der perfekte Zeitpunkt dazu, und bei dieser Gelegenheit könnte er sich dann eine bei ihr schnorren. Dummerweise blieb sie sitzen und stierte nur nachdenklich auf ihre Hände, die auf ihrem Schoß lagen. Nachdenklich – nicht mehr abwesend wie vorher. Nach einigen Sekunden hob sie den Blick auf Ben und fragte: »Und ihr glaubt, dass er schuldig ist?«

»Alles deutet darauf hin«, sagte Ben, dessen Gefühl ein anderes war.

Sie nickte. »Was wollt ihr dann hier? Die Polizei wird ihn sicher irgendwann schnappen. Frank ist kein Mann, der einen perfekten Fluchtplan ausgearbeitet hätte.«

Sicher hatte sie auch nicht erwartet, dass er zwei Menschen ermorden würde, dachte Ben, und als hätte sie seine Gedanken gelesen, sagte sie: »Was weiß ich schon?«

»Wir sind gekommen, weil wir herausgefunden haben, dass Frank möglicherweise erpresst wurde. Es könnte sein, dass es einen Mitwisser nach dem ersten Mord gab, der deinen Mann mit diesem Wissen erpresst hat. Und wenn das stimmt, dann hätte dieser Mitwisser eindeutig die Möglichkeit gehabt, den zweiten Mord zu verhindern, wenn er nicht geschwiegen hätte.«

Evelyn Pracht blieb lange still. Ihr Blick schien auf ihren Händen festgenagelt zu sein. Dann sagte sie nur: »Aha.« Ben, der auf eine aufschlussreichere Äußerung spekuliert hatte, entschied sich noch einmal für einen hilfesuchenden Blick in Richtung Kai, der zu Bens großer Überraschung tatsächlich das Wort ergriff. »Frank hat vor seiner Flucht Pläne gemacht, einen Großteil eures gemeinsamen Geldes flüssig zu machen.«

»Das hat er«, sagte Evelyn Pracht. »30.000 Euro. Hat er sich am Montagmittag auszahlen lassen. Die Polizei hat die Konten heute geprüft und mir das mitgeteilt. Er musste dafür sogar meine Unterschrift fälschen. Ich dachte, das hätte er sich für seine Flucht besorgt. Das scheint die Polizei auch zu denken.«

»Das ist eine Möglichkeit«, sagte Ben. »Aber es gibt eindeutige Indizien, die für eine Erpressung sprechen. Und wenn das stimmt, dann sollte derjenige zur Rechenschaft gezogen werden.«

Evelyn Pracht nickte schwach. »Wer ist es?«, wollte sie wissen.

»Gerold Schottner«, antwortete Ben und wartete ihre Reaktion ab.

»Das ist doch der Fotograf, oder?«, fragte sie.

»Ja. Kennst du ihn?«

»Nein, gar nicht. Wenn du mich nach seinem Namen gefragt hättest, hätte ich ihn nicht gewusst. Er ist mir nur wieder eingefallen, weil du ihn genannt hast.« Sie rückte auf der Couch zurück, zog die Beine an und umschlang sie mit ihren Armen. Dann fragte sie matt: »Was für Indizien?«

Ben, der das Burnit-Prinzip nicht so gut erklären konnte, sah zu Kai hinüber, der aber nur sagte: »Im Moment ist es nur ein Verdacht. Bevor wir dazu etwas Genaueres sagen, müssen wir das noch weiter verfolgen.«

Sie nickte und gab sich mit der Antwort zufrieden.

»Evelyn«, begann Ben, der sich vor der nächsten Frage äußerst unbehaglich fühlte und sich wünschte, sie hätten sich nicht zum Du verabredet. »Du ... du hast eben gesagt, dass euer gemeinsames Leben in letzter Zeit nicht mehr besonders toll war. Darf ich fragen, was du damit gemeint hast?«

Sie atmete hörbar aus und zog die Beine noch fester an ihren Körper. »Eigentlich dachte ich, dass er eine Affäre hätte ...« Sie ließ die Worte wirken, und Ben verspürte den Drang wegzusehen. Er musste sich zwingen, ihr weiter in die Augen zu schauen, als sie wieder das Wort ergriff: »Vielleicht war er ja einfach gedanklich schon mit ... mit all diesen Sachen beschäftigt? Ich weiß es nicht. Ich habe ihm in der letzten Woche gesagt, dass ich vorhabe, ihn zu verlassen.«

Ben nickte. Er überlegte, ob es Sinn hätte, detaillierter nachzufragen, inwieweit sich Franks Verhalten in letzter Zeit geändert hatte, entschied sich aber dagegen. Er fragte sich, ob er nicht ohnehin schon zu weit gegangen sei mit der letzten Frage, denn seine Aufgabe war es ja einzig und allein herauszubekommen, ob Gerold Schottner von dem Mord wusste oder nicht. Die Information, die er brauchte, nämlich dass 30.000 Euro von Frank abgehoben wurden, hatte er ja bekommen. »Wir würden uns dann verabschieden, Evelyn«, sagte er mit einem Blick zu Kai, der sofort Anstalten machte sich zu erheben. »Können wir dich hier erreichen, wenn das in den nächsten Tagen noch mal nötig sein sollte?«

»Ich weiß noch nicht genau. Ich überlege, vielleicht zu meiner Mutter zu fahren. Warte, ich schreib euch die Telefonnummer auf. Meine Mutter wohnt auf einem Berg, und da gibt's nur Handynetz, wenn der Wind richtig steht.« Sie schlich zum Schrank, öffnete eine Schublade und holte einen Notizblock und einen Kugelschreiber daraus hervor.

»Echt? Auf einem Berg?«, fragte Kai mit interessierter Miene.

Ben schaute streng zu ihm hinüber und schüttelte den Kopf.

»Ja«, antwortete Evelyn Pracht. »Zumindest was man so Berg nennt im Sauerland. Ich komme gebürtig aus Hilsenk. Kennt ihr bestimmt nicht.« Jetzt zeigte ihr Gesicht ein kleines Lächeln. »Clara liebt es dort, weil sie dort in meinem alten Kinderzimmer schlafen darf.« Sie überreichte Ben den Zettel mit der Telefonnummer. »Wahrscheinlich fahren wir gleich morgen früh los. Clara geht nicht in den Kindergarten. Lasst uns dann doch am besten so gegen 16 Uhr noch mal telefonieren, dann bin ich auf jeden Fall da, und vielleicht gibt es dann schon was Neues. Willst du mir deine Nummer geben?«

»Klar«, antwortete Ben, der keinen Schimmer hatte, wie seine Telefonnummer lautete. Kai schien das intuitiv zu wissen und sagte: »Kann ich mal den Kugelschreiber haben? Ich schreibe sie dir auf.«

Es würde auf jeden Fall etwas Neues zu berichten geben, doch Evelyn Pracht sollte am nächsten Tag um 16 Uhr nicht mehr in der Lage sein, zu telefonieren.

* * *

»Mmh, der ist nicht da.«

»Und wenn er doch da ist?«

Ben und Kai saßen in Bens Ford, den sie in der vergangenen Nacht vom wieder verwaisten Parkplatz am Varieté geholt hatten, und beobachteten seit einer Dreiviertelstunde Gerold Schottners Atelier. Die Observierung der Zielperson war in ihren Augen eine Option, die einem ernsthaften Privatdetektiv angemessen war, und außerdem hatten sie keine Ahnung, was sie ansonsten anstellen sollten.

Die Uhr im Armaturenbrett zeigte Viertel nach zehn, und laut Aussage der weißen Klebebuchstaben an der Eingangstür hätte Gerold Schottners Laden bereits seit fünfzehn Minuten geöffnet sein müssen. Er war es nicht. Niemand war gekommen, um die Tür aufzuschließen. Die Beleuchtung im Schaufenster und die Lampen im Verkaufsraum blieben dunkel.

Den letzten Beweis, dass die Tür nach wie vor verschlossen war, lieferte soeben ein Mann, der vergeblich versuchte, ins Innere zu gelangen. Etwas verloren und unschlüssig, was er als Nächstes machen sollte, drückte er wiederholt gegen die Tür, ging dann ein Stück die Straße hinunter, wobei er sich immer wieder mit fragender Miene zum Schaufenster umdrehte. Dann vollführte er eine spontane Kehrtwende auf seinem Absatz und kramte ein Handy aus seiner Hosentasche.

»Guck, der ruft garantiert im Laden an. Die Nummer steht an der Tür.« Ben beobachtete die Szene durch sein altes, zehn D-Mark teures Fielmann-Fernglas. Seit der Jahrtausendwende bis zum heutigen Tag hatte es unbenutzt bei ihm im Kleiderschrank gelegen. Nun tat es vorbildlich seinen Dienst und stärkte zusätzlich noch

Bens Ansehen vor sich selber – ein Detektiv brauchte ein Fernglas, und er hatte eins!

In der Tat tippte der Kunde auf seinem Handy herum, während sein Blick stetig zwischen Glastür und Display hin und her wechselte. Dann hob er das Handy an sein Ohr, wandte sich von der Tür ab und wartete. Offenbar nahm am anderen Ende niemand ab, und so schüttelte er resigniert den Kopf, steckte das Handy zurück in seine Hosentasche und machte sich raschen Schrittes davon, ohne sich noch einmal umzusehen.

»Der ist nicht da«, sagte Ben erneut.

»Zumindest nicht im Laden. Und wenn er oben in seiner Wohnung ist? Vielleicht ist er krank und liegt im Bett.«

Ben ließ das Fernglas in seinen Schoß sinken und blickte seinen Freund an. »Du hast ihm doch diesen Virus da aufs Laptop gespielt. Kann man damit nicht rausfinden, ob der zu Hause ist?«

»Trojaner«, antwortete Kai und tat ansonsten so, als hätte er die Frage überhört, was Ben als Antwort genügte. Stattdessen kramte er in seiner Hosentasche nach seinem Handy und wischte und tippte auf dem Display herum. »Im Telefonbuch und auf seiner Website stehen nur die Festnetznummer von seinem Laden und seine Handynummer. Entweder hat er privat kein Festnetz, oder es ist eine Geheimnummer.« Kai nahm das Handy an sein Ohr und sagte nach einigen Sekunden: »Beim Handy geht sofort die Mailbox ran.« Dann tippte er erneut etwas und hielt es wieder an sein Ohr. »Im Laden meldet sich der AB.«

»Na, dann klingeln wir mal bei ihm an. Ich will wenigstens mal wissen, ob der zu Hause ist. Vielleicht kann man von hinten irgendwo in seine Wohnung gucken.« Damit öffnete er entschlossen die Fahrertür und stieg aus.

Kai tat es ihm auf seiner Seite gleich. Er sah zu Ben, der gerade die Fahrertür abschloss und sagte lachend: »Alter, so gehe ich aber nirgendwo mit dir hin!«

Erst jetzt bemerkte Ben das Fernglas, welches er vorbildlich an der Schlaufe um seinen Hals gehängt hatte, und das, wie bei einem Möchtegern-Waidmann, vor seinem Bauch hin und her baumelte.

»Alles ruhig.« Ben hatte zwei Mal die Klingel zu Gerold Schottners Privatwohnung betätigt. Ohne Reaktion. Zusätzlich legte er in einer nutzlosen Geste den Kopf nah an das Türblatt und lauschte. Die Haustür befand sich rechts neben dem Schaufenster von Gerold Schottners Laden, seine Wohnung genau darüber im ersten Stock. Im zweiten Stock gab es eine weitere Wohnung, und Kai drückte kurzerhand die entsprechende Klingel, die mit *M. Eckhart* beschriftet war.

»Genau! Wir foltern M. Eckhart, bis der uns sagt, wo Schottner ist«, sagte Ben scherzhaft, als ein Summen signalisierte, dass M. Eckhart seinen Finger auf dem Türöffner hatte.

»Warte du hier unten im Hausflur«, raunte Kai Ben zu, und lief schnell die Treppe hoch.

Ben bemerkte sogleich den alten, feuchten Muff, der ihm schon in Jennys Hausflur entgegengeströmt war, und er musste unwillkürlich und mit einem deutlichen Pochen in der Brust an sie denken. Sekunden später hörte Ben Kais Stimme durchs Treppenhaus hallen: »Guten

Morgen! Entschuldigen Sie bitte die Störung. Ich habe einen Termin mit Herrn Schottner, unten im Laden. Aber da ist abgeschlossen und bei ihm in der Wohnung öffnet keiner. Wissen Sie zufällig, wo er ist?«

»Keine Ahnung«, hörte Ben eine weibliche, leicht krächzende Stimme antworten. M. Eckhart war also eine Frau. »Ich hab den länger nicht gesehen. Ich kaufe nichts bei dem.«

»Na dann, vielen Dank. Ich warte einfach noch ein bisschen. Sicher kommt er gleich«, sagte Kai, und Ben hörte, wie M. Eckhart die Tür ins Schloss fallen ließ und Kai sich auf den Weg nach unten machte.

»'ne Oma«, sagte er mit einem Schulterzucken. Er war in der ersten Etage stehen geblieben und schaute zu Ben herunter. »Wenigstens sind wir schon mal drinnen. Warte da unten.« Mit diesen Worten verschwand er aus Kais Blickfeld und klopfte an Gerold Schottners Tür. »Herr Schottner? Sind Sie da? Hallo!«, rief er lauthals, und nach einigen Sekunden stetigen, wie Ben fand, übertriebenen Klopfens: »Der ist entweder nicht da, oder liegt tot hinter der Tür.«

»Na, wundern würde es mich nicht. Komm mal wieder runter und lass uns in den Hinterhof gehen. Die Tür nach hinten raus hat einen Schlüssel.«

Der Hinterhof hielt, was die Vorderansicht des Hauses versprach. Dies war kein Ort, an dem man sich an lauen Sommerabenden traf, um mit Nachbarn und Freunden die halbe Nacht draußen zu verbringen. Möglicherweise hatte es einmal bessere Zeiten gegeben, denn im hinteren Bereich des Hofes stand auf holperigen und gebrochenen Waschbetonplatten eine schmutzige, von der Sonne verblichene Hollywoodschaukel mit einem brüchigen Kunststoffbezug mit Blumenmuster. Das alte Ding sah so aus, als würde es bereits bei schärferem Hinsehen zusammenbrechen, und Ben ertappte sich dabei, wie er für einen kurzen, gehässigen Moment hoffte, dass Kai sich setzen und mit dem Teil lauthals einkrachen würde.

Kai dachte nicht daran, ihm den Gefallen zu tun. Er hatte gar keine Augen für die alte Schaukel. Stattdessen drehte er sich einmal im Kreis, wobei er sich die anderen vier Häuser ansah, die den Hof umrahmten, und wandte sich dann nach links in Richtung eines Sichtschutzzaunes, der eine rechteckige Fläche des Hofes einrahmte. Die eingezäunte Fläche grenzte direkt an das Haus. Auch der Zaun war in die Jahre gekommen und an den meisten Stellen saftig grün bemoost; seinen Zweck als Sichtschutz erfüllte er nach wie vor. Kai begann an einem der dünnen Bretter herumzufummeln, die quer über die Längspfosten geflochten waren. Wenige Sekunden später hatte er ein Stück der verwitterten Leiste abgebrochen und damit kurzerhand dem alten Zaun seine letzte Daseinsberechtigung geraubt. »Guck mal, das hier hinter gehört noch zum Atelier«, sagte er, während er mit einem Auge durch den Spalt lugte.

»Zeig mal«, sagte Ben, und Kais Auge am Loch wurde durch Bens ausgetauscht. »Jau. Unspektakulär. Nur ein Grill und ein Stuhl.«

»Nicht nur.« Kai schob Ben zur Seite und linste selbst wieder durch das Loch. »Da, das kleine Fenster. Bestimmt das Klofenster. Das ist auf Kipp.«

»Alter! Du willst doch nicht bei dem einbrechen?« Ben wähnte sich plötzlich im falschen Film und spürte, wie er schlagartig nervös wurde. Er hatte den Gedanken selbst schon gehabt, doch jetzt, laut ausgesprochen, hörte er sich lächerlich an.

»Das ist genau so ein altes Fenster, wie meine Oma das im Klo hat. Da musst du nur reingreifen und den Hebel umlegen, dann hast du das auf. Was willst du denn sonst machen?« Kais Stimme klang nachdrücklich, wenn auch gedämpft. Er blickte mit schmalen Augenlidern in alle Richtungen, und obwohl niemand anderes zu sehen war, zog er Ben zurück in den Hausflur. »Dachtest du, du beobachtest den Typen ein bisschen, und dann hast du ihn überführt oder was?«

»Was weiß ich, was ich dachte, Kai ... aber das hier ist Einbruch. Darauf steht Knast.«

»Nur, wenn man sich erwischen lässt, und das habe ich nicht vor. Und du bist doch selbst bei Frank Pracht eingestiegen.«

»In die Garderobe. Das war was anderes«, antwortete Ben, der überlegte, ob es wirklich etwas anderes war oder ziemlich genau dasselbe. Dann schob er hinterher: »Im Theater hat es sich nicht nach etwas Unrechtem angefühlt. Hier schon. Sollen wir es nicht lieber heute Abend machen, wenn es dunkel ist?«

»Und wenn Schottner dann wieder zu Hause ist? Oder wenn er später kommt und das Fenster schließt?«

Ben haderte noch einige Momente mit sich und sagte dann: »Scheiße. Lass es uns machen.«

Sie schlichen zurück in den Hof und blickten sich um. Hinter den anderen Fenstern konnten sie zum Glück weder ein Gesicht noch eine Bewegung ausmachen. Ohne es auszusprechen, war ihnen klar, dass das nicht unbedingt etwas heißen musste. Ihnen war ebenfalls klar, dass es, sollte sie jemand hier erwischen, kaum eine Fluchtmöglichkeit gab. Für ihr Vorhaben sprach, dass es Vormittag war, und somit viele Bewohner an ihrem Arbeitsplatz waren.

»Pack mit an.« Kai machte sich an einem der in den Boden eingelassenen Zaunpfosten zu schaffen. Zum Glück gab es kein Betonfundament im Boden. Die Pfosten steckten einfach im matschigen Untergrund. Es dauerte nur Sekunden, bis sie mit vereinten Kräften, begleitet von einem schlammigen Schmatzen, den Pfosten aus dem Erdreich gezogen hatten und den Zaun ein Stück zur Seite schieben konnten. Auf der anderen Seite des Zauns drückten sie zunächst den Pfosten wieder ins Erdreich. Wieder blickten sie sich um. Der Zaun verdeckte einige der gegenüberliegenden Fenster, von dort aus konnten sie nicht gesehen werden. Trotzdem gab es noch mindestens ein Dutzend Fenster, durch die man sie durchaus beobachten konnte. Nicht erwischt zu werden, war reines Glück.

»Bleib du hier und pass auf«, raunte Kai Ben zu. »Ich mache das Fenster auf und klettere rein. Dann kommst du durch die Verandatür.« Das Fenster war in Kopfhöhe angebracht und Kai musste sich auf die Zehenspitzen stellen, um seinen Arm am Spalt durch das Fenster zu stecken. Mehrfach änderte er seine Lage, um den Arm schließlich so hingedreht zu bekommen, dass er mit der Hand den innenliegenden Fenstergriff erreichte. Ben sah sich ständig nach einer sich hinter einem Fenster bewegenden Gardine oder einem Gesicht um.

Beim ersten Versuch, den Knauf zu drehen, tat sich nichts, und Kai dachte schon, dass es sich doch nicht um so ein altes und unsicheres Modell handelte wie bei seiner Oma, doch beim nächsten Versuch drehte sich der Griff mit einem leisen Knarzen. Das Fenster, an drei Seiten ausgehebelt, öffnete sich nach innen. Kais Blick streifte noch einmal über die Häuserfassaden, dann zog er sich am Fensterrahmen hoch und ließ sich kopfüber in den Raum gleiten. Wenige Sekunden später schloss sich das Fenster und Kai war verschwunden.

Ach du Scheiße, ach du Scheiße, ach du Scheiße – das war der einzige Gedanke, zu dem Ben noch fähig war. Als er plötzlich von weit entfernt das Geräusch eines Martinshorns hörte, hätten fast seine Knie nachgegeben.

»Hey! Schnauf mal nicht so laut. Du klingst ja wie 'ne Dampflock. Ist übrigens nicht das Klo, sondern die Dunkelkammer.« Kai hatte die Verandatür geöffnet und forderte Ben mit einer winkenden Geste auf, zu ihm zu kommen. Dieser gab seinen Beinen den Befehl, sich zu bewegen. Beinah wider Erwarten gehorchten sie.

Als Kai die Verandatür hinter ihm geschlossen hatte, fühlte er sich ein wenig erleichtert. Die Tatsache, dass er den Straftatbestand des Einbruchs erst in diesem Moment zur Gänze erfüllt hatte, blendete sein Gehirn gnädigerweise aus. »Hey, warte!«, flüsterte er Kai mit einer Miene zu, die einen plötzlichen Geistesblitz vermuten ließ. Er griff sich in die Innentasche, und seine Hand kam wenig später mit ein paar zusammengeknüllten Einweghandschuhen wieder heraus. »Hier. Ich hab für dich auch welche. Wir dürfen keine Spuren hinterlassen«, sagte er bestimmt.

»Feigling!«, sagte Kai, der dennoch bereitwillig zwei Handschuhe nahm und sie mit einem gummiartigen Schmatzen überzog.

Ben sah sich um. Sie befanden sich im Büro des Ateliers. Rechts von ihm lag die Tür zur Dunkelkammer, durch die er kurz zuvor hereingekommen war. In der Mitte vor ihnen stand ein alter Schreibtisch aus derbem, dunklem Holz. Er hätte besser in das Büro eines Bankdirektors gepasst, und womöglich hatte er irgendwann einmal solche Zeiten erlebt. Jetzt war er an vielen Stellen verkratzt und schäbig. Zumindest dort, wo man seine Oberfläche sehen konnte, denn die Tischplatte war nahezu komplett übersät mit unordentlich gestapelten Papieren, Fotoausdrucken und Bürowerkzeugen. Der große Monitor, den Ben momentan nur von seiner staubigen Rückseite betrachten konnte, schien sich wie ein Mahnmal aus dem Chaos rings um ihn herum zu erheben. Das quietschbunte Mousepad mit einer Photoshop-CS-Werbung, welches auf der von Ben abgewandten Seite der Tischplatte lag, wirkte ebenfalls wie ein Kontrapunkt zu dem ganzen Chaos ringsum. Die dazugehörige Maus lag mit der Rückseite nach oben gedreht auf der Tastatur, die vergilbt und mit einer Unzahl von Flecken verschmiert (Ben tippte, dass es sich vorwiegend um Kaffee und Nutella handelte) auf einem Fotostapel lag. Daneben gab es noch einen ebenfalls Nutella-verschmierten, teuer aussehenden Drucker. Gerold Schottner schien hinter den Kulissen nicht viel Wert auf Ordnung zu legen.

Ben beobachtete Kai, der emsig unter die Tischplatte kroch und sich am Computer, der dort neben den wuchtigen Tischbeinen stand, zu schaffen machte. »Eigentlich sollte der ja bereits durch das WLAN geimpft sein. Egal, sicher ist sicher!« Bei diesen Worten hielt er einen kleinen Stecker hoch, den Ben trotz seiner Unkenntnis im Bereich der elektronischen Datenverarbeitung eindeutig als USB-Stick identifizieren konnte. Kai zog einen Stecker aus einem der USB-Ports am Computer heraus, setzte seinen mitgebrachten Stick ein, und steckte dann das vorher abgezogene Kabel in eine Kupplung, die sich am Ende seines Sticks befand. Das Ganze sah so unschuldig aus, dass Ben sicher war, dass es Gerold Schottner nicht auffallen würde.

»Er muss nur noch den Computer einschalten, dann pflanzt sich der Trojaner direkt hier rein!« Kai sah Ben mit einem triumphierenden Blick an. »Wenn der noch 'nen Computer hat … Ich hab noch 'nen Stick. Kostet übrigens zwanzig Euro so ein Teil. Setz das mit auf die Spesenrechnung. Ha!«

Ben merkte, wie in ihm ein merkwürdiges Gefühl aufkeimte, als er Kai so geschäftig werkeln sah. Bisher hatte dieser alle Arbeit geleistet, und Ben war nur mehr oder weniger brav hinterhergetrottet. Wer war hier eigentlich der Chefdetektiv? Doch es stimmte. Kai hatte die Telefonnummern von Gerold Schottner gecheckt, dann geklingelt und mit Frau Eckhart gesprochen. Danach hatte er ein Loch in den Zaun geprockelt, den Zaun fast alleine ausgehoben, das Fenster ausgehebelt und hatte jetzt auch noch den Computer infiziert.

Und nicht zuletzt hatte Kai überhaupt die Idee gehabt, die Initiative zu ergreifen und hier einzusteigen. Auf Bens Konto ging an diesem Tag lediglich, dass er zwei Coffee-to-Go und zwei Brötchen am Kiosk erworben hatte und mit einem Zehn-D-Mark-Fernglas auf ein dunkles Schaufenster starrte, welches man bereits ohne optische Vergrößerung perfekt hatte beobachten können. Das musste sich ändern.

Er sah sich weiter im Raum um. Vielleicht würde er etwas Lohnendes entdecken können, das Kai überraschte. Links von ihm befanden sich weiße Billy-Regale an der Wand, vollgestopft mit Ordnern und Pappkartons. Daneben, in der Ecke, hing ein roter Vorhang, der im Halbkreis aufgehängt war und von einer Wand zur anderen reichte. Er schleifte über den Boden, so lang war er. Ben fragte sich, was sich dahinter befinden mochte, und machte sich die wenigen Schritte vom Schreibtisch aus auf den Weg, als Ben, der gerade unter dem Möbelstück hervorgekrochen kam, sagte: »Hinter dem Vorhang ist eine Wendeltreppe die nach oben in seine Wohnung führt. Da ist nicht abgeschlossen. Willst du schon mal hochgehen und dich dort umsehen? Dann check ich hier alles ab.«

Ben blieb abrupt stehen und drehte sich mit empörter Miene zu Kai um. »Woher willst du denn wissen, dass da eine Wendeltreppe hochgeht? Also bitte. Das kann man doch gar nicht sehen.«

»Da wo du hinguckst jedenfalls nicht«, antwortete Kai und zeigte neben Ben an die Wand auf ein Bild, welches dort in einem silbernen und sichtlich angestaubten Rahmen hing. »Guck mal da hin.« Ben drehte sich um und bemerkte zum ersten Mal seit er den Raum betreten hatte, überhaupt die Existenz dieses Bildes. Es zeigte das Portrait eines ernsthaft, fast traurig dreinblickenden Gerold Schottner. Neben seinem Kopf, wenn auch etwas unscharf, war deutlich der rote Vorhang zu erkennen. Ein gutes Stück zur Seite gezogen, sodass die dahinterliegende, schwarze Wendeltreppe sichtbar wurde.

»Gut und schön.« Ben hoffte, dass seine Stimme aggressiv genug rüberkam und entsprechend Eindruck auf Kai, anscheinend Mr. Sherlock Humbug persönlich, machte. »Und woher willst du bitte schön wissen, dass da nicht abgeschlossen ist?«

»Weil, wie man auf dem Bild schön erkennen kann, wenn man nur mal ordentlich hingucken würde …« Bei diesen Worten griff er eine Ecke des Vorhanges und begann ihn aufzuziehen. »Dass da oben überhaupt gar keine Tür ist, sondern einfach nur ein Loch in der Decke.« Sein Blick wanderte nach oben und Bens Augen folgten den seinen. Die Wendeltreppe endete in einem quadratisch ausgeschnittenen Loch.

In diesem Moment wurde im Schloss der Vordertür laut vernehmlich ein Schlüssel gedreht, was die beiden fast einen plötzlichen Herztod sterben ließ.

Eine Sekunde lang sahen sich Ben und Kai wie versteinert an. Doch als das kleine Glöckchen an der Eingangstür mit einem leisen Klingeln signalisierte, dass die Tür nun geöffnet war und mit 99,9 prozentiger Sicherheit jemand (zu 99,8 Prozent Gerold Schottner) den Laden betrat, war ihnen klar, dass es nur einen Weg gab. Sie mussten die Treppe hinauf, denn leider kannte auch Ben als Zauberkünstler keinen Trick, mit dem er hier auf elegantere Art und Weise möglichst schnell verschwinden konnte.

Es folgte eine für einen Außenstehenden äußert unterhaltend anmutende Slapstick-Einlage. Beide versuchten, jeder für sich, in bester Stan- und Olli-Manier die Qualitäten »Schnelligkeit« und »Lautlosigkeit« zu einer Einheit zu verbinden und dabei jeweils als Erster auf die schmale Treppe zu gelangen. Sofern man als Maßstab die Tatsache ansetzte, dass Gerold Schottner sie nicht bemerkt hatte, konnte man die Aktion durchaus als gelungen bezeichnen.

Oben angekommen sahen sie sich hektisch um. Die Wohnung war chaotisch. Überall verstreut lagen Kleidungsstücke, geöffnete Zeitschriften, Fotoausdrucke. Ben scannte den Raum. Eine Couch, ein Sessel, ein Wohnzimmertisch, ein Esstisch mit einem Stuhl. Fernseher, Schrank. Scheiße! Kein Versteck. Offene Küche, offene Dosen auf der Anrichte, Schrank, Kühlschrank, Herd, Mikrowelle, Backofen. Scheiße! Kein Versteck. Von unten war Bewegung zu vernehmen. Gerold Schottner war ins Büro gegangen. Scheiße! Sie hatten den Vorhang aufgelassen. Er zeigte auf eine der drei Türen, die sich im Raum befanden. Eine davon, an der Wand links von ihnen, war unverkennbar die Haustür, eine zweite, etwas schmaler als die, auf die Ben zeigte, führte wahrscheinlich ins Badezimmer. Ben entschied sich für die dritte Tür, weil diese einen Spaltbreit offenstand, und er so keinen Lärm beim Öffnen der Tür riskierte. Sie rannten los, und fast hätte es doch Krach gegeben, als Stan und Olli gleichzeitig versuchten, in den dahinterliegenden Raum zu gelangen. Kai warf Ben einen bösen Blick zu, bremste dann aber ab und ließ seinem Freund den Vortritt. Wie Ben sich erhofft hatte, standen sie im

Schlafzimmer, und wie Ben sich ebenfalls erhofft hatte, war es möglich, sich unter dem wuchtigen Doppelbett zu verstecken. Instinktiv und ohne dass eine weitere Absprache nötig war, krochen sie hastig darunter. Ben auf der rechten Seite, Kai links.

Hätten sie zuvor im Wohnzimmer mehr Zeit gehabt, um sich auf alle ihre Sinne zu konzentrieren, und wären ihre Seh- und Hörsinne nicht die einzigen gewesen, denen ihr Gehirn in diesem Moment seine Aufmerksamkeit schenkte, wäre ihnen aufgefallen, dass alles in der Wohnung äußerst staubig war. Zudem roch es ziemlich abgestanden, ranzig bis faulig. Jetzt hatten sie mit einem Schlag die Zeit. Ihr plötzliches Abtauchen unters Bett hatte jahrealten Staub in Hülle und Fülle aufgewirbelt, und ihnen tränten die Augen. Kai versuchte gerade lautlos und mit geschlossenem Mund zu husten, als Ben drei Socken und zwei Unterhosen registrierte, die ebenfalls grau von Staub und wahrscheinlich schon seit Jahren vergessen, ihr Dasein unter dem Bett fristeten. An seinem Ellbogen raschelte es. Ein Stück verkrustete und zusammengeknüllte Küchenrolle. Ben schickte ein Stoßgebet in den Himmel, dass es sich bei dem eingetrockneten Inhalt bitte lediglich um Rotze handeln möge. Er schob es angewidert ein Stück zur Seite. Er hätte gerne ausgiebig gehustet und geniest, und er glaubte, dass er danach sehr produktiv und befreiend würde kotzen können. Doch er riss sich zusammen und wünschte sich seine Bachblüten herbei, die zu Hause nutzlos auf seinem Nachttisch herumstanden.

Im Grunde genommen war das alles egal. Die Sache hatte auch ihr Gutes. Gleichgültig, was Gerold Schottner hier in der Wohnung machen würde, er würde garantiert nicht zum Staubsauger greifen und unter dem Bett saugen. Es schien eher so, als hätte diese Schattenwelt für Gerold Schottner überhaupt keine Bedeutung, ja, möglicherweise existierte sie für ihn nicht einmal. Und das war eine gute Nachricht. Ben schloss die Augen, schob sich ein Stück vom Stoff seines Hemdes vor den Mund und atmete tief ein. Dann flüsterte er Kai zu: »Hoffentlich bemerkt der nicht, dass wir den Vorhang geöffnet haben.«

Und Kai antwortete: »Wenn er den Vorhang normalerweise immer zu hat, dann merkt er es auf jeden Fall.«

»Hat er nicht.«

»Woher willst du das wissen?«

»Auf dem Bild war er offen, Mr. Oberschlau!« Und damit hatte er recht, und sie waren irgendwie quitt.

Einige Sekunden verstrichen, und sie warteten lautlos und in Lauerstellung, was als Nächstes passieren würde. Plötzlich durchzuckte es Ben, und er griff sich rasch in seine Hosentasche. Er holte sein Handy hervor und stellte es auf lautlos. »Stell dein Handy auf leise«, flüsterte er Kai zu, der schon emsig dabei war, an seiner Hose zu fummeln und dabei eine Menge neuen Staub aufzuwirbeln.

»Was machen wir denn, wenn der unten im Laden bleibt?«, wollte Kai wissen. »Vielleicht hat er einfach bei seiner Freundin übernachtet und hat heute Morgen verpennt.«

»Dann hauen wir gleich irgendwann durch die Wohnungstür ab, wenn er unten beschäftigt ist. Dann muss einer von uns rauskriechen und nachsehen, ob die Luft rein ist.«

»Das machst du mal schön.«

»Wieso ich?«

»Weil *ich* wegen dir hier sitze. Wer ist denn der Herr Meisterdetektiv?«

»So stimmt das ja nun nicht. Wessen Idee war es denn, durch Omas Klofenster hier einzusteigen?« Ben Stimme wurde lauter, und Kai bremste ihn mit einem scharfen »Pssst!«

»Ja, sorry, und …«, begann Ben, als plötzlich schnelle Schritte auf der Wendeltreppe zu hören waren. Gerold Schottner kam in die Wohnung. Er schien sogar zu rennen. Wenige Sekunden später stand er im Schlafzimmer. Er hatte den direkten Weg genommen, und Ben dachte nur: Er weiß, dass wir hier sind. Oh Mann, er weiß, dass wir hier sind. Lass dir eine gute Geschichte einfallen, Ben Pruss, eine seeeehr gute Geschichte.

Doch Schottner wusste offensichtlich nicht, dass er ungebetene Gäste hatte, denn er interessierte sich nicht im Mindesten für den Hohlraum zwischen Lattenrost und Auslegeware. Als Ben und Kai sich diesbezüglich sicher waren, drehten sie ihre Körper vorsichtig so, dass sie an den Seiten des Bettes durchsehen konnten. Sie blickten auf Gerold Schottners Beine, die in einer Jeanshose und derben Lederschuhen steckten. Er stand vor seinem Kleiderschrank und kramte hastig in einem der für Ben unsichtbaren Regalfächer. Dann drehte er sich um und warf etwas auf das Bett. Seine Schuhspitzen kamen Ben dabei sehr nahe, der darüber nicht besonders glücklich war und die Nase rümpfte. Gerold Schottner kramte wieder in seinem Schrank herum, und Ben kam zu dem Schluss, dass er wahrscheinlich ein paar Kleidungsstücke in eine Tasche warf. Wie zur Bestätigung stellte Gerold Schottner Ben wenige Sekunden später eine kleine Reisetasche vor die Nase. Dann öffnete er eine zweite Tür seines Schrankes und ging in die Hocke. Ben konnte nun seinen Kopf sehen, und ihm wurde mulmig bei der Erkenntnis, dass Gerold Schottner *seinen* Kopf auch würde sehen können, wenn er sich umdrehte. Unwillkürlich rückte Ben nach hinten, was ihm nicht sonderlich viel Deckung zusätzlich einbrachte. Er erkannte, dass Schottner an einem Safe hantierte, der im Schrank eingebaut war. Die Safetür war bereits offen gewesen, und Ben ärgerte sich, dass er nicht die Gelegenheit gehabt hatte, vorher dort hineinzusehen. Gerold Schottner nahm einen Umschlag heraus. Ben konnte erkennen, dass dieser schon sehr abgegriffen und an einigen Stellen zerrissen war. Er meinte, das Wort *Gerold* in Schreibschrift zu erkennen, dann war der Umschlag schon wieder aus seinem Sichtfeld verschwunden. Gerold Schottner scherte sich nicht darum, die Tresortür zu schließen, sondern griff sich nur seine Tasche und war gleich darauf wieder aus dem Raum verschwunden.

Als Nächstes hörte man Schritte auf der Wendeltreppe, und keine halbe Minute später – weder Ben noch Kai atmeten in dieser Zeit – hörte man ein gedämpftes, und für die beiden Gestalten unter dem Bett äußerst beruhigendes »Klingeling« des Türglöckchens. Ohne nur eine Sekunde auf den Gedanken zu verschwenden, es könne ja ein Kunde sein, der den Laden betreten hatte, krochen Kai und Ben an ihrer jeweiligen Seite unter dem Bett hervor.

»Da haut er ab«, sagte Kai, der seinen Kopf hinter der Gardine versteckte, nach draußen sah und sich dabei den Staub von der Kleidung klopfte.

Ben, der es ihm gleichtat, trat hinter ihn, und sie sahen Gerold Schottner mit seiner über die Schulter geworfenen Reisetasche und einem unter den Arm geklemmten Laptop eilig die Straße überqueren.

»Ach nee«, sagte Kai, als er sah, in was für ein Auto der Fotograf einstieg. »Dunkelblauer Toyota mit XX im Kennzeichen. Den haben wir doch schon mal gesehen!«

Nachdem sie sich ausgiebig entstaubt hatten und sich gegenseitig zwei Mal das Versprechen abnahmen, dass die gemeinsame Zeit unter dem fremden Bett auf ewig ihr Geheimnis bliebe, machten sie sich daran, die Wohnung zu durchsuchen. Ihr erster Weg führte zum Safe, dessen Tür nach wie vor einen Spaltbreit offenstand. Außer zwei Sparbüchern ohne nennenswerte Summen, einem abgelaufenen Reisepass, Quittungen und einer leeren Twix-Verpackung war darin nichts Interessantes zu finden.

»Was hat er nur da rausgenommen?«, fragte Kai.

»Sah für mich aus wie ein Brief. Zumindest ein Briefumschlag. Ich meine, da stand *Gerold* drauf«, entgegnete Ben. »Vielleicht ein Umschlag mit Geld? Wenn ich Geld geschenkt bekomme, dann lasse ich das auch immer im Umschlag, bis ich es brauche.«

»Ja, kann sein. Finden wir sowieso nicht raus. Ich guck mal, ob der hier oben noch einen Computer hat. Aber wahrscheinlich nicht. Das war mit Sicherheit nicht der Laptop aus dem Laden, den der Schottner da eben mitgenommen hat.«

Wie sich herausstellte, hatte er recht. In der Wohnung war kein weiterer Computer zu finden, nur ein Samsung-Tablet ohne nennenswerten Inhalt und mit einem Browserverlauf, der nicht über ein paar uninteressante Seiten auf Amazon, eBay, Youporn und XXX-Movies hinausging.

»Echt doof«, sagte Ben, der gerade dabei war, ein Bücherregal im Wohnzimmer unter die Lupe zu nehmen. »Da schnappt der uns das einzige interessante Teil aus dem Tresor vor der Nase weg, und den einzigen Computer, der noch nicht infiziert ist.«

»Geimpft! Von unserer Sichtweise aus, heißt es geimpft.«

»Wie auch immer.« Er tat eine abwehrende Handbewegung und griff sich einen Schnellhefter, der am Rand einer Bücherreihe stand, und blätterte ihn durch. »Hier. Zeugnisse. Ein helles Köpfchen ist der nicht gerade.« Ben blätterte zwischen ein paar Seiten langsam hin und her und las. »Guck mal. Klasse drei noch alles okay. Gute Noten überall. Dann Klasse vier und fünf alles grottig. Keine einzige Drei. Und die Zeugnisse haben nicht mal eine Klarsichthülle, sondern sind gelocht.« Er zog übertrieben die Stirn kraus und schüttelte den Kopf. »Ts Ts Ts. So geht das aber nicht, Mr. Schotti.« Er blätterte weiter. »Danach wird's wieder besser. Da ist er auf die Hauptschule gekommen. Hier.« Ben hielt Kai ein Zeugnis hin, der sich nicht im Mindesten dafür interessierte, und zudem noch in der Küche stand, wo er ohnehin nichts erkennen konnte. »Erst Realschule in Maybach, Klasse 5 … dann Hauptschule Klasse 6. Kennst du Maybach?«

»Nie gehört«, antwortete Kai gelangweilt. »Ich gehe mal runter und sehe mich da um. Hier gibt's nichts mehr, außer ein paar Massengräber für Fruchtfliegen.«

Doch auch unten fand sich nichts von Belang, und nach knapp fünfzehn Minuten standen sie erneut am Fuße der Wendeltreppe und waren enttäuscht.

»Mann! Da macht man schon mal so was Verrücktes, und dann kommt nix dabei raus!«

»Na, zumindest wissen wir, dass Schottner gestern das Haus von den Prachts beobachtet hat. Und warum sollte er das tun, wenn er mit der Sache nichts zu tun hätte? Und vielleicht nutzt es ja was, dass ich den Rechner hier geimpft habe.« Er zeigte auf den Computer, der unter dem Schreibtisch stand. »Guck mal, der leuchtet. Das heißt, Schottner hat ihn aus irgendeinem Grund eingeschaltet. Dran gearbeitet hat er nicht, dazu war er zu kurz hier. Also will er vielleicht mit seinem Laptop von außen drauf zugreifen. Dann verpflanzt sich automatisch mein Trojaner. Hoffentlich … Komm, lass uns abhauen!«

Sie stiegen die Wendeltreppe hinauf und standen kurze Zeit später vor der Wohnungstür. »Verdammt!«, sagte Ben, der die Klinke niederdrückte und vergeblich an der Tür rüttelte. »Abgeschlossen.«

»Dann mach die Tür doch mit deinem Lockpicking-Besteck auf. Das kriegst du doch wohl hin.« Kai sah Ben mit einem herausfordernden Gesichtsausdruck an.

»Vergiss es, ich fang doch nicht an, da rumzuprockeln. An der Garderobe hat mir das fürs Erste gereicht. Dann müssen wir eben wieder unten durch.«

»Schön und gut. Dann drehen wir die Sache aber um. Du lässt mich unten zur Veranda raus, und dann kletterst du durch das Fenster. Wir müssen es dann nur offenlassen. Anders geht es nicht.«

Während sie die Treppe nach unten gingen, überdachten sie noch einmal alle Möglichkeiten, doch es schien keine andere Lösung zu geben, ohne Schlüssel aus der Wohnung herauszukommen. Das offenbleibende Fenster würden sie in Kauf nehmen müssen. Ben ließ Kai durch die Verandatür raus, ging in die Dunkelkammer, öffnete das Fenster, blickte rechts und links über die Fensterfronten der Nachbarhäuser und zog sich dann am Fensterrahmen hoch. Draußen zog er das Fenster zu sich heran und schloss es, so gut wie möglich. Zumindest sah es auf den ersten Blick so aus, als wäre es geschlossen, und Ben hoffte, sie würden damit durchkommen. Vielleicht würde Gerold Schottner denken, er selbst hätte das Fenster nicht richtig verschlossen. Und den Vorhang nicht geschlossen, meldete sich Bens Verstand. Er schob den Gedanken weg, der allerdings sogleich durch die nicht minder sorgenvolle Frage ersetzt wurde, ob sie denn sonst alle Spuren beseitigt hatten, die auf sie hinwiesen. Er drehte sich zu Kai um, der ihn allerdings nicht beachtete. Stattdessen starrte er wie gebannt in den Grill. »Alter!«, sagte er leise und gedehnt, und Ben beeilte sich, in die Ecke des Zaunes zu gelangen und so komplett dem Sichtfeld aller potentiell neugierigen Nachbarn zu entkommen. Kais unverwandt starrer Blick auf den Rundgrill hatte etwas Unheimliches, und er selbst blickte ebenfalls in die Kohleschale. »Alter!«, sagte er, als ihm klar wurde, was er da vor sich sah.

Ben war froh, dass er die Einmalhandschuhe trug. Er griff in die Kohleschale und rührte in der sich darin befindlichen Asche herum. »Der hat Geld verbrannt«, sagte er entgeistert. Er holte einige Reste verkohlten Papiers hervor, die eindeutig als 200- und 500-Euro-Scheine zu identifizieren waren. Ben kannte sich sehr wohl mit dem Verbrennen von Geld aus. Sowohl im übertragenen Sinne, denn er hatte schon eine Menge Geld für Zauberkram ausgegeben, welcher nie zum Einsatz gekommen war und jetzt in seinem Büro/Probenraum vollstaubte, als auch im sprichwörtlichen, denn in seiner Show musste hin und wieder der Geldschein eines Zuschauers in der Flammenhölle eines Sturmfeuerzeugs dran glauben. Allerdings war das in dem Fall nur humorvoll verpacktes Blendwerk und die Banknote tauchte am Ende der Show unversehrt an einer unmöglichen Stelle (Kaugummiverpackung, Erdnussdose oder einfach seine Brieftasche im Jackett) wieder auf. Im Fall Pracht/Schottner schienen die Brandleichen in Gelb und Lila eine kostspielige Realität zu sein, die Ben, im Gedenken an seinen eigenen Kontostand, fast die Tränen in die Augen trieb. Kai nahm ihm einen Teil der Scheine ab, und untersuchte die Reste genauer. »Das scheint echt zu sein«, sagte er, und hielt ein Stück von einem der Scheine gegen das Licht. »Hier ist das Wasserzeichen noch zu erkennen.« Er nahm ein weiteres Fragment in die Hand und warf das erste zurück in die Schale. »Und hier ist eindeutig noch der Sicherheitsfaden.«

»Wieso verbrennt der denn Geld?« Ben sammelte einige noch halbwegs intakte Stücke ein, zog dann seinen

Handschuh darüber, verknotete die Öffnung und steckte sich das Beweismittel in die Jackentasche.

»Allein das, was man noch erkennen kann, sind ein paar tausend Okken.« Kai wühlte wieder in der Asche herum. »Hier unten liegt nur noch Asche, da ist komplett alles verbrannt.«

»Das ist mit Sicherheit das Geld von Frank Pracht.«

»Warum sollte er das verbrennen? Du hast doch seine Sparbücher oben gesehen. Der hat doch nichts.«

»Keine Ahnung … Außer …«

»Was?«, fragte Kai.

»Außer, es ging ihm bei der Erpressung nie ums Geld.«

* * *

Sie atmeten erleichtert auf, als sie wieder im Auto saßen. Ben spürte immer noch ein Kratzen im Hals von der Zwangspause unter Gerold Schottners Bettstatt. Angewidert stellte er fest, dass er nach kaltem Qualm stank. Sie hatten sich auf Kais Vorschlag darauf geeinigt, alle noch nicht komplett verbrannten Scheine mitzunehmen. Diese lagen zusammengerollt in den vier Gummihandschuhen, hinter dem Beifahrersitz auf dem Boden und müffelten vor sich hin. Vielleicht konnten zumindest einige Scheine noch gerettet werden, und die sollten dann auf jeden Fall zurück in den Besitz von Evelyn Pracht gehen.

Ben startete den Motor und gab Gas. Er freute sich auf eine ausgiebige Dusche zu Hause. Nach einer Minute der Stille sagte er: »Wissen wir denn eigentlich sicher, dass Schottner Pracht erpresst hat?«

»Na also«, antwortete Kai. »Beide haben die Burnit Webseite benutzt, wobei Pracht Nachrichten bekommen hat und Schottner welche versendet hat. Pracht hat aus irgendeinem Grund 30.000 Euro lockergemacht, und Schottner hat einen Geldbetrag in ungefähr dieser Höhe in seinem Weber Smokey Joe bei ziemlich direkter Hitze gegrillt. Für mich sieht das eindeutig nach Erpressung aus.«

»Ja aber«, wandte Ben ein. »Wenn Geld nicht Schottis Motiv ist, was dann? Ich meine, er hätte einfach sagen können: Nee, Frank. Sorry, Geld ist nicht so mein Fall. Behalte das mal schön. Oder er hätte es erst mal zwischenlagern können, zum Beispiel in seinem Safe. Aber nein, er nimmt es und verfeuert es. Der muss echt ziemlich schlecht auf Frank Pracht zu sprechen sein.«

»Vielleicht ist ihm die Sache zu heiß geworden. Vielleicht *wollte* er ihn nach dem ersten Mord tatsächlich noch erpressen, hat dann nach dem zweiten Mord aber volle Hosen bekommen, weil ihm klargeworden ist, dass er daran eine Mitschuld trägt.«

»Mann!« Ben schlug heftig mit der flachen rechten Hand auf das Lenkrad. »In jedem Tatort sonntagabends sagen sie dir, dass das Motiv am wichtigsten ist, wenn man einen Täter zur Strecke bringen will, und wir haben gar nichts. Weder wissen wir, warum Lily Polley und Aletta Fernström sterben mussten, noch zu welchem Zweck Gerold Schottner Frank Pracht erpresst hat. Oder vielleicht immer noch erpresst.«

»Und noch eins wissen wir nicht«, setzte Kai nach.

»Und was, bitte schön?«

»Was wir als Nächstes machen sollen. Oder hast du einen Plan?«

* * *

Sie hatten sich darauf geeinigt, dass das Einzige, was man noch im Entferntesten einen Plan nennen konnte, das Telefonat um 16 Uhr mit Evelyn Pracht sei. Mit etwas Glück hatte sie den Kontakt zu ihrer Bank aufbauen können, und mit etwas mehr Glück war man dort in der Lage, zu prüfen, ob das Geld im Grill das war, welches Frank Pracht ausgezahlt bekommen hatte. Auf einigen Scheinen waren die Seriennummern noch problemlos zu erkennen. Zur Polizei konnten sie natürlich nach wie vor nicht gehen, weil dann herauskommen gekommen wäre, dass sie bei Gerold Schottner eingestiegen waren. Und selbst wenn sie den Beamten weismachen konnten, dass sie ausschließlich auf der Veranda gewesen seien, würde das eine Menge unangenehme Fragen aufwerfen, die Ben und Kai definitiv nicht beantworten wollten. Ganz zu schweigen von dem offenen Fenster, was dann garantiert aufgefallen wäre.

Die Straße vor Bens Wohnung war glücklicherweise verwaist. Keine Paparazzi und kein Übertragungswagen, so weit das Auge reichte. Offenbar hatten die großen Journalisten und die kleinen Schmierfinken das Interesse an Bens Person bereits wieder verloren und darüber war er mehr als froh. Diese Art der Publicity war ihm selbst in seiner Funktion als Zauberer zu dick aufgetragen.

In der Wohnung angekommen, machte er den Fehler, zunächst zum Pinkeln auf die Toilette zu gehen. Als er abzog, ließ plötzlich der Wasserdruck nach, denn Kai hatte die Gunst der Minute genutzt und war als

Erster ins Badezimmer nebenan gestürmt, um ausgiebig zu duschen. »Dem geht's echt zu gut hier«, sagte Ben beim Händewaschen zu seinem verbeulten Spiegelbild und ging dann in den Flur. Beim Betreten der Wohnung hatte er bemerkt, dass der Anrufbeantworter blinkte, und jetzt drückte er die Playtaste. Der erste Anruf stammte vom Nachmittag des Vortages. Frau Piontek, Bens Kundin, die ihn in der nächsten Woche für einen Auftritt auf ihrem Sechzigsten gebucht hatte. Sie klang, zusätzlich zu dem üblichen Klageton in ihrer Stimme, den Ben schon in den ersten beiden Telefonaten mit ihr rausgehört hatte, tief enttäuscht, dass sie Ben nicht persönlich erreichte und verlangte, dass dieser sich, O-Ton, »kurzfristig, am besten jetzt gleich« bei ihr zurückmelden möge. Ben verschraubte kurz die Augen und drückte die Löschtaste. Er hatte durchaus nicht vor, sich »kurzfristig, am besten gleich« bei ihr zu melden. Der zweite Anruf, ebenfalls vom Vortag, stammte von seiner Mutter, welche in heller Aufregung war, weil das Krankenhaus bei ihr angerufen habe, und … »du verschwunden bist, Junge! Wo bist du denn? Du bist ja noch gar nicht entlassen. Dein Vater ist außer sich!«

Anruf Nummer drei war jemand aus der Krankenhausverwaltung selbst, der nüchtern und desinteressiert um einen möglichst kurzfristigen Rückruf bat. Die Aufnahmen drei bis acht, waren wieder seine Mutter. Hier betätigte Ben jeweils sofort die Löschfunktion, sobald er den ersten Ton ihrer Stimme vernahm. Er wusste ja, was sie wollte, und er war fest entschlossen, es ihr nicht zu geben. Nummer neun war ein Reporter der

Tageszeitung, der ihn säuselnd unterwürfig um einen Rückruf bat. Erst auf Speicherplatz zehn wurde es interessant. Jenny.

Der Gedanke an Jenny hatte ihm schon den ganzen Morgen wie ein kleiner Stein im Magen gelegen. Er wollte sie unbedingt anrufen, doch zog er es vor, dabei alleine zu sein. Er lauschte in Richtung Badezimmertür. Das Wasser rauschte nach wie vor, Kai war nun mal ein Genussduscher. Die Gelegenheit war ideal, und er spürte, wie sein Herz klopfte. Alles klar, alter Junge, sagte er zu sich, kein Grund, nervös zu sein. Er drückte die Pausentaste des Anrufbeantworters und zog den Stecker des Festnetztelefons aus der Wand. Nun war sichergestellt, dass er erst mal Ruhe vor seiner Mutter hatte. Er kramte sein Handy aus der Hosentasche und bemerkte, dass es nach wie vor auf stumm geschaltet war. Auch hier sah er Jennys Nummer im Display. Sie hatte also versucht, ihn mobil zu erreichen. Er strich intuitiv mit dem Finger über die Nummer und lernte dabei, dass das Handy automatisch wählte. Nach einmaligem Tuten in der Leitung meldete sich Jenny.

»Grün.«

»Hi Jenny, ich bin's. Ben.«

»Ah. Hi Ben. Gut, dass du anrufst. Ich habe schon versucht, dich zu erreichen.«

»Ja, hab ich gesehen. Sorry. Wollte dich schon die ganze Zeit anrufen. Ich war mit Kai zusammen und wir …« Er zögerte und fragte sich, was er hier schon wieder für einen Müll von sich gab. »Ach, weißt ja, wie das ist … Danke erst mal dafür, dass du doch noch den Lippenabdruck gecheckt hast. Ich wollte dich echt nicht in

Schwierigkeiten bringen«, sagte er dann und fühlte sich nicht besonders sprachgewaltig dabei.

»War schon okay«, antwortete Jenny. »Das war ja nur eine Kleinigkeit, und wir müssen das ja nicht an die große Glocke hängen. Sonst alles klar bei dir?«

»Mir geht's gut. Habe mich gestern selber aus dem Krankenhaus entlassen.«

»Ja, ich weiß. Deine Mutter hat gestern bei mir angerufen und es mir erzählt.«

»Das ist jetzt nicht wahr«, sagte er genervt und hoffte, dass die Empörung in seiner Stimme deutlich wurde.

»Doch. Und heute auch einmal. Sie hat gesagt, dass sie schon überall angerufen hat und sie dich einfach nicht findet. Du wärst einfach aus dem Krankenhaus abgehauen, obwohl du noch gar nicht offiziell entlassen warst.« Jenny klang bei diesen Worten durchaus belustigt, und Ben schämte sich.

»Oh Gott! Hat sie dir zufällig gesagt, wo sie schon überall vor dir angerufen hat? Dann kann ich mich gleich erst mal ans Telefon hängen und Entwarnung geben.«

Jenny musste kichern. »Ja, hat sie.« Sie machte eine kurze Pause und kicherte wieder. »Sie hat noch bei Kai auf dem Festnetz angerufen.« Sie prustete laut los, und Ben fiel in das Lachen ein. »Mann, Mann, Mann«, sagte er durch ihr gemeinsames Lachen hindurch. »*Überall* hat sie angerufen ... Bei Kai und bei dir.«

»Du bist eben heiß begehrt, Ben Pruss. Bei diesem riesigen Bekanntenkreis könntest du schlichtweg überall sein.«

Für einige Sekunden war nur ihr gemeinsames Gelächter zu hören. Es schien, als hätte die Spannung, die sich in den letzten Tagen in ihm aufgestaut hatte, endlich ein

Schlupfloch gefunden, durch das sie entweichen konnte. Und er war froh, dass Jenny es war, die ihn zum Lachen gebracht hatte. Wahrscheinlich war der Anruf seiner Mutter bei ihr schon der letzte Strohhalm gewesen, an den sich Magdalena Pruss klammern konnte, denn sie wusste eigentlich, dass Jenny und er nicht mehr viel Kontakt hatten. Ihr Gelächter wurde leiser und ebbte dann ab.

Einen kurzen Augenblick herrschte Stille, dann sagte Jenny: »Hey, ich habe gehört, dass du nicht mehr als Verdächtiger im Fall gehandelt wirst.«

»Zumindest scheint Huntrich mir zu glauben, dass ich nicht der Täter bin«, sagte Ben.

»Wir brauchen es ja nicht jedem erzählen, aber eigentlich könnten wir uns ja jetzt wieder verabreden. Also, wenn du willst.«

Seine Antwort kam zögerlich, weil er zu baff war, um spontan zu sein. Er hoffte inständig, dass Jenny das nicht als Unsicherheit verstand. »Klar … Klar, auf jeden Fall! Toll, das ist …« Mann, Ben, halt die Fresse! »Toll!«

Die Verabredung für den nächsten Abend stand. Und da Ben zu diesem Zeitpunkt noch nicht wusste, dass er zu dieser Zeit – mehr unfreiwillig als freiwillig – etwas anderes unternehmen würde, saß er selig lächelnd und immer noch staubig auf seiner Couch und starrte gedankenverloren durch das Fenster auf ein Stückchen blauen Himmel.

»Hast du unter Schottners Bett zu tief eingeatmet oder was?«, hörte Ben es neben sich.

»Was?« Das Lächeln klebte noch auf seinen Lippen, als er Kai ansah, der mit Bens Batman-Badetuch um die Hüften in der Tür stand und den Boden volltropfte.

»Ich hab zwei Mal gesagt, dass das Bad frei ist. Du musst dir übrigens ein Handtuch mitbringen.« Er deutete auf das Batman-Handtuch. »Ist das immer noch das, was du damals in der Siebten schon bei der Klassenfahrt dabei hattest?«

»Was? Dann gehe ich mal.« Ben hatte gar nicht gehört, was Kai ihn gefragt hatte. Er erhob sich. Seine Gedanken waberten nur um Jenny. Vielleicht konnte es ja doch noch mal was werden? Also nicht sofort, aber irgendwann! Konnte doch sein. Oder nicht?

Er ging ins Bad, duschte, und als er tropfendnass auf der Duschmatte stand, merkte er, dass kein Handtuch da war.

Die Zeit zog sich wie ein abgelaufenes Karamellbonbon zwischen den Backenzähnen. Zumindest für Ben. Er saß auf dem Sessel, übte gelangweilt Ziergriffe mit einem abgegriffenen Kartenspiel und beobachtete dabei Kai, der mit dem Laptop auf den Knien auf der Couch saß und wieder in seinem berühmten Programmierertunnel verschwunden war. Stumpf, der Kerl, dachte Ben, der sich ärgerte, dass Kai etwas Interessantes zu tun hatte, während er nur rumsitzen konnte. Zum tausendsten Mal ging er im Kopf die nächsten Schritte durch, und kam nur immer wieder zu dem Schluss, dass es nur einen nächsten Schritt gab: das Telefonat mit Evelyn um 16 Uhr.

Um Viertel vor zwei entschied er, dass er genauso gut jetzt schon telefonieren konnte. Er stand auf und suchte den Zettel mit den Telefonnummern, den Evelyn Pracht ihm am Vorabend gegeben hatte. Zwanzig Minuten später und mit einer stechenden Wut im Bauch, fand er ihn in der kleinen, unnützen Minitasche vorne in der Jeans, die er getragen hatte und die unter seinem feuchten Batman-Frottierhandtuch im Wäschekorb lag. Er wählte zunächst die Handynummer, und als sich dort nach dem sechsten Klingeln die Mailbox meldete, versuchte er, ohne vorher eine Nachricht zu hinterlassen, die Festnetznummer von Evelyns Mutter. Hier meldete sich ebenso niemand, was Bens Laune nicht steigerte. Er beschloss, einen kleinen Streit mit Kai anzufangen, der nach wie vor geistesabwesend in sein Laptop starrte und Bens Suchaktion nur einmal mit einem »Pass doch besser auf deine Klamotten auf! Und sei ein bisschen leiser, ich kann mich nicht konzentrieren ...« kommentiert hatte. Er hatte sich gerade ein paar passende Sticheleien einfallen lassen, als Kai den Laptop schlagartig zuklappte, lächelnd von der Couch aufsprang und in den Raum rief: »Ich bin dann mal weg. Steffi will sich mit mir treffen. Warte nicht mit dem Essen auf mich, vielleicht schlafe ich zu Hause.«

»Wie? Und unser Fall«, sagte Ben konsterniert, der in seinem Kopf gerade einen schmissigen Satz mit Begriffen wie *Untermiete, Wäsche machen* und *Haushaltskasse* formulierte.

»Besprechen wir heute Abend. Oder morgen früh«, gab Kai zur Antwort, während er seine Jacke von der Garderobe riss und sich hastig überstreifte. Bevor Ben noch etwas entgegnen konnte, klackte die Eingangstür ins Schloss und ließ einen verbeulten, beleidigten, wütenden und sich plötzlich ziemlich einsam fühlenden Ben Pruss alleine zurück.

KAPITEL 10

Das Kapitel, in dem Ben eine Reise unternimmt und von zwei alten Zauseln erstaunliche Dinge erfährt.

Der Nachmittag und der Abend hatten nichts weiter gebracht als Frustration. 16 Uhr war gekommen und wieder gegangen, ohne dass auf einer von Evelyns Nummern jemand zu erreichen gewesen war. Um 17, 18, 19 und 20 Uhr sah es nicht anders aus, und Ben entschied sich, es an diesem Abend nicht mehr zu versuchen. Er fand die Vorstellung schon peinlich genug, dass Evelyn Pruss zehn Anrufe in Abwesenheit von ihm vorfinden würde, wenn ihr Handy wieder ans Netz kam – denn zu jeder halben Stunde hatte er es auch noch probiert.

Er schaute lustlos *Aktenzeichen XY ungelöst* im Fernsehen und unterdrückte den Impuls, im Sendezentrum anzurufen und seinen Heizungsableser zu melden, der wie das Phantombild eines Supermarkt-Erpresser aussah. Seine Wunden und Prellungen im Gesicht schmerzten, und von Kai hörte er nichts mehr. Um 22 Uhr schleppte er sich matt ins Bett, nahm fünf Belladonna-Globuli und zwei Ibuprofen und schlief an der spannendsten Stelle seiner Drei-Fragezeichen-Kassette *Die flüsternde Mumie* ein.

Jetzt saß er mit demselben griesgrämigen Gesichtsausdruck wie am Vorabend an seinem Küchentisch. In der einen Hand eine Tasse Kaffee, in der anderen Hand sein Handy, aus dessen Lautsprecher ein endloses Freizeichen tönte. Die Handynummer hatte er bereits ausprobiert. Fehlanzeige. Kais Handy schien ebenfalls abgeschaltet zu sein, denn dort meldete sich sofort die Mailbox. »Na toll«, sagte er in den leeren Raum, der mit Desinteresse reagierte. Er blickte auf die Uhr. 09:09. Und er fasste einen Entschluss.

* * *

Es war kurz vor zwölf, als er das Elternhaus von Evelyn Pracht in Hilsenk erreichte. Über die Rückwärtssuche der Telefonnummer war er problemlos an die Adresse gekommen. Das zweistöckige Haus stand einsam auf einer sanften Hügelkuppe, die weitaus höher lag als die Bergbauhalden, die Ben aus dem Ruhrgebiet gewöhnt war. Es war mit einem hellblauen Rauputz versehen, von dem sich handbreite, weiß gerahmte Aussparungen rund um die Fenster deutlich abhoben. Rechts an das Haus angrenzend gab es eine Doppelgarage, deren Rolltor zur gepflasterten Auffahrt hin geschlossen war. Ein adrettes, bunt bepflanztes Beet, welches sich an der gesamten Häuserfront entlangzog, deutete darauf hin, dass die Besitzerin ein Händchen für Gartenarbeit hatte – oder sich zumindest einen versierten Gärtner leistete. Die überall heruntergelassenen Jalousien im Erdgeschoss ließen nur wenige Ritzen frei und schotteten das Innere vom Außen ab. Ein weißer Nissan Micra stand vor dem Jägerzaun neben der Einfahrt zur Garage. Die Tatsache, dass das nächste Haus mindestens fünfzig Meter die Straße hinab lag und es dort massig Parkplätze gab, deutete darauf hin, dass das Auto zu jemandem im Haus gehörte.

Es war still um Ben herum. Nur ein paar Bienen summten. Er öffnete das schmiedeeiserne Törchen, das den Zaun teilte, und erschrak, als es bei der ersten Berührung ein Kreischen von sich gab, dass der Boden zu beben schien. Er hatte ja nicht vorgehabt sich anzuschleichen, aber es war ihm doch unangenehm, dass er sein Kommen so lautstark angekündigt hatte. Er hielt es für unmöglich, dass das Geräusch drinnen ungehört geblieben war. Sicher beäugten sie ihn schon durch die Ritzen der herabgelassenen Jalousien, und als er die Eingangstür über den Kiesweg erreicht hatte, wartete er einige Sekunden, ohne den Klingelknopf zu drücken. Er rechnete damit, dass von alleine jemand kommen würde, und blickte durch das dicke Glas der Tür direkt in den leeren Flur. Sicher kam jeden Augenblick jemand durch die Innentür. Doch das geschah nicht.

Plötzlich kam ihm das Ganze wie eine Schnapsidee vor. War er fast zwei Stunden gefahren, weil eine erwachsene Frau nicht ans Telefon ging? Eine Frau, die eindeutig unter Alkoholeinfluss stand und wahrscheinlich zusätzlich noch sediert war, als sie ihm die Nummern aufgeschrieben hatte. Womöglich erinnerte sie sich überhaupt nicht mehr an das Gespräch mit ihm und Kai.

Er drückte den Klingelknopf, doch nichts passierte. Jetzt wusste er gar nicht mehr, was er machen sollte. Hatte es drinnen geklingelt und er hatte es hier draußen nur nicht gehört, oder funktionierte die Klingel nicht? Er wartete ungeduldig, dann klingelte er erneut. Wieder nichts. Er versuchte es mit Klopfen. Zunächst zart, dann doller. Immer bedacht, keine schmierigen Flecken auf der getönten Scheibe zu hinterlassen. Alles still. Wie verlassen.

Ben fühlte sich unbehaglich. Er ging einen Schritt über die Wiese in Richtung Zaun und sah sich das Auto am Straßenrand an. HSK – ein hiesiges Nummernschild. Er sah in Richtung der Doppelgarage und erkannte ein kleines quadratisches Fenster an der Seitentür, die ins Innere führte. Er ging hin und blickte hindurch. In der Garage standen zwei Autos. Mehr konnte er nicht erkennen, was in erster Linie an der Dunkelheit in dem Raum lag, und erst in zweiter Instanz damit zu tun hatte, dass er von Autos so viel Ahnung hatte wie vom Homebrewn eines Andromeda-Handys. Es reichte aber aus, um zu kombinieren, dass mit großer Wahrscheinlichkeit eines der Autos in der Garage Evelyn gehören musste, denn selbst wenn ihre Mutter einen Zweitwagen besaß, wäre es immer noch einer zu viel. Vielleicht waren sie spazieren gegangen? Das erschien ihm logisch. Es war das schönste Wetter, und es war noch nicht unbedingt Zeit zum Mittagessen. Bei diesem Gedanken merkte er, dass er Hunger bekam. Er entschied sich, erst mal ins Dorf zu fahren und es später noch einmal hier zu versuchen.

Doch Mittagessen sollte es nicht geben.

* * *

»Hä? Was?«, schrie Ben in das Innere seines ansonsten menschenleeren Ford Fiestas. Er trat heftig auf die Bremse, was das Auto hinter ihm ebenfalls dazu nötigte, eine Vollbremsung hinzulegen. Ben winkte nur hektisch ab, ohne den Fahrer näher zu beachten, der hupend und einen Stinkefinger zeigend an ihm vorbeirauschte. »Hau doch ab«, spie er genervt aus und blickte suchend in den Rückspiegel. Da er nicht sehen konnte, was er suchte, wendete er das Auto mit quietschenden Reifen (er hatte es vorher noch nie geschafft, mit quietschenden Reifen anzufahren. Dann fuhr er die knapp hundertfünfzig Meter zur Einmündung der schmalen Straße zurück, an der er eben vorbeigekommen war und etwas Hochinteressantes entdeckt zu haben glaubte. Er fuhr an den Straßenrand, kurbelte das Autofenster runter und blickte auf das orangefarbene, verwitterte Straßenschild. Eindeutig stand da *Maybach 3km*. Er erinnerte sich genau, dass Gerold Schottner laut seinen Zeugnissen in Maybach in die Schule gegangen war. Maybach. Genau so geschrieben, da war er sich sicher.

»Das kann doch kein Zufall sein. Evelyn Pracht und Gerold Schottner kommen aus demselben Kietz«, murmelte er vor sich hin, während er das Fenster hochkurbelte und erneut mit quietschenden Reifen das Auto wendete. »Dann eben ab nach Maybach.«

Nach dem Ortseingangsschild kam Ben zunächst an vielen Höfen mit Weiden mit mächtig vielen Kühen und Pferden vorbei. Kurz vor dem Ortseingangsschild an einem eierschalfarbenen, dreigeschossigen Bau. Laut Wegweiser handelte es sich dabei um die *Alte Schule*. Danach kam das eigentliche Dorf. Ben folgte der Beschilderung, die, etwas großspurig ausgedrückt, ins *Centrum* führte. Eben dieses hatte er nach knapp einer Minute Fahrtzeit erreicht, und es bestand aus einer mickrigen Kirche aus rotem Backstein und einem gepflasterten Vorplatz, der rundherum mit kleinen Geschäften in windschiefen Fachwerkhäusern umsäumt war. Bens Blick haftete starr an einer grünen Leuchtreklame, die über dem Eingang eines schäbigen Ladens angebracht war. Dort stand in großen, unübersehbaren Lettern: *Drogerie Schottner*.

Ben parkte den Wagen und lief schräg über den Kirchplatz zum Laden hinüber. So heruntergekommen wie die Leuchtreklame wirkte auch die Schaufensterdeko. Sofern man von Deko sprechen konnte. Eigentlich waren dort nur einige Produkte lieblos in ein altes Plastikregal gestellt worden. Seifen, Cremes, Kosmetiktücher, Batterien und, Ben musste zweimal hingucken, Kleinbildfilme für eine Fotokamera lagen dort herum, gesäumt von jeweils einem verstaubten Trockenblumenstrauß rechts und links der Ware. Die Sonne von vielen Jahren hatte ausnahmslos alle Verpackungen ausgeblichen, und auf einer Tube konnte Ben gar keine Schrift mehr ausmachen. Er versuchte, in das Geschäft zu schauen, doch es war zu dunkel im Inneren, und die Scheibe reflektierte das Sonnenlicht dermaßen, dass nichts zu erkennen war außer sein verdutzt dreinschauendes Spiegelbild. Er nahm die drei Stufen vor der Eingangstür mit einem Schritt und drückte den quadratischen, schwarzen Kunststofftürknauf, der an einer verkratzen Metallschiene angebracht war. Dann zog er daran. Nichts. Die Tür war abgeschlossen.

Er fluchte leise, als ihm einfiel, dass in solch kleinen Dörfern die Geschäfte über Mittag meistens geschlossen hatten. In Kniehöhe, direkt neben dem Schild, auf dem zu lesen war *H nde müßen drauß n blei* und über einem langsam abblätternden Werbeplakat, welches versprach *Ovomaltine – stärkt auch Sie!* fand er das Schild mit den Öffnungszeiten. Die einzige Zahl, die dort in geklebten Lettern noch zu erkennen war, war eine 15 im vorletzten Feld am Montag. Ben hatte mittlerweile echte Zweifel, ob der Laden überhaupt noch geöffnet hatte, und er schirmte die Augen mit den Händen ab und lugte durch die Tür ins Ladeninnere. Da er im Schatten stand, erkannte er hier tatsächlich etwas. Alt waren die Regale im Innern ebenfalls, aber die Produkte schienen dem heutigen Zeitalter zu entsprechen. In der Ecke blitzte sogar ein moderner Colakühlschrank, der sanftes, blaues Licht in den ansonsten dunklen Raum versprühte. In einer anderen Location wäre das Teil durchaus als »cool« durchgegangen, hier wirkte es futuristisch. Links davon befand sich auf einem braunen Tresen eine alte Registrierkasse und gleich danebenstand … Ben zuckte zurück und schaute dann noch einmal genauer hin. Tatsächlich, dort stand ein alter, gebeugter Mann im weißen Kittel, der ihn misstrauisch beäugte.

Langsam, als ob die Hosenbeine seiner braunen Cordhose aus purem Blei wären, schlurfte der Alte auf Ben zu. Erst als sein faltiges Gesicht bis auf wenige Zentimeter an das Türglas heranreichte, hielt er an. Er blickte nach wie vor misstrauisch drein. Als er zum Reden ansetzte, zeigte er zusätzlich noch einen Ausdruck deutlicher Empörung. Ben entging das nicht, und ihm schoss durch den Kopf, dass der Mann ob seiner tiefen Falten und der überschüssigen Haut eine Menge Potential für die verschiedensten Gesichtsausdrücke hatte. Er unterdrückte den Drang zu lachen, weil er nicht bereits jetzt als unhöflich abgestempelt werden wollte.

»Wir haben Pause. Bis drei Uhr. Fünfzehn Uhr! Sehen Sie das Schild denn nicht?«, krächzte der Mann mit zittriger Stimme. Dabei besprenkelte er die Scheibe mit einigen Tröpfchen Spucke und zeigte auf das verwitterte Schild mit den Öffnungszeiten, dass nach wie vor nur eine launige 15 bei *Montag* aufwies.

»Doch, doch. Tschuldigung«, antwortete Ben, der instinktiv einen Schritt nach hinten machte. Selbst jetzt, wo er eine Stufe tiefer stand als der Ladenbesitzer, war er immer noch einen Kopf größer. »Ich dachte nur … Ich war zufällig hier, und da dachte ich, ich könnte schnell ein paar Sachen bei Ihnen einkaufen, Herr Schottner. Also, wenn es gerade nicht passt …«

»Schottner?«, sagte der Mann, »Sie haben ja keine Ahnung!« Dabei drehte er den Schlüssel innen im Schloss.

Ben drückte die Tür vorsichtig auf, was den Mann dazu veranlasste, im Schneckentempo rückwärts zu weichen. Sofort umfing Bens Nase ein muffiger Geruch aus kaltem Zigarettenrauch und etwas, das ihn an eine Mischung aus gebrannten Mandeln und feuchten Windeln erinnerte. Er griff in seine Hosentasche und stellte sein Handy auf stumm. So sehr er sich wünschte, dass Evelyn oder wenigstens Kai sich bei ihm meldeten, wollte er momentan lieber ungestört bleiben.

»Das ist sehr nett«, sagte er mit einem freundlicheren Lächeln und einer Lautstärke, die darauf ausgelegt war, dass der Gesprächspartner zu mindestens achtzig Prozent taub war. »Ich würde dann mal schnell …«, sagte er, mit gemäßigter Stimme und milderem Lächeln und lief zielstrebig in Richtung des futuristischen Kühlschranks. Er entnahm diesem eine Cola und ging damit zur Registrierkasse. Die Augen des Ladenbesitzers schienen ihn bei jeder Bewegung bis ins Mark zu durchdringen.

Bis Ben an der Kasse stand, waren die Augen des Mannes das Einzige, was sich bewegte. Jetzt stapfte er mühsam in Richtung Tresen.

»Eine Flasche Cola? Das glaube ich ja wohl nicht«, sagte der Mann barsch, das Zittern war aus seiner Stimme gänzlich verschwunden, und er sah Ben düster an.

Zurechtgewiesen und eingeschüchtert antwortete Ben, der in Wirklichkeit nicht mal die Cola kaufen wollte: »Nein, nein, natürlich nicht. Ich hätte gerne noch …« Er blickte suchend in das Regal hinter dem Tresen. »Eine Bifi.« Und als er in das Gesicht des Verkäufers blickte, setzte er schnell hinterher: »Zwei … äh … zwei Bifis und eine Packung m&ms. Und diese Cola hier.« Er kramte nach seinem Portemonnaie und legte einen Fünf-Euro-Schein in den abgegriffenen, orangefarbenen Zahlteller neben der Kasse. Am liebsten wäre er so schnell wie möglich abgehauen. Der Alte kam ihm doch zu merkwürdig vor. Doch er wollte ja schließlich etwas erfahren. »Ach, Sie heißen gar nicht Schottner?«, begann er, während er sein Wechselgeld einsammelte, und fand den Satz schon beim Aussprechen recht ungeschickt gewählt. »Ich dachte nur, weil der Laden ja Schottner heißt. Habe ich doch richtig gelesen, oder?«

»Man kann einen Laden haben, der anders heißt als man selber«, antwortete der Verkäufer nur. »Es heißt ja auch keiner Co-Op.«

»Richtig, richtig«, versuchte Ben einzulenken. »Ich dachte nur, weil ich jemanden kenne, der Schottner heißt und hierherkommt. Hier aus Maybach.«

»Sie denken zu viel!« Scheinbar war der alte Mann nicht an einem Gespräch interessiert, aber Ben ließ nicht locker. Noch nicht.

»Kennen Sie den vielleicht? Gerold Schottner? Ich meine … könnte ja sein.« Innerlich sah er sich noch einmal in sein Portemonnaie greifen und einen Zehn-Euro-Schein über den Tresen schieben, um die Vögelchen singen zu lassen. Etwas in seinem Innersten sagte ihm, dass er so weit in seiner Detektivkarriere noch nicht fortgeschritten war. Also wartete er ab. Hatte er da ein Funkeln in den Augen des Alten bemerkt?

»Nichtsnutz«, spuckte dieser verächtlich aus und versprühte dabei erneut einige Speicheltröpfchen, die behäbig vor Ben hinabregneten und sich als weiße Punkte auf dem Tresen niederließen. Dann lachte er ein einziges Mal abgehackt auf und sprach weiter. »Das ist ein ganz armes Würstchen, der Kerl. Ein ganz armes Würstchen.«

»Ach was.«

»Jo, jo«, sprach der Alte nach einer kurzen Pause weiter, und Ben hatte das Gefühl, das Eis sei gebrochen.

»Sein Vatter hat den Laden hier eröffnet. Und der ist dann von einem Tag auf den anderen einfach abgehauen und hat seine Frau und den kleinen Gerold alleingelassen. Auch ein ganz armes Würstchen, wenn Sie mich fragen, der alte Schottner. So was macht man nicht. Da war der Gerold so vier oder fünf.« Er stützte sich mit beiden Händen auf dem Tresen ab und beugte sich weiter nach vorne.

Am liebsten wäre Ben einen Schritt nach hinten ausgewichen, doch da er das für unhöflich hielt, harrte er standhaft in Speicheltröpfchenweite aus.

»Dann habe ich den Laden irgendwann wieder eröffnet. War ein ganz schönes Hickhack mit den Gerichten und so, das kann ich Ihnen sagen. Der alte Schottner war ja nicht aufzutreiben. Ich hab dann seine Frau hier eingestellt. Damals lief der Laden noch anders. Heute kann man sich das nicht mehr erlauben. Früher ging das noch, da gab's hier noch keinen Aldi und keinen Lidl.« Es folgte wieder ein kurzes, verächtliches Schnauben, und Ben spürte einige zarte Sprenkel auf seinem Gesicht.

»Ja, heute gibt es die ja an jeder Ecke ...«, begann Ben, wobei der die abwischende Geste als ein Kratzen tarnte, doch der Alte unterbrach ihn sofort.

»Und dann hat se sich irgendwann umgebracht, Gerolds Mutter, die Iris. Und da hat der Knabe irgendwie 'nen Knacks weggekriegt, wenn Sie mich fragen.« Er hob die rechte Faust und drehte sie vor seiner Stirn, als ob dort eine Kurbel angebracht wäre. »Der hat sie ja gefunden, der Gerold. Hat sich aufgehängt im Badezimmer. Damit ist er nicht fertiggeworden. Hat ständig Ärger gemacht. Häuserwände bekritzelt und so, und die Katze von der alten Pohl totgetreten. Ein paar Mal hat er in meinen Briefkasten gepisst.« Einen Moment herrschte Stille, dann sprach er weiter: »Hat ein, zwei Jahre hier im Dorf bei einer Pflegefamilie gelebt, dann ist er weggekommen. Und den kennen Sie?«

»Flüchtig, flüchtig«, antwortete Ben prompt. »Ist jetzt Fotograf.«

Der Alte nickte, und Ben fragte: »Warum hat sie sich denn das Leben genommen?«

»Wegen 'nem anderen Kerl. So ein Hallodri. So 'n Jungspund, viel jünger als sie. Verrückte Weiber. Erst war sie ein paar Wochen total aufgedreht. Hat ständig gesungen hier im Laden, selbst wenn die Kunden da waren. Und wollte ständig unter der Woche früher gehen, weil ihr Kerl da Zeit hatte. Bestimmt ein Arbeitsloser, auf den die reingefallen ist.« Er machte eine wegwerfende Handbewegung. »Alles klar mit Ihnen?«, fragte er Ben, der, die Augen zu zwei Schlitzen verengt, dastand und keine Anstalten machte, etwas zum Gespräch beizutragen.

»Ja, ja«, antwortete er. »Ich dachte nur … Wissen Sie, wie der Kerl hieß?«

Der Alte zog die Stirn kraus und spuckte aus: »Bin ich Jesus? Ich bin in einem Alter, dass ich morgens zwei Mal überlegen muss, wie ich selbst noch mal heiße. Da merke ich mir doch nicht noch die Namen von irgendwelchen anderen Fatzken.«

Ben vernahm ein leichtes Summen in seinem Kopf, als er den Laden verließ und wieder die gepflasterte Straße betrat. Irgendwas lag ihm förmlich auf der Zunge, nur konnte er es noch nicht aussprechen. Er war auf der anderen Straßenseite angekommen und merkte, dass er gar nichts in den Händen hielt. Er hatte seine Einkäufe im Laden vergessen. Dazu passend hörte er die krächzende Stimme hinter ihm. Der Alte hatte sich auf den langen Weg von seinem Tresen zur Tür begeben und rief nach ihm: »He, Sie Experte. Sie haben Ihre Plürren vergessen. Wo haben Sie denn Ihren Kopf?«

Ben lief zurück, nahm Cola, Bifis und die m&ms entgegen, entschuldigte sich mehrmals und nannte sich selbst Holzkopf und Dummerchen. Zwei Wörter, von denen er gar nicht wusste, dass sie sich in seinem aktiven Repertoire befanden. Als er zum zweiten Mal dem Laden den Rücken zudrehte, fiel ihm noch etwas ein. »'tschuldigung«, begann er. »Wissen Sie noch, wo der Gerold damals mit seiner Mutter gewohnt hat?«

»Das weiß ich wohl noch«, antwortete der Alte. »Nicht weit von hier. In Maybach ist sowieso alles nicht weit von hier.« Er krächzte wieder einen einsamen Lacher aus. »Da gehen Sie hier rechts lang und dann zwei Straßen weiter wieder rechts. Geradeaus und dann die zweite links. Im Felsental heißt die Straße. Hausnummer weiß ich nicht. Das ist das einzige Mehrfamilienhaus da. Können Sie nicht verfehlen. Aber den Weg können Sie sich sparen, da wohnt ja keiner mehr von denen. Da wohnt sowieso keiner mehr.« Es gab ein dumpfes Geräusch, als der Alte beim letzten Satz die Tür vor sich zuschlug.

Ben hörte, wie er hastig den Schlüssel im Schloss drehte. »Ja, und damit wäre unser Gespräch dann wohl zu Ende«, sagte Ben zu sich selbst. Sicher hatte der Alte recht, und es würde nichts bringen, zur alten Wohnung von Gerold Schottner zu spazieren, doch Ben musste sowieso die neue Information in seinem Kopf an die richtige Stelle rücken und einen Sinn darin finden, und das funktionierte beim Gehen allemal besser als rumsitzend im Auto. Er verstaute die Zwischenmahlzeiten in der Innentasche seiner Jacke, trank einen Schluck Cola, steckte die Flasche in die hintere Tasche seiner Jeans und ging los.

Die erste Straße rechts war eine kleine, asphaltierte Gasse mit reizenden, roten Backsteinhäusern rechts und links des Wegs und flachen Mäuerchen oder scharfkantig gestutzten Hecken vor adrett gepflegten Vorgärten. Dieser Gasse folgte er geradewegs, und überprüfte im Vorbeigehen die Schilder der rechts und links abgehenden Straßen. Das Felsental war nicht dabei, wohl aber der Heideblick, die Zitrusgasse und der Maybacher Leichenberg. Hätte er daran gedacht, dass sein neues Handy eine Kartenapp installiert hatte, wäre seine Suche um einiges unkomplizierter und zeitsparender verlaufen; doch durch seine detektivisch recht unausgegorene Herangehensweise, war es allein seine Schuld, dass er sich verlief. Nur merkte er es nicht. Ehe er sich versah, war er so in Gedanken versunken, dass er nicht einmal mehr die Straßennamen beachtete, sondern einfach seiner Nase nach weiterlief.

Ben blickte auf und registrierte zum ersten Mal seit fast zehn Minuten seine Umgebung. Alles schien ihm unbekannt, nicht mal der Zwiebelturm der alten Kirche war mehr auszumachen. Er hatte sich offensichtlich verlaufen und hielt es nun für das Beste, jemanden zu fragen, doch das einzige Lebewesen, das er in Sichtweite verorten konnte, war eine arrogante, rote Katze, die sich nun, da er sie bemerkt hatte, großspurig von ihm abwandte und hoch erhobenen Schwanzes davonstolzierte. Scheinbar war alles in diesem Dorf auf die strikte Einhaltung der Mittagsruhe programmiert. Fast juckte es ihm in den Fingern, einfach irgendwo zu klingeln, als er plötzlich am Eingang eines kleinen Parks ein verwittertes Holzgestell mit Informationstafel und einem Stadtplan fand.

Offensichtlich war dieser von der örtlichen Gastronomie gesponsert worden, denn die Kneipen und Restaurants im Ort – von denen es einige mehr gab, als Ben vermutet hätte – waren im Plan extra gekennzeichnet. Der blassgelbe Punkt, der seinen Standort markierte und ihn in der Nähe des griechischen Imbiss' *Dionysos* und der *Sauerlandschänke* auswies, war sicher irgendwann einmal rot gewesen. Ein Straßenverzeichnis gab es nicht auf der Karte, und so dauerte es eine Minute, bis er das Felsental endlich fand. Er hatte den Fehler gemacht, in der Nähe des Sie-befinden-sich-hier-Punktes zu suchen, doch das Felsental lag in einem ganz anderen Teil des Dorfes. Er spürte, wie sich Ärger über den alten Sack im Laden in ihm ausbreitete, obwohl er insgeheim wusste, dass er selbst der Dumme in diesem Spiel war.

Diesmal merkte er es sich genau, an welchen Stellen er abbiegen, und wie die Straßen hießen, durch die er laufen musste. Er stellte fest, dass er Hunger hatte, und kramte seine Bifis hervor, die er im Gehen aß. Zehn Minuten später sah er vor sich das Straßenschild *Zum Felsental* – zwar auf der anderen Seite der Querstraße, als er es vermutet hatte, doch das war ihm schnuppe. In der Tat – das Haus fiel ihm sofort auf. Es hätte eher in die Innenstadt von Bottrop oder Herne gepasst. Drei Stockwerke, grau verputzt, rote, mit reichlich Grünspan bedeckte Dachpfannen. Vor den meisten Fenstern waren die alten, braunen Jalousien herabgelassen worden. Ben schaute auf die Klingeln, dann auf die Briefschlitze neben der Tür. Keine Namensschilder. Und wenn es auch nichts geändert hätte, wünschte er sich, im Laden gefragt zu haben, in welcher Wohnung Gerold Schottner hier mit seiner Mutter gewohnt hatte. Ohne Überraschung stellte er fest, dass die Haustür sich nicht öffnen ließ.

Wäre ja zu schön gewesen, dachte Ben. Aber wäre es das wirklich? Was hätte es gebracht? Wahrscheinlich nichts, war die Antwort, die er sich selber gab. Und doch übte dieser Ort eine eigenartige Faszination auf ihn aus. Er ging einige Schritte zurück und blickte an der Fassade nach oben. Hier hatte Gerold mit seiner Mutter gelebt, und hier hatte sie ihrem Leben schließlich selbst ein Ende gesetzt.

»Da wohnt keiner«, hörte er eine kräftige Stimme hinter sich und zuckte zusammen. Er hatte sich so daran gewöhnt, dass das kleine Städtchen menschenleer war, dass ihm das plötzliche Auftauchen einer Stimme äußerst unpassend und bedrohlich vorkam. Er drehte sich um und erblickte einen kräftigen Mann mit roter Haut und grauen, kurzen Haaren in kariertem Holzfällerhemd und Jeans, der neben einem schlammbespritzten Subaru stand und gerade im Begriff war, einzusteigen. Seine besten Jahre hatte auch dieser Herr schon hinter sich, allerdings noch nicht so lange, wie der Alte im Laden.

»Nee, weiß ich«, antwortete Ben und fing an zu lügen: »Ein Freund von mir hat hier mal gewohnt. Ist schon lange her. Vielleicht kennen Sie den? Gerold Schottner.«

»Ja, den kenne ich. Und auch seine Mutter, die ... Iris ... Hat sich ja ...« Er sprach den Satz nicht zu Ende, sondern fasste sich stattdessen in einer knappen Geste mit der Hand an den Hals. Ben nickte und signalisierte damit, dass er wusste, wovon der Mann sprach. »Meine Frau hat die damals gefunden. Der Junge hat hier alles zusammengeschrien. War nicht schön.«

»Das kann ich mir vorstellen«, antwortete Ben.

»Der lief auf die Straße und hat wie am Spieß geschrien. Meine Frau ist gleich rüber, und ich hinterher. Er hat nur nach oben zur Wohnung gestarrt und weiter geschrien.« Er deutete mit dem Zeigefinger auf die Wohnung im zweiten Obergeschoss rechts. »Wollte nicht mit nach oben. Dann bin ich mit ihm unten stehen geblieben und meine Frau ist hoch. Dachte ja, es wäre irgendwas mit der Mutter, das die verletzt ist oder so. Mit so was hat ja keiner gerechnet.« Er ließ die Worte eine Sekunde wirken. »Hing über der Badewanne«, ergänzte er und rieb sich nachdenklich mit der Hand über sein Kinn, als wollte er prüfen, ob es Zeit für eine Rasur sei. »Meine Frau hat gleich gesehen, dass da alles zu spät ist. Krankenschwester, wissen Sie? Hat gerufen, dass ich hochkommen soll, aber den Jungen nicht mitbringen. Wäre auch nicht gegangen, der hat sich wie ein Wilder gewehrt und gezappelt.«

Ben bekam ein dumpfes, knotenartiges Gefühl im Magen. So, wie der Mann es beschrieb, musste die Situation dramatisch gewesen sein, und er empfand echtes Mitgefühl mit Gerold Schottner. So etwas sollte man als Achtjähriger nicht erleben müssen. So etwas sollte man überhaupt nicht erleben müssen.

»Inzwischen war noch eine andere Nachbarin da, und ich bin hoch. Das war schrecklich.« Er winkte ab und schüttelte mit dem Kopf. »Meine Frau stand da und hat sie hochgedrückt, und ich hab dann den Knoten oben gelöst. War nichts mehr zu machen. Die war hinüber.« Er machte eine Pause, und in Ben protestierte alles gegen die plötzlich eingetretene Stille. »Muss schlimm gewesen sein«, sagte er, um das Schweigen zu brechen, und der Mann nickte nur. »So wusste ich das noch gar nicht«, sprach Ben weiter. »Ich meine, ich kannte die Geschichte … Aber nur in groben Zügen.«

»Die Rettungsleute haben sich dann um den Jungen gekümmert, haben dem eine Spritze gegeben, anders war der nicht ruhigzukriegen. Hat einen Brief in der Hand gehabt. Hat den richtig festgekrallt und wollte den nicht den Polizisten zeigen. Wird wohl der Abschiedsbrief gewesen sein, schätze ich.«

Ben fühlte sich sofort an den abgegriffenen Brief erinnert, den Gerold Schottner aus dem Safe genommen hatte, als Ben und Kai ihr Date unter Schottners Bett hatten. *Gerold* hatte draufgestanden, war er sich sicher. Eine Zeitlang standen sie noch stumm da, dann öffnete der Mann wieder die Fahrertür seines Wagens: »Ich muss mal los.« Bei diesen Worten klopfte er zwei Mal mit der flachen Hand auf das Autodach.

»Ja, ich muss auch weiter. Hoffentlich habe ich Ihnen nicht den Tag verdorben.«

»Den habe ich mir selber verdorben«, sprach der Mann, lächelte schmallippig, setzte sich in sein Auto und brauste davon.

Ben blieb noch einige Sekunden stehen und sah dem Wagen hinterher. Er fühlte sich merkwürdig nach den beiden Gesprächen hier in Maybach. Er hatte alte, aufgewärmte Geschichten gehört, und spürte, dass die aktuellen Entwicklungen etwas mit diesen Geschichten zu tun haben mussten. Kai anrufen, das stand ganz oben auf seinem Zettel. Er kramte sein Handy aus der Hosentasche und blickte auf das Display. Zwei Anrufe von Kai in Abwesenheit. Sonst nichts. Keine Nachricht von Evelyn Pracht. Drei Balken zeigten an, dass es hier Netz gab. Er tippte auf Kais Nummer im Kontaktverzeichnis und wenige Sekunden später meldete sich dessen Mailbox.

»Holzkopf«, schnaubte Ben und wollte eben das Handy zurück in die Hosentasche stecken, als ihm ein Gedanke kam. Das, was ihm seit dem Gespräch mit dem Alten im Laden irgendwie auf der Zunge lag, schien jetzt kurz davor, ausgesprochen zu werden. »Irgendwo muss hier doch …«, murmelte er, während er mit dem Daumen auf dem Handy wischte. Dann hatte er die Browser-App entdeckt. Er tippte eine Internetadresse in die Adresszeile. Die Seite brauchte eine gefühlte Ewigkeit, bis sie geladen war, doch als sie endlich vor ihm aufploppte, dauerte es nur noch einen weiteren Klick, bis seine Augen den Text erfassten, den er an der Stelle irgendwie schon vermutet hatte. »Ach du Scheiße«, sagte er. »Das ist es also.«

* * *

Der zweite Besuch am Haus von Evelyns Mutter begann mit einem Déjà-vu. Alles schien genauso zu sein, wie Ben es am Mittag erlebt hatte: der silberfarbene Opel am Straßenrand, die herabgelassenen Jalousien im Haus, das Summen der Bienen als einziges Geräusch weit und breit. Ben fühlte ein Unbehagen in sich aufkommen, das er nicht erklären konnte. Irgendwie wirkte das Bild, das er vor sich sah, nicht stimmig. Er spürte, wie ihm ein Schauer über den Rücken lief. Er stand vor dem Gartenzaun und sah auf sein Handy. Kein Empfang. Jetzt ärgerte er sich, dass er nicht noch einmal versucht hatte, Evelyn Pracht zu erreichen, als er in Hilsenk gewesen war. Vielleicht wäre sie drangegangen, und alles hätte sich aufgeklärt. Es half nichts, er musste wieder zum Haus gehen und klingeln. Und aus der dämlichen Klingel würde wieder kein Ton kommen, und er würde sich wieder fragen, ob man sie nur draußen nicht hören könne. Und er würde klopfen und genauso dumm dastehen wie vorher. Er überlegte kurz, ob er nicht einfach abhauen sollte, wusste aber, dass er sich nach maximal fünf Minuten Autofahrt darüber ärgern und wieder umdrehen würde.

Er atmete tief durch und tat einen großen Schritt über das niedrige Gartentor, ohne es zu öffnen. Der bloße Gedanke an das Kreischen …

Der Junge hat immer weiter geschrien …

… der Scharniere ließ ihn frösteln. Das wollte er nicht noch einmal hören. Allein das Knirschen seiner Schritte auf dem schmalen Kiesweg, der zur Haustür führte, war ihm unangenehm. Er fühlte sich mehr denn je als Eindringling. Er zwang sich, schnell und fest den Klingelknopf zu drücken. Dabei drehte er sein Ohr zur Tür und lauschte angestrengt. Nichts zu hören. Er war sich sicher, dass die Klingel abgeschaltet oder kaputt war. Trotzdem wartete er einige Sekunden, dann klopfte er. Diesmal gleich mit einem Stufe-2-Klopfgeräusch. Nichts, keine Reaktion. Vielleicht waren sie hinten im Garten? Ben wollte gerade einen Weg zur Rückseite des Hauses suchen, als er stutzte. Irgendwas war doch anders als am Mittag. Er drehte sich noch einmal zur Tür und spähte durch das braun getönte, dickwandige Glas in den Flur. Da fiel es ihm auf. Die hölzerne Tür auf der Innenseite war bei seinem ersten Besuch geschlossen gewesen, da war er sich ganz sicher. Jetzt stand sie einen kleinen Spaltweit offen.

»Verdammt noch mal«, fluchte er leise, drückte mit dem linken Daumen den Klingelknopf und klopfte mit der rechten Faust an die Tür. Es war ihm vollkommen egal, ob er fettige Abdrücke auf dem Glas hinterließ. »Hallo?«, rief er. »Frau Pracht? Sind Sie da?« Er hielt inne und lauschte. Nur das Summen der Bienen. Wer hielt ihn hier zum Narren?

Ärger quoll in ihm hoch. Er lief mit raschen Schritten zur Garagentür, blickte wieder durch das kleine Fenster, sah die beiden Autos dort desinteressiert stehen, legte unwillkürlich die Hand auf die Klinke und drückte sie hinunter. Die Tür sprang auf.

KAPITEL 11

Das Kapitel, in dem Ben nicht mehr lange zu leben hat.

Einen Moment lang stand er reglos da. Die Hand weiterhin auf der Klinke ruhend, die immer noch heruntergedrückt war. Die Tür nicht weiter als einen Zentimeter geöffnet. Am liebsten hätte er die Tür zugeschlagen, sich umgedreht und gerufen: »Das war ich nicht! Ich habe die Tür nicht aufgemacht!« Aber er hatte die Tür geöffnet, und es war ihm klar, dass er sie einfach, still und leise, wieder schließen konnte. Ganz langsam und unaufgeregt. Dann würde er die Hand von der Klinke nehmen, sich umdrehen und den feinen Kiesweg zum Gartentor nehmen. Er müsste nicht einmal mehr über das Gartentor klettern. Er konnte es munter aufreißen und es so laut kreischen lassen, wie es nur wollte. Nach seiner Polter-Ruf-Aktion eben wusste sowieso jeder, der vielleicht doch im Haus sein mochte, von seiner Anwesenheit. Zum Summen der Bienen hatte sich sein Herzschlag gesellt, den er dumpf in sich hörte und der bis zu seinem Hals hinauf pochte.

Er wusste, dass er die Tür *nicht* wieder schließen würde. Er schob sie leise ein Stückchen weiter auf und betete innerlich, dass sie nicht knarzen möge. Die Tür wich leicht und geräuschlos zurück, und im ersten Moment konnte er im Inneren der Garage gar nichts erkennen. Er steckte den Kopf in den Türspalt und sah in einem dunstigen Licht, das durch zwei schmale Fenster an der Seite fiel, die beiden Autos und dahinter Regale mit Konservendosen und Haushaltswaren. Er blickte an der Tür vorbei in Richtung der Rückwand. Dort hingen adrett und ordentlich aufgereiht Gartengeräte an der Wand – zwei Harken, ein Wasserschlauch, ein kleiner Rasenmäher und einige Gerätschaften mehr. Daneben gab es eine weitere Tür, die ins Innere des Hauses führte.

Ben unterdrückte mit Mühe den Fluchtinstinkt, der immer stärker in ihm wütete. Unwillkürlich kam ihm eine Szene aus dem Film *Manhattan Murder Mystery* in den Sinn. Woody Allen, der Diane Keaton anschrie: »Das ist Einbruch! Einbruch-Diebstahl ist das!«

»Hallo?«, säuselte er mit belegter Stimme in das Zwielicht der Garage hinein. Selbst jemand, der direkt hinter den Autos gestanden hätte, hätte mit einem »Wie bitte?« antworten müssen, so leise und zaghaft hörte es sich an. Ben fand sich fehl am Platze, und seine Stimme in dieser Stille erst recht. Er ließ die Tür, durch die er gekommen war, weit geöffnet, um sich selbst das Gefühl zu geben, doch kein richtiger Einbrecher zu sein, und schlich hinüber zur anderen Tür. Er gab sich Mühe, deutlich zu klopfen, und zwang sich zu einem beherzteren »Hallo?« als beim ersten Mal, was ihm nur kläglich gelang. Er wartete einige Sekunden, und als keine Reaktion erfolgte, drückte er die Klinke hinunter.

Auch diese Tür öffnete sich und gab den Blick in einen dunklen, weiß gekachelten, schmalen Flur frei, von dem eine Tür links und eine Tür vor Kopf abzweigten. Bis auf zwei Fußmatten gab es hier nur noch ein schulterhohes Schuhregal, vor dem ein Paar Kinderschuhe standen.

»Hallo, Frau Pracht?« Jetzt schaffte er es, entschlossener zu klingen. »Ist da jemand? Entschuldigung, dass ich hier einfach so reinplatze …« Er hatte die Tür auf der linken Seite erreicht.

Abgestandene Luft umfing ihn in der Küche. Es war düster, weil die Jalousie am einzigen Fenster bis auf einige kleine Ritzen geschlossen war, die nur ein mattes Licht in schmalen, staubigen Streifen hereinließen. Die Luft roch abgestanden, so als wäre schon lange kein Fenster mehr geöffnet worden. Und es war kühl im Gegensatz zur warmen Luft in der Garage. Er wog ab, ob er noch einmal rufen oder erst den nächsten Raum betreten sollte, als er erkannte, dass er nicht alleine war. Die Person stand vollkommen statisch, scheinbar unverrückbar, keine drei Schritte vor ihm. Bens Sinne spielten bei dieser gänzlich unerwarteten Situation nicht mit – und eine Sekunde lang versuchte er sich einzureden, es müsse sich um eine Schaufensterpuppe handeln. Die Person kam einen Schritt auf ihn zu. Er erkannte sie. Es war Frank Pracht.

»Ich …«, begann er, dann spürte er einen stechenden kurzen Schmerz an seinem Hals, der ihm mit einem Mal alle Kraft aus den Gliedern sog, und er registrierte nebenbei, dass er stürzte. Ohne Schmerzen schlug sein Kopf auf der Arbeitsfläche des Küchentresens auf, und zum zweiten Mal innerhalb von 72 Stunden verlor Ben Pruss das Bewusstsein.

»RACHE!«, schrie eine Stimme, und es dauerte einige Sekunden bis Ben bemerkte, dass die Stimme nur in seinem Kopf existierte. Seine Gedanken zogen sich wie Gummi. Wie war das noch? Ach ja, Frank Pracht war damals der Geliebte von Iris Schottner gewesen. Wegen ihm hatte sie sich umgebracht ... Und das stand auf der Internetseite von Frank Pracht? Nein, natürlich nicht. Blödsinn. Dort stand aber, dass er auch aus Maybach kam, genau wie Iris ... Jungspund ... Viel jünger als sie ... Das war garantiert kein Zufall ... Aber warum ... Was? ... Warum hatte der Pracht ihn schon wieder ausgeknockt?

Ben schlug die Augen auf. Die Sonne streute einen weißen Lichtkegel durch das Fenster vor ihm, und er sah feine Staubkörnchen in der Luft tanzen. Jetzt spürte er den Schmerz in seinem Kopf und seinem Hals und er versuchte, seine Benommenheit durch wiederholtes Blinzeln wegzuscheuchen. Erst als er ein fremdes Paar Beine keinen Meter von ihm entfernt reglos auf dem Boden liegend sah, wurde er richtig wach und musste sich Mühe geben, einen Schrei zu unterdrücken. Er wollte sich aufrichten und bemerkte, dass er mit den Händen auf dem Rücken an ein Heizungsrohr gefesselt war.

»Oh, Scheiße!«, entfuhr es ihm leise, doch es klang mehr wie ein Stöhnen.

Panik machte sich in ihm breit. Am liebsten hätte er wie ein Wilder an seinen Fesseln gerissen und um Hilfe geschrien, doch ein letzter Rest Vernunft hielt ihn zurück. Vorerst. Er schaffte es, sich langsam aufzurichten und hinzuknien. Sofort wurde ihm schwarz vor Augen, und massiver Schwindel kroch ihm in den Kopf. *Ich brauche meine Rescue-Tropfen,* sagte eine besorgte Stimme in ihm, die sofort verstummte, als der Schwindel sich langsam verzog und er wieder klar sehen konnte. Vor ihm lag eine Frau auf dem Boden. Es war nicht Evelyn Pracht. Diese Frau war deutlich älter. Sie lag mit geschlossenen Augen und halb geöffneten Mund auf dem Rücken vor ihm und regte sich nicht. Ben versuchte, seinen eigenen, panischen Atem unter Kontrolle zu bekommen, um hören zu können, ob die Frau noch atmete.

Er drückte sein rechtes Bein nach vorne und stupste die Frau seitlich in Hüfthöhe an. Ihre linke Hand, die auf ihrem Becken gelegen hatte, rutschte herunter und viel mit einem leisen, leblosen »Pock« zu Boden.

Lebte die Frau noch? Ben zog scharf die Luft ein. Sein ganzer Körper war verkrampft, und ihm brach der Schweiß aus.

Wenn sie noch lebte, warum war sie dann nicht gefesselt, fragte ein besonnen und gleichzeitig liebenswert spöttisch klingender Teil in ihm, der verdächtig nach David Copperfield klang. Eine unsichtbare Menge schien der Stimme zuzujubeln. Vielleicht war das auch nur die aufkeimende Panik, die ihm zunehmend verführerisch erschien. Er zwang sich zur Ruhe und atmete tief ein und aus. Etwas, das er immer in Stresssituationen tat. Er bezweifelte allerdings, jemals in seinem Leben in einer Stresssituation gewesen zu sein, wenn das hier eine sein sollte. Trotzdem schien die Klarheit, dass

Panik alles nur noch schlimmer machen würde, die Oberhand zu gewinnen. Zunächst prüfte er seine Fesseln. Kabelbinder. Dann erinnerte er sich an sein Handy. Er hatte es in der rechten Hosentasche gehabt, als er … Ja, was eigentlich? Als er von Frank Pracht ausgeknockt wurde. Schon wieder. Wahrscheinlich hatte er ihn mit einem Elektroschocker, in den Schlaf geschickt.

Was hatte das alles zu bedeuten?

Ben drehte sein rechtes Bein so, dass er das Handy in der Hosentasche spüren oder durch die Hosentasche sehen musste, sofern es noch an Ort und Stelle war. Anscheinend war es das nicht, und was hätte es auch genutzt? Evelyn Pracht hatte ihm ja gesagt, dass es hier kein Netz gebe. Trotzdem prüfte er noch die andere Hosentasche vorne, und sogar die hinteren Taschen, die er mit den Händen halbwegs erreichen konnte. Er trug noch seine Jacke, aber warum sollte Pracht ihm das Handy von der Hosentasche in die Jacke gesteckt haben? Der Kerl war zwar durchgeknallt, aber trotzdem – dieser Gedanke erzeugte eine Gänsehaut auf Bens Armen – intelligent.

Resignierend ließ er sich nach hinten fallen, lehnte sich an die Wand und schloss die Augen. Sein Leben war urplötzlich auf ein Minimum an Möglichkeiten reduziert. Ein Mann, mit Kabelbindern gefesselt an einem Heizungsrohr aus weiß lackiertem Kupfer. Keine Möglichkeit, eine Hand aus der Schlinge zu ziehen die Polizei zu rufen oder in der Nase zu popeln. Hörte sich nach einer spannenden Bühnennummer an. Nur, dass in diesem Fall der Trick an der Sache fehlte. Die kleine List, die üblicherweise dafür sorgte, dass der Gefesselte dem Publikum einen Schritt voraus war, um es so – freundlich lächelnd und mit einem Augenzwinkern – geschickt an der Nase herumzuführen. Er konnte laut um Hilfe schreien, doch was sollte das bringen? Das würde mit ziemlicher Sicherheit nur Frank Pracht auf den Plan rufen und er würde erneut Bekanntschaft mit dem Elektroschocker machen. Oder mit etwas Schlimmerem. Er blickte auf den reglosen Körper vor sich. Was hatte Pracht mit ihm vor? Es dämmerte ihm, dass nur das, was er am meisten fürchtete, seinen Handlungsspielraum vergrößern würde. Nämlich, dass der Kerl, dem er diesen Schlamassel zu verdanken hatte, den Raum betrat.

Die Minuten verstrichen zäh, es konnten fünf oder zwanzig gewesen sein, dann vernahm Ben Schritte vor der Tür.

Ben entschloss sich, zumindest auf den ersten Blick nicht so auf Frank Pracht zu wirken, wie er sich fühlte. Er setzte sich kerzengerade auf, atmete tief ein und versuchte einen möglichst gelassenen Gesichtsausdruck aufzusetzen.

Jemand stieß die Tür wuchtig auf und kam herein. Es war nicht Frank Pracht. Bens Gehirn protestierte aufs Heftigste, doch er musste es eingestehen. Vor ihm stand Gerold Schottner.

Er wirkte um Jahre gealtert. Ben musterte ihn – ohne irgendetwas zu sagen. Schottners geringe Körpergröße bei etwas zu vielen Kilos hatte ihm in Bens Augen bisher einen sympathischen, kumpelhaften Touch verliehen. Er war der Kerl, den man gerne für seine Hochzeit als Fotografen buchte. Er sah nicht nach großer Kunst aus, aber nach gutem Handwerk. Nicht nach den innovativsten Ideen, aber nach Energie, Freundlichkeit und Leidenschaft. Das schien nun Jahre zurückzuliegen. Die Person, die Ben vor sich sah, wirkte abwesend, müde und verbraucht. Bens Instinkt, von dem er bisher nicht wusste, dass es ihn gab, hatte ihm schnell klargemacht, dass es keinen Sinn hatte, von diesem Mann Hilfe zu erwarten.

Scheinbar ziellos stierte Schottner im Raum umher. Erst auf Ben, und ohne ein Zeichen des Erkennens oder irgendeiner anderen menschlichen Reaktion, auf den Körper am Boden, dann zum Fenster, dann zur Treppe und wieder zurück zu Ben. Dieser Vorgang wiederholte sich noch einige Male. Ben beobachtete ihn stumm, doch es gelang ihm nicht, in Gerold Schottner irgendwelche halbwegs plausiblen Gedanken hineinzuinterpretieren.

Durchgeknallt. Komplett durchgeknallt, ging es Ben durch den Kopf.

Er registrierte einen scharfen Schweißgeruch und bemerkte, dass Schottners Gesicht schweißbedeckt war. Sein kurzes Haar klebte feucht am Kopf, und sein graukariertes, kurzärmliges Hemd hatte dunkle Flecken an den Achseln und auf der Brust. Ben blieb stumm. Ein weiterer, hektischer Blick durch den Raum folgte, dann steckte Schottner seine Hände in die Hosentaschen und ließ seinen Blick auf Ben ruhen.

Dieser hielt der Stille nun nicht mehr stand und fragte: »Was machen Sie hier?« Seine Stimme klang rau und tief, und Ben merkte, dass sein Hals komplett ausgetrocknet war. Weitere Stille durchzog den Raum, und Ben ignorierte mit einiger Anstrengung das stärker werdende Gefühl, seinen Blick von Schottners Gesicht loszureißen.

»Ich habe einen Plan mit dir«, begann Schottner mit einer leisen, tonlosen Stimme. »Einen guten Plan!« Seine Mundwinkel zuckten leicht und ein absurdes Lächeln wurde sichtbar. »Dich schickt der verdammte Himmel, Zauberkünstler!«

Das letzte Wort sprach er mit deutlich höhnischem Unterton aus, und Ben war sich nicht sicher, ob es ein gutes Zeichen war, dass Schottner über ihn recherchiert hatte. Dieser gluckste ein paar Mal kehlig, und Ben hätte es nicht gewundert, wenn er dazu noch begeistert in die Hände geklatscht hätte. »Da halte ich eine Sekunde dem Pracht meine Kanone vor die Nase, und da kommst du so mir nichts dir nichts reingeschlendert, als ob ihr beiden Spinner euch über die neuesten Kartentricks unterhalten wolltet. Ha!« Er schüttelte ungläubig den Kopf. »Wärst du zwei Minuten früher gekommen, hättet ihr euch im Garten getroffen. Ich hab mir ja gedacht, dass *er* so dumm sein würde durch die Garage reinzukommen, wenn vorne niemand öffnet, aber dass du so was machst? Siehst viel zu artig aus.« Er griff hinten in seine Gesäßtasche, holte eine Pistole hervor und hielt sie Ben vor die Nase.

»Hey, hey, hey«, rief Ben und drückte sich so weit wie möglich nach hinten gegen die Heizung, als ob die drei Zentimeter mehr Abstand zu Schottner seine Überlebenschancen nennenswert vergrößerten, sollte dieser auf die Idee kommen, abzudrücken.

»Entspann dich, Spinner!«, befahl Schottner und wedelte die Pistole vor Bens Gesicht hin und her. »Ich knall dich noch nicht ab. Ich brauche dich lebend.« Er lachte abgehackt, und sein Lachen ging in ein trockenes Husten über.

Noch nicht? Ben zwang sich, nicht über die Bedeutung des Satzes nachzudenken. Eigentlich wollte er fragen, was Schottner mit ihm vorhatte, doch er brachte die Worte aus Angst vor der Antwort nicht über die Lippen. Stattdessen fragte er mit einem Nicken auf die reglose Frau am Boden deutend: »Ist das die Mutter von Evelyn Pracht?«

»Schlaumeier!«, antwortete Schottner barsch und sah Ben mit einem Blick, der schlagartig nackte Wut ausdrückte, durchdringend an.

Die Pistole schlenkerte erneut bedrohlich vor Ben hin und her, und er wünschte sich, lieber den Mund gehalten zu haben. Wenn er doch wenigstens in der Lage wäre, erkennen zu können, ob die Pistole gesichert war. Jedoch ging sein kriminalistisches Wissen nicht über die Tatsache hinaus, dass es sich hierbei um eine Pistole und nicht um einen Revolver handelte.

»Eigentlich musste es nicht so weit kommen«, redete Schottner weiter und zeigte mit zitternder, bewaffneter Hand auf die Leiche, seinen Arm dabei lang ausgestreckt, als wollte er im nächsten Moment abdrücken und die Frau noch einmal töten. »Ich habe es ihm gesagt, aber er wollte ja nicht glauben.« Mit seinem linken Zeigefinger schlug er sich heftig an seine Stirn, sodass ein kräftiges »Pock-Pock-Pock« zu hören war. »Wie dumm muss man sein?« Seine Augen füllten sich mit Tränen, doch konnte Ben nicht deuten, ob es Tränen der Trauer oder Tränen der Wut waren. Ohne viel Fantasie begriff Ben, dass mit *er* Frank Pracht gemeint war – viel mehr kapierte er allerdings nicht. »Wo ist Frank jetzt?«

Schottner fixierte ihn eine Sekunde lang, wie jemand, der eine fremde Sprache gehört hatte und den Sinn nicht verstand, dann antwortete er: »Der ist unten, bei seiner Frau und seinem Balg.« Er winkte lachend mit der Pistole in der Hand, dann steckte er sie wieder in seine Gesäßtasche, was Ben dankbar zur Kenntnis nahm, zog heftig Rotze hoch und spuckte sie zwischen die Leiche und Ben auf den Boden. Er kam mit seinem Kopf wenige Zentimeter an Ben heran, sodass sich ihre Nasen fast berührten und Ben den übelkeiterregenden, bitteren Geruch seines Atems riechen konnte. »Auf Wiedersehen sagen«, hauchte er.

»Auf Wiedersehen sagen?«, fragte Ben mit dünner Stimme. Er war sich sicher, dass nur beständiges Reden ihn davon abhalten würde jämmerlich zu wimmern und um Gnade zu flehen. »Heißt das … Haben Sie vor …« Wieder wollte er den Satz um die Frage, ob Schottner vorhatte, noch jemanden umzubringen, ergänzen, doch er brachte es erneut nicht über die Lippen. Er konnte es nicht sagen, weil nichts in ihm bereit für eine Bestätigung seiner Annahme war. Sein Mund war ausgedörrt, es rauschte in seinen Ohren, und ihm war schwindelig. Fast hoffte er, bewusstlos zu werden.

»Was ich vorhabe, kann ich dir zeigen«, entgegnete Schottner, der mit wenigen Schritten den Raum durchmaß, einen Stuhl aus der anderen Ecke holte und ihn unter die Hängeleuchte in der Mitte des Raumes stellte. Ben schöpfte ein klein wenig Hoffnung. Wenn Schottner sich hinsetzen würde, um ihm seine Story zu erzählen, war das eventuell ein Lichtblick. Doch Schottner setzte sich nicht auf den Stuhl, sondern kletterte drauf. Dann fingerte er ungeduldig am Deckenbaldachin der Lampe herum. Anscheinend versuchte er es zu lösen, um es an der Leitung herunterzuschieben. Dabei verlor er schnell die Geduld, und riss einmal heftig am Kabel. Der Baldachin löste sich beim ersten Ruck von der Decke, als die Plastikhalterung, mit der die Lampe an einem Haken an der Decke befestigt war, brach. Trockener Putz fiel auf Schottners Gesicht, doch das schien er gar nicht zu bemerken. Farbige Anschlussdrähte die aus der Decke kamen, wurden sichtbar. Mit einem weiteren heftigen Ruck riss Schottner die Kabel aus ihren Anschlüssen. Er hielt die Lampe kurz in der Hand und betrachtete sie, dann warf er sie achtlos in die Ecke, in der eben noch der Stuhl gestanden hatte.

Mit dem Kabel erwürgen wollte er ihn also nicht, ging es Ben durch den Kopf, der sich durch diese Erkenntnis keinen Deut besser fühlte.

Als Nächstes ging Schottner zu der Tasche, wühlte einen Moment darin herum und brachte etwas zutage, was Ben schlagartig alle Luft aus der Lunge saugte.

Das Seil war mit einem perfekten Galgenknoten versehen. Schottner sprang – merkwürdig leichtfüßig, als würde er nun, wo er ein Ziel vor Augen hatte, wieder neuen Elan spüren – auf den Stuhl. Fachmännisch nahm er Maß, schlug in knapp einem Meter Entfernung zur Schlinge einen Knoten und hängte diesen über den Deckenhaken, an dem eben noch die Leuchte befestigt gewesen war. Er griff das Seil mit beiden Händen und hängte sich mit seinem gesamten Körpergewicht daran. »Das hält«, sagte er zu sich selbst, dann nahm er die Schlinge in die Hand und grinste in Bens Richtung. »Extra kurzgehalten. Damit es schön lange dauert. Wenn das Seil zu lang ist, dann bricht gleich das Genick, und der ganze Spaß ist viel zu schnell vorbei.« Er lachte grunzend, und dicker Schweiß tropfte von seiner Stirn auf den Boden.

»Ist das für Pracht?«, brachte Ben hervor, dem durchaus klar war, dass die Schlinge vielleicht für ihn sein konnte.

»Schlaues Kerlchen, wirklich schlaues Kerlchen! Hätte er schon lange selbst machen können, dann wäre kein anderer zu Schaden gekommen. Aber er will es ja lieber auf die harte Tour.« Schottner sprang vom Stuhl herunter und stand wieder direkt vor Ben. Seine Worte unterstrich er damit, dass er Ben zwei leichte Backpfeifen gab, die unter anderen Umständen kumpelhaft rübergekommen wären. Hier demonstrierten sie Schottners Überlegenheit und Macht.

»Sie wollen sich für den Selbstmord Ihrer Mutter rächen, richtig?«, fragte Ben, der nicht wusste, ob es das Richtige war, sich so weit vorzuwagen – doch was sollte in so einer Situation schon das Richtige sein?

»Selbstmord meiner Mutter?«, fragte Schottner und ging einige Schritte rückwärts, ohne Ben aus den Augen zu lassen. Er griff in seine hintere Hosentasche, holte bedächtig die Pistole wieder hervor, sah sie eine Sekunde lang mit zu Schlitzen geformten Augen an und richtete sie auf Ben. »Was weißt du über meine Mutter?«, fragte er mit kalter, tonloser Stimme.

Ben hasste es, auf diese Weise erfahren zu müssen, dass die Frage *nicht* die Richtige gewesen war, und er hasste sich gleichermaßen dafür, dass er immer noch nicht wusste, ob die Waffe entsichert war oder nicht. »Ich weiß nicht viel«, ergriff er rasch das Wort. »Ich war heute Mittag in Maybach … in diesem Schottner-Laden. Und dem Verkäufer da habe ich erzählt, dass ich einen Schottner aus Maybach kenne.« Er endete abrupt, als ihm klar wurde, wie dämlich er war. Eigentlich konnte er ja gar nicht wissen, dass Schottner aus Maybach kam. Ben hoffte inständig, dass diesem das nicht auffallen würde, und redete hastig weiter: »Wir kamen ein bisschen ins Gespräch, und dann hat er mir die Geschichte mit Ihrer Mutter erzählt. Dass sie sich wegen einer unglücklichen Liebe das Leben genommen hat. Mehr war nicht. Ich hab nur eins und eins zusammengezählt und bin drauf gekommen, dass Frank der Freund Ihrer Mutter war. Richtig?«

Ben sah in Zeitlupe, wie Schottners bewaffnete Hand nach hinten ausholte und ihn dann, in der entgegengesetzten Bewegung, heftig an der linken Wange traf. Alles dauerte höchstens zwei Sekunden, aber scheinbar lief die Zeit anders ab, wenn man gefesselt war und einem gewaltsamen Tod nahezu direkt in die Augen blickte. Ben spürte frisches Blut im Mund, und er spuckte auf den Boden neben sich. Schmerzen spürte er nicht. Möglicherweise war er darüber hinaus.

Dann ploppte, wie aus dem Nichts, die Frage in ihm auf, wieso Frank Pracht ihm eigentlich auf die rechte Seite geschlagen hatte. War er etwa Linkshänder?

Die Antwort manifestierte sich fast zeitgleich mit der Frage. Er erinnerte sich auf einmal wieder an das, was geschehen war, nachdem er die blutende Aletta Ferström zusammen mit Frank Pracht in seinem Behandlungsraum aufgefunden hatte.

Er bekam nicht die Zeit, weiter über die Erinnerung nachzusinnen, denn ein zweiter Schlag traf jäh sein Gesicht. Heftiger als der erste. Schmerzen waren also doch noch möglich. Er fühlte sich benommen, jedoch weit entfernt von einer seligen Bewusstlosigkeit. Ihm war klar, dass er nicht wieder im Krankenhaus aufwachen würde, wenn er jetzt und hier die Besinnung verlor.

»Stop!« Seine Stimme war durch das viele Blut in seinem Mund ein leises Gurgeln geworden, und er spuckte erneut aus. »Ich erzähle Ihnen alles.« Das hatte er nicht vor, zumindest den Teil der Erzählung, der sich in Schottners Wohnung abgespielt hatte, wollte er außen vor lassen. Genauso wie Kais Beteiligung an der Sache. Das hier hatte er sich ganz alleine eingebrockt. Gerold Schottner, der so heftig atmete, als hätte er einen Zweihundert-Meter-Sprint hinter sich gebracht, steckte die Pistole wieder ein und setzte sich nun tatsächlich auf den Stuhl. »Dann mal los. Und hoffentlich klingst du überzeugend!«

»Ich bin in Wirklichkeit als privater Ermittler im Varieté angestellt«, begann er und hätte ob dieses merkwürdigen Satzes aus seinem Mund am liebsten laut gekichert. »Pedro Möller hat mich engagiert wegen der Sabotageakte. Also wegen was ganz anderem. Ich bin mehr oder weniger in die Sache reingeschliddert. Und ich hab ein bisschen genauer nachgeforscht, weil ich selbst bei der Polizei auf der Verdächtigenliste stand. Und auch weil ich dachte, dass Frank mich neulich im

Varieté ausgeknockt hat.« Er spuckte wieder aus. Einerseits, weil sein Mund erneut voller Blut war, andererseits, um Zeit zu gewinnen und seine Gedanken zu ordnen. Denn er wusste jetzt wieder, dass nicht Frank Pracht es war, der ihn im Theater niedergeschlagen hatte. Jemand hatte ihm von *hinten* einen seiner eigenen Rosenquarze ins Gesicht geschlagen. Ein Rechtshänder. »Ich glaube, dass es gar nicht Frank Pracht war. Ich glaube, Sie waren das, stimmt's?«

»Ganz cleveres Kerlchen, was?«, stellte Gerold Schottner fest und grunzte trocken.

»Erst dachte ich, dass Sie Frank Pracht beim Mord an Lily Polley beobachtet hätten und ihn deshalb erpressen würden. Jetzt vermute ich, dass Sie das waren und es ihm in die Schuhe schieben wollten, genauso wie den anderen Mord und die Sabotageakte … Sie wollen sich an ihm rächen, stimmt's? Ihm das nehmen, was ihm im Leben am wichtigsten ist, richtig?«

»Nichts davon hätte passieren müssen! Frank hat es erzwungen. Ich habe ihm tausend Mal gesagt, dass es reichen würde, wenn er sich auch umbringt. Wie meine Mutter. Mit einem Strick um den Hals. Aber er wollte ja nicht auf mich hören.« Er wischte sich fahrig mit einer Hand den Schweiß aus der Stirn und schnippte ihn von sich. Einige Tropfen landeten bei Ben auf dem Gesicht. »Jetzt habe ich ihn aber so weit … Heute wird er es tun. Gerne tun wird er es!« Er stieß eine Mischung aus Husten und Lachen aus und blickte zu dem Strick, der von der Decke baumelte.

Ben war meilenweit davon entfernt, mit seinem Leben abzuschließen. Gleichzeitig war ihm klar, dass er so gut wie keine Chance mehr hatte, hier herauszukommen. Und jede weitere Information, die Schottner ihm verabreichte, schubste ihn näher an sein Grab, das garantiert schon irgendwo für ihn geschaufelt war. Er spürte in sich. Da war keine Panik, nur eine große, allumfassende, schwere Traurigkeit. Wenn nötig, das wusste er, würde er um sein Leben betteln, doch noch war es nicht so weit. Schottner redete weiter. Es war nicht mehr als ein Flüstern: »Frank Pracht hat sie in den Tod getrieben. Sie hat es mir gesagt.«

»In dem Abschiedsbrief?«

Schottner nickte schwach und verbarg sein Gesicht in den Händen. Einige Sekunden blieb es still, dann schrie er laut los: »Das wird er mir *jetzt* büßen!« Er stand auf, wobei er krachend den Stuhl umwarf, verließ den Raum und ließ die Tür hart ins Schloss fallen. Ben war allein.

Ihm war klar, dass seine letzte Chance gekommen war. Er hatte einige Minuten zuvor damit begonnen, seine Fesseln hinter dem Rücken zu bearbeiten. Stets bedacht, vor Schottner keine auffälligen Bewegungen zu machen. Darauf kam es jetzt nicht mehr an. Er drehte seine Arme gleichzeitig in unterschiedliche Richtungen. Er merkte schnell, dass er damit wenig Erfolg hatte. Die Kabelbinder lockerten sich, wenn überhaupt, nur minimal. Selbst Houdini persönlich hätte hier seine Probleme gehabt, denn der war spezialisiert auf Handschellen – und in der Regel welche, die extra für ihn hergestellt wurden. Die Strapse um Bens Handgelenke bestanden aus 5 Millimeter breitem Polyamid. Solide Ware aus dem Baumarkt. Trotzdem intensivierte er seine Versuche, denn sie waren das Einzige, was ihm blieb.

Hin und her. Hin und her. Komm, du Scheißding …

Er verdrehte seinen Körper, um einen Blick auf die Fesseln zu werfen, und verfluchte sich dafür, so ungelenkig zu sein. Für einen kurzen Moment erhaschte er einen Blick auf sein linkes Handgelenk, und bekam einen Schrecken. Die Haut um den Kunststoff war tief eingeschnitten und blutete. Er merkte, wie seine Atmung unregelmäßig wurde und eine Panik bedrohlich nahe rückte. »Scheiße«, rief er mit gedämpfter Stimme in den Raum. »Scheiße, Scheiße, Scheiße!« Dann hörte er etwas, das ihn abrupt innehalten ließ.

Schritte auf der Treppe. Dumpf und schwerfällig. Zwei Personen. Gerold Schottner hatte Frank Pracht hergebracht.

Dieser betrat als Erster den Raum. Damit war das Trio an Erbärmlichkeit komplett, dachte Ben, als er ihn sah. Ausgezehrt und unrasiert sah er zu Ben herab. Er wirkte viel zu klein für seine Kleidung, Jeans und Pullover, die labberig an seinem Körper herabhing. Schottner hatte ihm die Hände auf den Rücken gefesselt.

»Warum hast du das getan, du Schwein?«, fragte er, entsetzt auf die Leiche seiner Schwiegermutter blickend.

»Entspann dich, Frank. Ist doch nur deine Schwiegeralte gewesen«, antwortete Schottner, der mit gezückter Waffe den Raum betrat und die Tür hinter sich schloss. »Ist pampig geworden, da musste ich ihr zeigen, wer der Chef ist.«

»Und was ist mit ihm?« Frank Pracht deutete mit dem Kinn auf Ben. »Der hat nichts mit der Sache zu tun. Lass ihn gehen.«

»Der bleibt schön, wo er ist«, entgegnete Schottner. »Brauchst du dich nicht drum kümmern. Außerdem hat der mehr mit der Sache zu tun, als du denkst. Rate mal, warum der hier ist. Hat ganz schön rumgeschnüffelt. Und ich glaube, er hat mit deiner Frau gefickt.« Schottner stieß ein amüsiertes Grunzen aus. Dann hob er den Stuhl auf, deutete mit der Pistole darauf, und Frank Pracht setzte sich. Schottner lachte hell auf. »Nicht setzen, du Volltrottel. Stell dich drauf!«

»Erschieß mich doch lieber«, antwortete Frank, der keine Anstalten machte, sich zu bewegen und Schottner hasserfüllt ansah.

»Hättest du wohl gerne«, sagte Schottner mit betont sanfter Stimme. »Siehst du, deshalb ist unser Freund hier. Ben oder Bill oder was für einen Spinnernamen der hat. Ist extra gekommen, um dir deinen Abgang leichter zu machen. Und denk dran. Unten warten noch zwei weitere Engelchen für dich. Möchtest du gerne, dass ich sie hole? Oder versuchen wir es erst mal so?« Bei diesen Worten trat er an Bens rechte Seite und drückte ihm den Lauf der Pistole hart vor die Schläfe.

Jetzt war es so weit. Bens Körper begann unkontrolliert zu zittern. Jetzt würde er abdrücken.

Du musst das nicht tun, hätte er am liebsten geschrien, bitte lass mich am Leben. Doch seine Lippen blieben stumm. Verkrampft. Nutzlos.

Wortlos erhob sich Frank Pracht und kletterte auf den Stuhl.

»Fein gemacht«, lobte Schottner. »Und schön den Kopf durch die Schlinge stecken. Schlimm, dass man dir jeden Schritt einzeln erklären muss.« Er lächelte milde und drückte Bens Kopf mit der Pistole heftig zur Seite, um seinen Worten mehr Nachdruck zu verleihen. Da er offensichtlich keinen anderen Ausweg sah, gehorchte Frank, senkte den Kopf und steckte ihn durch die Schlinge, die in kurzem Abstand vor seiner Brust baumelte. Schottner richtete die Pistole auf Frank und versetzte Ben einen sanften Hieb auf den Hinterkopf. »Kannst wieder ausatmen«, sagte er kumpelhaft, dann ging er zu Frank und drückte ihm die Pistole in den Schritt. »Schön ruhig bleiben, sonst kannst du deine Eier gleich von der Wand kratzen.« Er reckte sich, ergriff den Knoten und zog die Schlinge um Franks Hals stramm.

»Bitte Gerold«, begann Frank Pracht mit leiser Stimme. »Tu das Clara und Evelyn nicht an.«

»Ich?«, antwortete Schottner und ging einige Schritte rückwärts.

Ben überlegte, ob es ihm aus dieser Distanz möglich war, Schottner von hinten in den Rücken zu treten, verwarf den Gedanken aber gleich wieder. Ausknocken konnte er ihn garantiert nicht, höchstens ins Stolpern bringen und damit alles noch schlimmer machen, wenn das überhaupt möglich war. Stattdessen zog und drehte er weiter an seinen Fesseln.

Hin und her. Hin und her.

Doch es schien ihm, als ob eher die Knochen in seiner Hand, als der Kunststoff der Kabelbinder nachgeben würde.

Trotzdem: Hin und her. Hin und her.

»Ich tue den beiden gar nichts an«, redete Schottner weiter. »Das tust du ganz alleine.« Er trat noch näher an Frank Pracht und blickte mit verächtlicher Miene zu ihm auf. »Spring! Mach dem Ganzen hier ein Ende!«

»Woher weiß ich, dass du Evelyn und Clara nichts antust?«

Hin und her. Hin und her.

»Was passiert ist, ist alles deine Schuld gewesen, Frank. Wenn du nicht mehr da bist, ist jeder hier erlöst.« Er ging an Frank vorbei, griff ein weiteres Mal in die abgestellte Tasche und förderte ein beachtliches Springmesser zutage.

Hin und her. Hin und her.

Von hinten über Frank Prachts Schulter greifend, ließ er es wenige Zentimeter vor dessen Gesicht aufschnappen. Dann kam er auf Ben zu. »Der kleine Scheißer hier bekommt das hier in den Bauch, und wenn du brav gesprungen bist, dann rufe ich einen Krankenwagen. Du kannst natürlich gerne zusehen, wie er langsam verblutet. Hat dir ja bei Aletta schon so gut gefallen.« Er hob das Messer.

Hin und her. Hin und her.

Ben rauschte es in den Ohren. War das die Wirklichkeit?

Hin und her. Hin und her.

Mechanisch. Nichts lockerte sich. Oder doch?

Hin und her. Hin und her.

Er spürte keine Schmerzen. Gleich würde er ein Messer im Bauch haben. Würde er Schmerzen spüren?

»HALT!«, rief eine Stimme. Laut und durchdringend und Ben dachte, es wäre jemand gekommen.

Hin und her. Hin und her.

Doch es war nur Frank gewesen. »Tu das nicht. Ich springe.«

Und er sprang.

Und er rief weiter. Wie konnte das sein?

Hin und her. Hin und her.

»Ben? BEN!« Wo nahm Frank Pracht die Luft her? Oder nein. Das war doch wieder die Stimme von David Copperfield, oder? Diesmal eindeutig laut vernehmbar, und nicht bloß in seinem Kopf. Wie war das möglich? Ben bemerkte, dass seine Augen geschlossen waren. Vielleicht träumte er nur. Er blinzelte zaghaft. Kein Blut auf seinem Hemd.

Hin und her. Hin und her.

Er sah auf. Frank Pracht hing am Seil. Sein Körper in Todesqualen heftig zuckend. Sein Kopf ein roter Klumpen, sein Gesicht nicht mehr als eine Fratze.

Hin und her. Hin und her.

Dann wieder David Copperfields dämliche Stimme: »BEN?« Das ergab alles keinen Sinn. Waren da Schritte auf dem Flur? »BEEEEN?«

Hin und her. Hin und her.

Dann war Schottner plötzlich wieder da. Ben wusste, dass er nie weg gewesen war, doch sein Verstand hatte ihn für einen Moment ausgeblendet. Ben sah ihn zur Tür rennen, doch noch bevor er sie erreicht hatte, öffnete sie sich von alleine.

Hin und her. Hin und …

Es war Kais Glück, dass die Tür sich nach innen öffnete und sie im ersten Moment wie ein Schutzschild zwischen ihm und seinem Angreifer stand. Als er realisierte, dass Schottner mit erhobenem Messer auf ihn zuraste, zog er die Tür instinktiv zurück in seine Richtung, nur um sie eine Sekunde später mit großer Wucht erneut aufzustoßen. Schottner, der vermutet hatte, dass Kai den Rückzug antrat, hatte sein Tempo nicht verlangsamt und bekam das Türblatt mit voller Wucht vor Gesicht und Oberkörper geknallt. Mit rudernden Armen stürzte er nach hinten. Das Messer fiel ihm aus der Hand.

Ben hatte seine linke Hand freibekommen, die rechte hing noch immer am Heizungsrohr. Er warf sich lang auf den Boden. Eine halbe Sekunde bevor Schottner danach greifen konnte, hatte Ben das Messer mit seinem Fuß aus Schottners unmittelbarer Reichweite gezogen.

»Vorsicht, David, der hat 'ne Knarre. Hinten in der Hosentasche«, schrie Ben in Kais Richtung, der sich direkt über Schottner befand und diesen von hinten an den Haaren griff. Mit seiner freien linken Hand gelang es ihm, die Pistole zu greifen. Er hob sie am Lauf hoch und knallte Schottner den Kolben mit voller Wucht auf den Hinterkopf. Es gab ein widerliches Geräusch beim Aufprall des Kolbens. Schottner sackte in sich zusammen. Ben erreichte das Messer mit der freien Hand und schob es in Richtung Kai in die Raummitte. »Hier«, schrie er. »Schneid den Typen von der Decke.«

Eine Sekunde schaute Kai ihn verwirrt an. »David?«, fragte er. Dann blickte er sich um und schien zum ersten Mal Frank Pracht zu bemerken, dessen Körper in unregelmäßigen Wellen zuckte und krampfte. Seine Zunge war rot angeschwollen hervorgetreten und kein Laut kam mehr aus seiner Kehle.

Kai griff das Messer und sprang auf den Stuhl. Frank Pracht fiel wie ein nasser Sack zu Boden. Das hatte Kai in Kauf nehmen müssen. Sofort sprang er zu ihm und löste unter Zuhilfenahme beider Hände die Schlinge, die sich tief in das Fleisch seines Halses geschnitten hatte.

»Alles okay«, rief Kai. »Wir holen Hilfe.«

Ein gurgelndes Röcheln folgte, heiseres Einatmen. Frank Prachts Augenlider flatterten.

Bens Schmerzen kamen, als Kai ihn von der letzten Fessel befreit hatte und er sich ziemlich sicher war, dass Frank Pracht überleben würde, der ruhiger atmete, doch immer noch mit geschlossenen Augen am Boden lag. Er schob den Schmerz vorerst beiseite. Zuerst mussten noch einige Dinge geregelt werden.

Schottner begann sich sacht zu regen, seine linke Hand waberte über den Boden, als machte er einen kläglichen Versuch, die Wunde auf seinem Hinterkopf zu erreichen. Ben eilte zu der abgestellten Tasche, und fand sofort, was er suchte. Kabelbinder. Er blickte Kai an. Der nickte wortlos, und gemeinsam zogen sie Schottner zur Heizung und fesselten seine Hände hinter dessen Rücken an dasselbe Rohr, an dem noch eine Minute zuvor Ben gehangen hatte. Seine Gegenwehr war kaum der Rede wert. Anschließend fesselte ihm Ben noch die Füße, weil er ganz sichergehen wollte, dass für ihn keine Flucht mehr möglich war. Zusätzlich durchsuchte er seine Taschen. Neben Bens Handy und zwei benutzten Taschentüchern fand sich in seiner hinteren Hosentasche noch ein Briefumschlag. Vergilbtes Papier, ausgefranzt an den Kanten. Ben steckte ihn ein.

»Lass uns Evelyn und Clara befreien«, sagte Ben. Er war bereits in den Flur getreten. Im Gehen drückte er die Bündchen seines Pullovers auf die Risswunden der Handgelenke.

»Im Keller«, kam es kläglich aus Frank Prachts Richtung.

»Meinst du, wir sollten die beiden hier alleine lassen?«, fragte Kai.

»Sind ja gefesselt, und Frank sieht mir nicht so aus, als ob der heute noch irgendwas reißen würde. Darum kümmern wir uns später. Erst die Mädels und dann ein Telefon, um 'nen Krankenwagen und die Polizei zu rufen.«

»Ich hab gesehen, dass das Kabel vom Telefon aus der Wand gerissen ist«, antwortete Kai. Sie waren bereits auf der Treppe. »Zum Glück. Denn dadurch hab ich gemerkt, dass hier irgendwas nicht in Ordnung ist. Die Garagentür stand sperrangelweit offen.«

»Das war ich. Was machst du überhaupt hier?«, fragte Ben, der sich dieses offensichtlichen Wunders nun zum ersten Mal bewusst wurde.

»Später.« Sie hatten die Kellertür erreicht und Kai öffnete sie ein Stück weit.

»Hallo?«, rief Ben in die Dunkelheit. Er bekam keine Antwort. Er drückte den Lichtschalter rechts an der Wand, und mattes Licht einer Schiffsarmatur am Fuße der Treppe flammte auf. »Evelyn?« Er ging voran die Treppe hinunter, Kai folgte ihm dicht. Unten knickte der Gang nach links ab. Drei weitere Türen, eingerahmt von holzvertäfelten Wänden, an denen verblasste Fotos neben verstaubten Makramee-Eulen hingen. Kai hörte es zuerst und deutete auf die erste Tür links von ihnen. »Hörst du das? Da ruft jemand.«

Rufen würde er das nicht nennen, ging es Ben durch den Kopf, der jetzt ebenfalls erstickte und gedämpfte Schreie wahrnahm. »Wahrscheinlich geknebelt«, flüsterte er, dann rief er: »Evelyn? Wir kommen! Es ist alles gut!« Er drückte die Klinke. »Abgeschlossen. Aber Schottner hatte doch keinen Schlüssel bei sich?«

»Warte.« Kai lief zur nächsten Tür. Diese war nicht abgeschlossen. Er deutete in den Raum. »Da hinten ist noch eine zweite Tür«, sagte er und ging hinein.

Ben hörte, wie die Schreie hinter der Tür hysterischer, drängender wurden. Er sah, wie Kai sich der Tür näherte. Wie sich seine Hand ausstreckte, um die Klinke zu fassen. Dann roch er es. Benzin! »HAAAAALT!« Doch es war zu spät. Um sie herum brach das Chaos aus.

In dem Moment, als Kai die Klinke betätigte, war ein deutlich vernehmbares *Wumm* hinter der Tür zu hören. Öffnen ließ sie sich nicht. Den Schreien war jetzt eindeutige Panik zu entnehmen. Orangefarbenes Licht drang durch den schmalen Türspalt am Boden.

»Scheiße«, Kai sah hilflos zu Ben. »Da brennt's.«

»Da hat uns der Spacko noch eine Überraschung eingebaut. Komm von der Tür weg, wir müssen die aufbrechen.« Ben trat zwei Schritte zurück. »Bei drei rammen wir die Tür.«

»Sollen wir nicht lieber die andere Tür nehmen.«

»Geht nicht. Die geht nach außen auf.« Ben wunderte sich selbst über seine Beobachtungsgabe. »Los. Mach schon! Eins – zwei – drei.« Gemeinsam rannten sie, Schultern voran, gegen die Tür. Diese schien nicht gewillt zu sein, ihre Position im Türrahmen auch nur einen Hauch zu verändern. Schwarzer Rauch stieg unter ihr und an den Seiten aus und biss ihnen in die Augen. Die Luft wurde merklich heißer, das Atmen schwieriger. Wie musste das erst auf Evelyns und Claras Seite aussehen?

»Noch mal!«, befahl Ben und wieder brachten sie sich in Position und rannten gegen die Tür an.

Erst beim dritten Mal hatten sie Erfolg. Die Tür schlug nach innen auf und gab ein schwarzes, qualmendes Loch frei.

»Reiß alle Fenster auf und such einen Feuerlöscher!« Ben legte sich flach auf den Boden und robbte in den Raum. Hinter der Wand aus schwarzem Rauch sah er Flammen auflodern. Rechts neben ihm krachte irgendetwas laut scheppernd zusammen. Dann sah er sie. Evelyn hockte zusammengekauert in einer Ecke des Raumes, direkt neben der anderen Tür. Clara lag auf dem Boden, den Kopf auf Evelyns Schoß gelegt. Beide bewusstlos. Evelyns Arme waren hinter dem Rücken an ein Rohr gefesselt, bei Clara hatte sich Schottner nicht die Mühe gemacht.

»Kai«, schrie Ben, doch seine Stimme kam viel leiser aus seinem Mund als beabsichtigt. Dann hustete er. Er drückte sein Gesicht auf den mittlerweile warm gewordenen Betonboden und sog vorsichtig Luft ein. »Kai? Ich brauche das Messer. Schnell!« Er griff nach Clara. Zog sie an sich heran. Musste dafür aufstehen. Er schloss sie in die Arme und legte ihr instinktiv die Hand über das Gesicht, als ob sie das gegen die Flammen und den

Rauch schützen könnte, und rannte los. Atmen war nicht mehr möglich. Auch konnte er den Ausgang im dichten Qualm nicht mehr erkennen. Er hörte Kai, der seinen Namen rief, und lief automatisch in diese Richtung.

Im Vorraum war mittlerweile alles verraucht, und Kai hatte die zwei kleinen Fenster geöffnet, sodass der Qualm in dicken Schwaden abzog. Vorsichtig atmete er ein. »Hier nimm sie. Bring sie raus. Ich brauche das Messer.«

»Schaffst du das?«, fragte Kai, der Clara annahm und ihm das Messer gab.

»Ja. Geh!«, röchelte er als Antwort, schmiss sich auf den Boden und robbte zurück in den Raum.

Alles funktionierte automatisch. Ben hatte nicht mehr das Gefühl, selbst der Handelnde zu sein. Er hatte die Perspektive des Beobachters angenommen. Ein *Beobachter*, der nicht mehr sehen konnte, der nicht fühlte, und nicht atmete. Seine Hände griffen hinter Evelyn, spürten die Kabelbinder. Das Messer war da. War die Schneide auf der richtigen Seite? Die Plastikriemen gaben nach. Tragen konnte er sie nicht, er zog sie. Er schaffte es in den Kellergang. Hin und wieder schien so etwas wie Atmen wieder möglich. Er hörte Sirenen vor dem Haus.

EPILOG

Jetzt mal wirklich.« Ben betätigte den Schalter, und die Rückenlehne seines Bettes bewegte sich sirrend nach vorne. »Warum bist du plötzlich in Hilsenk aufgetaucht?«

»Überraschung, was?«, antwortete Kai und grinste dabei geheimnisvoll.

Die Polizei hatte die beiden am Tag nach den Ereignissen in Hilsenk voneinander getrennt vernommen. Jetzt, zwei Tage später, sahen sie sich zum ersten Mal wieder. »Ich hab dein Handy eben ein bisschen gepimpt. Zum Beispiel mit einer App, mit der ich deinen Standort verfolgen konnte. Und als ich ...«

»Was? Alter, du hast mich nicht verwanzt, oder?« Ben spielte den Empörten. Er zog sich am Triangelgriff des Bettes etwas zu kraftvoll nach vorne und bereute es sofort. Ein höllischer Schmerz zuckte durch sein bandagiertes Handgelenk, doch aus Trotz unterdrückte er ein Stöhnen.

»Äh, nein.«

»Du hast doch eben gesagt ...«

»Ich habe gesagt«, unterbrach Kai ihn in bedeutungsschwangerem Tonfall, »dass ich dich mit einer App *orten* konnte. GPS-Ortung ist was ganz anderes als eine Wanze. Eine Wanze benutzt man, um jemanden abzuhören.«

»Ach, ist doch scheißegal. Du hast meinen Standort verfolgt und das ist … das ist … sittenwidrig ist das.« Bei *sittenwidrig* versuchte er eine drohende Geste mit seinem Zeigefinger, die wegen der Nackenschmerzen aber auf halber Strecke kläglich versagte.

»War nicht zu deinem Schaden, das musst du zugeben.«

Ben schnaubte verächtlich, weil er am liebsten anderer Meinung gewesen wäre.

»Und ich habe die App echt nur für den Notfall installiert. Das wollte ich dir noch sagen. Und als ich den ganzen Tag nichts mehr von dir gehört habe, dachte ich, ich guck mal nach.« Er schob seinen Stuhl etwas nach hinten und streckte die Beine lang aus. »Erst war dein Handy die ganze Zeit offline, und dann hat es plötzlich in Maybach einmal geplinkt. Hab mich erinnert, dass das der Ort war, in dem der Schottner zur Schule gegangen ist. Ich wusste gar nicht, dass der im Sauerland ist. Da hab ich mich ins Auto gesetzt und bin losgefahren. Zum Glück hat es dann noch einmal geplinkt, als ich schon in der Nähe war. Da hab ich gesehen, dass du in Hilsenk bist. Wusste ich auch nicht, dass das so nah an Maybach liegt, aber mir schwante gleich, dass das irgendwas zu bedeuten hatte.«

»Und dann bist du gleich rein durch die Garage? Warum hast du denn nicht geklingelt? So was macht man doch nicht.«

»Ich hab ja geklingelt, aber die Klingel war abgeschaltet. Hast du das etwa nicht bemerkt.«

»Doch natürlich, Mann«, antwortete Ben, der befürchtete, rot geworden zu sein.

»Und die Garagentür stand komplett offen, und die Tür nach drinnen auch. Da hätte jeder gesehen, dass da irgendwas nicht stimmt. Außerdem stand Schottners Leihwagen in der Garage, den hab ich sofort wiedererkannt. Dann hab ich gehört, wie irgendwer *Halt* geschrien hat, und ich bin nach oben gerannt. Zum Glück, wie wir alle feststellen mussten. Stell dir mal vor ...«

»Ja, ja, zum Glück, wie wir alle feststellen mussten. Okay ist es trotzdem nicht.« Ben kreuzte energisch die Arme vor der Brust und setzte ein beleidigtes Gesicht auf.

»Mindestens ein Menschenleben gerettet. Wenn nicht sogar vier.«

»Gut, bei zweien hatte ich auch noch etwas mitzureden, vergiss das nicht!«

»Nur weil ...«, ein Klopfen an der Tür setzte ihrem Disput ein Ende.

»Herein!«, rief Ben. Die Tür öffnete sich zaghaft. Er erkannte die Person, die jetzt das Krankenzimmer betrat, und mit einem Mal verflog all sein Ärger. Nackenschmerzen, quälende Handgelenke und die Schwere auf seiner Brust von zu viel eingeatmetem Rauch, waren ebenso vergessen wie sein Gespräch mit Kai. Kai? Wer war Kai?

Problemlos richtete er sich im Bett auf, und er lächelte zum ersten Mal seit Tagen. »Jenny!«

»Hi! Ich hoffe, ich störe nicht.«

»Nein. Natürlich nicht. Schön, dass du mich besuchen kommst. Kai holt dir einen Stuhl.« Er nickte eindringlich in Kais Richtung, der die Brisanz der Situation nicht adäquat zu deuten wusste.

»Was? Jenny kann sich den Stuhl doch selber ranziehen.« Er sah hilflos zu Jenny hinüber. »Oder?«

»Klar.« Sie lachte, doch Ben strafte ihn mit einem messerscharfen Blick. Als Jenny sich zum Tisch umdrehte, nutze Ben die Gelegenheit, mit dem Zeigefinger auf Kai zu deuten und dann eine wegscheuchende Geste in Richtung Tür zu machen.

Kai, der entweder nicht begriff, oder nicht begreifen wollte, zog nur fragend die Schultern hoch und schaute schmallippig in Richtung Jenny. »Schon Feierabend?«, fragte er.

»Frei genommen«, gab sie lächelnd zur Antwort. »Ich habe es nicht länger ausgehalten. Erzählt mir mal, was passiert ist. Ich habe zwar schon einiges gehört, aber das sind doch eher Gerüchte.«

»Also …«, begann Kai, der gleich von einem mindestens 20 Dezibel lauteren »ALSO« aus Bens Richtung unterbrochen wurde.

»Ich bin vorgestern nach Hilsenk gefahren. Wollte mich dort mit der Frau von Frank Pracht treffen …«

Und dann erzählte er die ganze Geschichte. Angefangen bei seinen vergeblichen Versuchen, Evelyn Pracht ans Telefon zu bekommen, über den ersten Besuch in Hilsenk, die Entdeckung des Maybach-Straßenschildes und die beiden Unterhaltungen dort, bis hin zu seinem Geistesblitz, den er angemessen blumig ausschmückte, und zum Besuch in Hilsenk Teil zwei und seinen Begegnungen mit Frank Pracht und Gerold Schottner. Bis hierhin kannte Kai Bens Geschichte auch noch nicht, und er und Jenny hörten aufmerksam zu. Zu gegebener Zeit schaltete sich Kai in die Erzählung ein und schilderte die Vorkommnisse im Elternhaus von Evelyn Pracht aus seiner Sicht.

»Ach. Eins noch«, sagte Ben und kramte umständlich sein Handy aus der Schublade des Beistelltischchens. »Hier.« Er hielt den beiden das Display entgegen, auf dem ein Bild zu sehen war. Ein vergilbter, hundertfach zusammen- und wieder aufgefalteter Zettel mit einer handschriftlichen Botschaft. »Ich hab Schottner den Brief ja abgenommen …«

»Gott wird dich dafür bestrafen, das weißt du hoffentlich«, unterbrach ihn Kai.

»Ja, ich weiß«, gab er kleinlaut zu. »Aber die Polizei hätte ihn ihm sowieso abgenommen. Und ich wollte unbedingt wissen, was draufsteht. Hab ihn schnell noch fotografiert, bevor ich ihn abgeliefert hab.«

»Und? Dann lies doch endlich vor«, drängelte Jenny.

»Klar.« Ben räusperte sich, legte das Handy quer auf seine Hand und vergrößerte den Ausschnitt mit Zeige- und Mittelfinger. Dann begann er zu lesen: *»Lieber Gerold, es zerreißt mich innerlich, dass ausgerechnet Du es sein musst, der mich findet. Doch ich konnte Dir den Anblick leider nicht ersparen. Ich …«*

»Komplett durchgeknallt«, sagte Kai und schüttelte dabei den Kopf.

»Mann. Halt doch mal die Pfanne«, gab Ben angenervt zurück. Dann las er weiter. *»Ich kann mich nur mit dem Gedanken trösten, dass nicht ich die Schuldige bin. Und glaub bitte nicht eine Sekunde lang, dass Du Schuld hast an dem, was passiert ist! Nichts könnte weiter weg von der Wahrheit sein.«*

»Wirklich durchgeknallt«, sagte Jenny, und Ben lächelte sie sanft an. »Stimmt« Dann senkte er den Blick zurück auf das Handy: »*Glaub das nicht eine Sekunde lang! Und wenn du es jetzt noch nicht verstehst, dann warte. Denn je länger du wartest, je länger du unser Schicksal im Kopf behältst, umso klarer wird Dir alles werden. Und dann wirst Du wissen, was zu tun ist. Ich glaub an Dich, heißgeliebter Gerold. In Liebe. Mama.*« Ben legte das Handy auf seine Bettdecke und blickte seine Freunde mit großen Augen an. »Krass, oder?«

»Hat die da jetzt echt zwischen den Zeilen geschrieben, dass Gerold sich an Frank Pracht rächen soll?«, fragte Jenny.

Ben zog die Achseln hoch. »Zumindest könnte man es so verstehen. Mit acht Jahren hat der das garantiert noch nicht kapiert. Aber er wird den Brief immer und immer wieder gelesen haben.« Er atmete prustend aus. »Da muss man ja bekloppt werden.«

»Ja. Und irgendwann hat er dann gewusst, was er machen sollte: sich an Frank Pracht rächen«, ergänzte Kai.

»Ich kapiere aber noch nicht, wie Schottner den Mord an Lily Polley begangen hat. Schließlich war der die ganze Zeit im Saal und hat Fotos gemacht«, sagte er und griff mit einem unterdrückten Stöhnen das Wasserglas vom Nachttisch.

»Hat er nicht.«

»Wieso nicht?« Ben sah Kai fragend an. »Die Zeitstempel …«

»Sind manipuliert gewesen«, fiel ihm Kai ins Wort. »Dumm von mir, hätte ich schon früher drauf kommen müssen. Nichts ist leichter, als die Zeitstempel in Bilddateien zu manipulieren. Und genau das hat er bei den Fotos getan, die er der Polizei übergeben hat. War natürlich alles von ihm geplant. Ich habe mir noch mal genau die Ordner angesehen, die ich von seiner Festplatte gesaugt hab. Da war einer dabei, der mit *org* betitelt war. Sollte wahrscheinlich für *original* stehen. Darin gab es alle Fotos aus *zack-party,* dem Ordner, den wir kontrolliert haben, noch einmal. Und siehe da. Bei fünf Bildern war der Zeitstempel ein anderer. Dreizehn Minuten hat Schottner in Wirklichkeit gar kein Bild gemacht. Das dürfte auch der Polizei über kurz oder lang auffallen, wenn die seine Festplatten nach Beweismaterial durchsuchen. Wahrscheinlich finden die da auch irgendwo das Gegengift, das aus Lily Polleys Terrarienraum entfernt wurde.«

»Und wahrscheinlich ist der so überzeugt von seiner Mission, dass er sowieso alles gesteht«, warf Ben ein.

»Garantiert!« Das Handy in Kais Hosentasche gab ein Geräusch klirrenden Glases von sich, und er zog es hervor. »Muss los«, sagte er nach einem schnellen Blick aufs Display. »Steffi trifft sich jetzt mit mir.« Er lächelte verlegen und blickte abwechselnd von Ben zu Jenny und zurück zu Ben. »War ganz schön erschrocken, als sie gehört hat, was mir passiert ist. Also … was uns passiert ist.« Er wandte sich zur Tür, deutete ein Winken an und sagte wieder: »Muss los.« Dann war er verschwunden.

Fast spürte Ben Eifersucht in sich aufkeimen, weil Kai jemanden hatte, der sich um ihn sorgte. Dann fiel ihm ein, dass er endlich mit Jenny allein war. Hitze stieg ihm in den Kopf.

»Und was hast du jetzt vor?«, sagte sie und schien ihrerseits verlegen. »Also, wenn du hier rauskommst«, setzte sie rasch nach.

»Also erst mal werde ich dem Möller eine gesalzene Rechnung schicken«, versuchte er es mit einem Gag, doch er sah an Jennys Gesichtsausdruck, dass ihre Frage ernst gemeint war. Er blickte an ihr vorbei zur Decke und dachte nach. Ließ sich Zeit mit seiner Antwort, denn er hatte keine, die man einfach so über die Lippen brachte. Seit dem Vorabend hatte er viele Stunden allein verbracht, und da sich trotz Erschöpfung kein Schlaf einstellte, hatte er genügend Zeit zum Nachdenken gehabt. Ihm war klar, dass er etwas ändern musste – dass er sich bereits verändert hatte. Nicht, dass er wild darauf war, noch einmal den Tod eines Menschen mitzuerleben, oder eine Knarre an den Kopf gehalten zu bekommen. Aber genauso war ihm klar, dass er nicht einfach seine Visitenkarte ändern konnte, um zukünftig als Privatdetektiv durchs Leben zu schreiten.

Schweigend sah er Jenny an. Sie lächelte und gab ihm die Zeit, die er brauchte. Er lächelte zurück und hielt ihrem Blick stand.

»Keine Ahnung«, sagte er und wusste zumindest eine Sache, die er auf jeden Fall wollte.

ENDE

DANKSAGUNG

Zuerst möchte ich meiner Frau danken, der ich dieses Buch gewidmet habe, und die in mehrfacher Hinsicht viel aushalten musste. Sie durfte das Manuskript, nachdem es endlich abgeschlossen war, nicht einmal lesen. Ich hatte mir fest vorgenommen, ihr erst das fertige Buch in die Hand zu drücken. Dann, wenn garantiert ist, dass man nichts, aber auch gar nichts mehr ändern kann.

Als Nächstes sind meine Testleser Birgit, Elli, Susanne und Carsten an der Reihe.

Wertvolle Ratschläge zum Inhalt haben mir auch einige andere Menschen gemacht. Mein Dank geht an meinen alten Schulfreund Reller, der mir als alter Hase bei der Polizei einige gute Hinweise geliefert hat. Meinem Wunsch, einmal einen Tag lang im Einsatzwagen mitfahren zu dürfen, hat er aber leider nicht entsprochen. Wird das noch was, Alter?

Dieter Ade ist jemand, der in Wirklichkeit Türschlösser zerstörungsfrei öffnen kann. Er hat mir das Prinzip dahinter erklärt und hier und da an meinen Texten rumkorrigiert, wenn die Phantasie doch zu sehr mit mir durchgegangen ist. Danke dafür! Meine Freundin

Katrin, die beruflich mehr Zeit mit Toten verbringt als mit Lebenden, hat mir alles beigebracht, was ich über Cheiloskopie weiß. Das ist wirklich nicht viel, hat aber dafür gereicht, dass ich, ohne schlechtes Gewissen, Jenny die Lippenabdrücke von Lily Polley vergleichen lassen konnte. Das nennt man offenbar Cheiloskopie. Ein Wort, dass Sie ab jetzt gleich wieder vergessen dürfen!

Ich hatte das Glück, dass Nora Boeckl von der Berliner Agentur Petra Eggers mein Machwerk auf den Tisch, oder besser ins E-Mail-Postfach bekommen hat und es ihr tatsächlich gefallen hat. So viel Glück muss man erst mal haben. Danke, dass Sie an mich geglaubt haben!

Schlussendlich danke ich noch dem KBV-Verlag, und speziell Ralf Kramp, der sich waghalsig dazu entschlossen hat, meinen Roman zu verlegen und Volker Neumann, meinem Lektor, der großartige Arbeit geleistet hat. Hut ab!

Ich hoffe, ich habe niemanden vergessen. Und wenn doch, sagt mir Bescheid, dann schmuggel ich euch in Teil 2 rein.

KBV KRIMINALROMAN

Markus Niebios

WER ZULETZT STIRBT, LEBT AM LÄNGSTEN

Taschenbuch, 288 Seiten
ISBN 978-3-95441-362-1
10,95 EURO

Achterbahnfahrt mit Leichenwagen

Eigentlich sollen Borg und Romanov von der »Detektei Mystica« nur eine Zigeunerin finden, die ein Klient für den angeblich auf ihm lastenden Fluch verantwortlich macht. Als Romanov spurlos verschwindet, dafür aber unverhofft die Leiche der Zigeunerin in der Detektei liegt, gerät Borg in arge Erklärungsnot.

Die Suche nach dem Mörder führt ihn ins Dortmunder Nordstadtghetto, eine Brutstätte absonderlichster Lebensentwürfe. Als Borg in diesem Magnetfeld für Scherereien mit dem König der Nordstadt aneinandergerät, stößt er unerwartet auf die Leiche eines Jesuitenpaters.

Schon bald verdichtet sich sein Verdacht, dass die Strippenzieher hinter den Kulissen auch ihn aus dem Weg räumen würden, um ihre Machenschaften zu vertuschen.

»Borg und Romanov sind das neue Dreamteam des Regionalkrimis«
(Ralf Stiftel, Westfälischer Anzeiger)

KRIMINALROMAN

Die Krimi-Cops

GOLDRAUSCH

Taschenbuch, 336 Seiten
ISBN 978-3-95441-409-3
13,00 EURO

Es ist auch manchmal Blut, das glänzt …

Kriminalhauptkommissar Pit »Struller« Struhlmann ist bedient. Aber so richtig. Zuerst ist die Leiche in Oberkassel gar nicht tot, dann muss er sich um den Einbruch in die Düsseldorfer Kunstsammlung kümmern, wo doch Moderne Kunst aus dem Irak wirklich nicht sein Steckenpferd ist. Als man ihm versichert, dass nichts entwendet wurde, wird er stutzig. Es geht um die Details. Und um Gold. Gold hat die Menschen schon immer kirre gemacht. Gerade als Struller sich so richtig in den Fall reinkniet, wird direkt vor dem Polizeipräsidium ein Flüchtling erstochen.

Eine turbulente Mörderjagd führt ihn und seinen Ex-Praktikanten Jensen über die Dächer von Bilk, durch stickige, zu enge Flüchtlingsunterkünfte, zu Krake ins Aquarium und durch viel zu familiär geführte griechische Restaurants. Sie legen sich mit den Mitgliedern der SfD an, den Senioren für Deutschland, und nichts ist wie es scheint, niemand ist der, der er zu sein vorgibt.

Alles dreht sich um Gold. Struller und Jensen stellen fest, dass sich ein tödliches Räderwerk in Gang gesetzt hat …

»Dein Freund und Krimiautor«
(Die Welt)

Klaus Stickelbroeck

FESSELTRICK

Taschenbuch, ca. 320 Seiten
ISBN 978-3-95441-541-0
13,00 EURO

Hartmann verstrickt sich

Privatdetektiv Hartmann ist mächtig genervt. Sein Kumpel Angie ist vorübergehend bei ihm eingezogen und feiert eine Party nach der anderen. Da kommt ihm ein neuer Fall gerade recht: Der Düsseldorfer Immobilien-König Lutz Busse wurde heimlich bei einem Clubbesuch mit frivolem Fessel-Event fotografiert und wird nun erpresst. Hartmann soll herausfinden, wer der Erpresser ist, damit Busse sich mit ihm einigen kann.

Die Ermittlungen führen ihn in die Düsseldorfer BDSM-Szene, auf ausschweifende Partys und in geheime Privatclubs. Er trifft auf schlagfertige Frauen, frivole Finnen, trinkfeste Schlagerstars und brave Ehefrauen, die alles andere sind als das. Die rumänische Computerspezialistin Alina, Huren-Heinz und Regenrinnen-Rita helfen Hartmann, einen Fall aufzuriffeln, der verknoteter nicht sein könnte. Als er bei seinen Ermittlungen schließlich sogar auf eine Tote stößt, wird ihm schlagartig klar, dass aus einem kunstvoll geknoteten Strick ganz leicht eine tödliche Schlinge werden kann.

»Mit der Reihe um Privatdetektiv Hartmann begeistert Stickelbroeck die Fans. Die Geschichten sind skurril und humorvoll zugleich.« (Generalanzeiger Bonn)

KBV KRIMINALROMAN

Peter Godazgar

KILLER AM RANDE DES NERVEN-ZUSAMMENBRUCHS

Taschenbuch, 240 Seiten
ISBN 978-3-95441-514-4
12,00 EURO

Der Wahnsinn geht weiter – hat aber immer noch keine Methode.

In den Geschichten des deutschen Comedy-Crime-Meisters geben sich vollpfostige Gauner, Möchtegern-Killer und treudoofe Ex-Knackis die Klinke in die Hand. Ein tierisch schräges Personal ist das – mitunter sogar im wahrsten Wortsinn.

Sie wollten immer schon wissen, wie es mit der Erfolgsband „Bremer Stadtmusikanten" weiterging oder was die Teletubbies so treiben, wenn die Fernsehkameras ausgeschaltet sind? Dann sind Sie hier richtig. Schwarzer Humor vom Feinsten, schräge Wendungen ... ein Kompendium der Kategorie „Dumm gelaufen".

Peter Godazgars Figuren sind die lebenden Beweise für Murphys Gesetz: Was schiefgehen kann, geht schief. Sicher? Todsicher!

»Die Storys von Peter Godazgar gehören zum lustigsten, was die deutsche Krimiszene zu bieten hat.« (Buch Magazin)

KBV KRIMINALROMAN

KBV KRIMINALROMAN

Tatjana Kruse

TOT, ABER GLÜCKLICH!

Taschenbuch, 312 Seiten
ISBN 978-3-95441-515-1
13,00 EURO

Ein Konzert für Pistolenschuss und Korkenknall

Wer in den Kurzkrimis von Tatjana Kruse stirbt, hat es im Grunde nicht anders verdient. Und es geht ihm hinterher auch besser. Wer ist schon gern wirklich böse? Da ist man doch lieber tot …

In ihrer unnachahmlichen schwarzhumorigen Art schlägt Tatjana Kruse wieder zu und zeigt, dass eine Prise Misstrauen stets angebracht ist - unter anderem gegenüber Nacktschneckensammlern, Blaubärten, Heizungsinstallateuren und alten Frauen. Vor allem alten Frauen, die sind nämlich am gefährlichsten!

»Tatjana Kruse ist der Champagner unter den deutschen Krimiautoren.« (Bernhard Aichner)